ELVEN

roman

Jérémie Ferreira-Martins

auto-édité via Amazon

Un grand merci à Mélanie, ma femme, pour ses relectures et ses conseils avisés. Et à nos petits Charlène et Antonin, qui sont une source d'inspiration quotidienne.

Et un coup de chapeau à Vincent Amiot pour l'illustration de couverture, mais aussi pour avoir eu la patience de la retravailler de nombreuses fois, car sa génèse n'a pas été un long fleuve tranquille.

A vous dont ce livre a croisé le chemin,
n'hésitez pas à me contacter:

- sur Facebook: Jerem Ferrei-mar
- sur Amazon:
- par mail: ferreiramartinslpvauban@gmail.com

Ce sera un plaisir d'échanger avec vous.

CHAPITRE 1

La petite salle à manger était emplie de l'odeur du bœuf bourguignon refroidissant lentement au centre de la table. De dehors, ce fumet était alléchant mais à l'intérieur, l'atmosphère était électrique. Les deux hommes face à face se fusillaient du regard.

— Pourquoi diable souhaites-tu tant quitter la région ? tonna le plus âgé. Elle n'est donc pas au goût de Monsieur ? Monsieur aspire à fréquenter la haute société ?

— Mais quand comprendras-tu que je n'ai pas envie de reprendre ta boulangerie ? rétorqua son fils d'un ton las. Je suis instituteur, j'ai travaillé dur pour parvenir à ce résultat, toi qui encenses en permanence la valeur du travail, ça ne te touche pas ?

— Le problème n'est pas là, tu sais bien que les choses ont changé depuis !

— Et alors ? Si le destin ne t'a pas exaucé, qu'est-ce que j'y peux ? Je n'ai pas à subir les conséquences de toutes les tragédies ! insista le fils.

— Comment peux-tu parler ainsi de la mort de ton frère ? Il a donné son sang pour sa patrie ! Tu devrais le prendre en exemple au lieu de le dénigrer !

— Le dénigrer ? Tu oses insinuer que la mort de Paul ne me touche pas?

Solange s'interposa alors entre son mari et son fils, afin de les appeler à davantage de mesure.

— Silence ! Vous vous rendez compte de ce que vous dites ? Vous devriez avoir honte !

Jean Pelletier regarda sa femme, l'air médusé, et réalisa le grotesque de la situation. Son fils Bruno sembla s'en rendre compte au même moment car il retrouva un air serein, quoique préoccupé.

— Finissez vos assiettes et arrêtez de vous chamailler ! Que dirait ce pauvre Paul s'il vous voyait vous quereller de la sorte en faisant honte à sa mémoire ? Sa perte ne vous a donc pas encore assez affectés pour que vous vous conduisiez comme ça ? Si Bruno souhaite à tout prix voir d'autres terres, pourquoi vouloir l'empêcher à ce point ? Peut-être le Seigneur le destine-t-il à de grandes choses là où il souhaite se rendre ?

Jean ne sut que répondre, baissant les yeux pour tenter de cacher ses larmes naissantes. Le décès de son fils aîné Paul l'avait gravement affecté. Ce grand gaillard était destiné à reprendre la boulangerie familiale. Il avait toujours montré un grand intérêt pour la profession de son père. Tout petit déjà, il l'accompagnait de bonne heure auprès de son four, l'aidant à faire la pâte puis à l'enfourner sous forme de petits tas de formes diverses. Mais ce que Paul appréciait plus que tout, c'était le goût divin des pains au chocolat encore chauds. Ce plaisir incomparable, le fils aîné des Pelletier avait tant voulu le partager qu'il avait décidé d'y consacrer sa vie. Mais il avait été appelé en 1870 quand il avait fallu défendre le territoire national face à l'envahisseur Prussien. Stationné près de Charleville, il avait subi un assaut germanique le 2 décembre 1870, auquel aucun des onze membres de son escouade n'avait survécu. Les Prussiens les avaient pris en traître, et les Pelletier n'avaient dès lors plus qu'un fils, Bruno.

Celui-ci avait comme son frère les cheveux et les yeux noirs. La ressemblance s'arrêtait là, car Bruno portait les cheveux longs et avait un visage fin, barré par d'épais sourcils. Il avait toujours préféré les piles de livres aux nuages de farine. Sa mémoire exceptionnelle lui avait valu d'excellents résultats scolaires puis une bourse d'études. Il avait des aspirations que la boulangerie d'un petit village proche d'Auxerre ne pouvait combler. À l'aide de ses capacités et de son travail acharné, Bruno était sorti diplômé de l'école normale, devenant instituteur d'État l'année de ses vingt-deux ans. Bien que cette performance forçait le respect, son père Jean persistait dans l'idée que son fils abandonnerait sa vocation pour hériter du patrimoine familial.

La Troisième République naissante souhaitait diffuser son image et son modèle dans les régions éloignées de la capitale et du pouvoir central. La possibilité d'enseigner dans des régions lointaines faisait rêver Bruno. Bien que très attaché à sa région, il avait des envies d'ailleurs.

Conscient d'avoir été trop loin, son père lui passa le bras autour du cou.

— Désolé fils, dit-il d'un ton penaud. Quand j'imagine ma chère boulangerie passer aux mains de quelqu'un d'autre, je ne peux m'empêcher d'y voir une injustice. Notre cher Paul a été fauché en pleine jeunesse, sa vie raccourcie comme les blés à la fin de l'été.

— Je sais tout ça, papa. Mais comprends que j'ai toujours consacré ma vie à transmettre des savoirs. Croyez-moi, je vous aime profondément. Mais mon vœu le plus cher est de diffuser dans ce pays les idées de la République. Si nous avons perdu la guerre, c'est parce que notre Nation n'y était pas bien préparée. J'ai la conviction qu'en formant de jeunes français conscients des valeurs communes, nous pourrons bientôt prendre notre revanche sur la Prusse. Le Reich tombera lorsque la jeune et grande Nation française s'élèvera !

— Puisse Dieu t'entendre mon fils, puisse Dieu t'entendre !

La fin du repas fut ponctuée de souvenirs attendris concernant Paul, parti depuis cinq ans déjà. Les rires succédèrent aux larmes. Le lendemain, Bruno envoya sa lettre de demande d'affectation lointaine, se préparant à devenir un hussard noir. Et, comme chaque soir, il s'endormit en rêvant d'ailleurs.

Une quinzaine de nuits plus tard, les Pelletier reçurent la fameuse réponse. Le Ministre de l'Instruction Publique Henri Wallon félicitait celui qui, comme bien d'autres, avait choisi le déracinement pour inviter des régions reculées à la grande table du banquet républicain. Un second feuillet annonçait le verdict : le jeune instituteur Bruno Pelletier mettrait le cap sur Elven, près de Vannes, en Bretagne. Bruno fut partagé entre la joie de réaliser son rêve et la désagréable sensation d'abandonner ses parents.

CHAPITRE 2

Un fiacre emmènerait Bruno dans son nouveau fief à la date du 24 août. A la veille du grand départ, les parents Pelletier étaient anxieux. Bruno préparait ses affaires la mort dans l'âme. Quand bien même un dernier accès de larmes l'aurait décidé à revoir son jugement, il était désormais trop tard pour reculer. L'État avait missionné Bruno pour exercer à Elven, et ce qui avait été un rêve s'était transformé en devoir. Mais d'hésitation il n'y eut point. La décision avait été longuement réfléchie et assumée. Dans un ultime effort pour le retenir, Jean Pelletier dressa la liste de ce que son fils allait regretter :

— Finis les repas tous les trois à cette grande table, fils, tout comme tes séances de course à pied dans la forêt de Branches, ou encore la petite Madeleine… Tu lui as toujours bien plu à Madeleine, elle est jolie. Je me demande bien pourquoi tu n'as jamais voulu d'elle…

— Oh ! Ne l'embête pas avec ça ! Tu sais qu'il a toujours été timide avec les demoiselles !

— Je disais juste ça comme ça, Maman ! De toute façon, je l'étais aussi avec toi, ça doit être de famille !

Les Pelletier partagèrent un rire à la fois franc et grave. Bruno devait partir à sept heures du matin, et le souper de la veille avait été des plus fastueux, comme pour exorciser les appréhensions de chacun. Les œufs en meurette et les gougères inondèrent le foyer de leurs parfums gourmands, et on ouvrit une bouteille de vieux vin rouge. C'était la cuvée 1863, la première année où Bruno avait aidé son père et son frère à récolter puis presser le raisin chez le père Davier, un voisin vigneron.

Alors que le fromage attendait d'être débarrassé, Solange fondit en sanglots, disant qu'elle avait l'impression qu'on lui arrachait un fils pour la seconde fois. Jean et Bruno l'enlacèrent pour la consoler, et le futur instituteur breton promit à sa mère qu'il serait présent pour la fête de la Toussaint. Cela sécha un peu ses larmes. Bruno avait senti sa mère se retenir ces derniers jours, et les sanglots accumulés devaient bien s'épancher.

Solange tint à terminer de préparer les affaires de son fils et plaça dans sa grande valise les dernières chemises qu'elle avait repassées. Lorsque Bruno la vit faire, un frisson de terreur lui parcourut l'échine. Tétanisé, les secondes qui s'écoulèrent alors lui parurent des heures, et il ne put réprimer un soupir de soulagement lorsqu'elle serra les lourdes sangles de cuir. Sa mère était passée juste à ras d'une petite boîte de métal noir et jaune qui, si elle avait eu l'idée de l'ouvrir, aurait sérieusement compliqué le départ. L'oncle de Bruno, André Pelletier, vint dire au revoir à son cher neveu, lui offrant deux magnifiques plumes d'écriture accompagnées de leur encrier. Ce cadeau ravit Bruno, qui serra très fort son oncle, lui disant qu'il allait lui manquer.

Jean et Solange étaient des gens simples et sensibles. Le quai de la gare d'Auxerre, à la chaleur déjà pesante malgré l'heure matinale, fut le théâtre d'embrassades passionnées et de sanglots difficilement contenus. Une fois tous ses bagages chargés, le nouvel instituteur d'Elven prit une dernière fois ses parents dans ses bras l'un après l'autre, avant de se tourner vers une destination dont il ne connaissait que le nom. Même si quitter ses parents représentait une épreuve particulièrement difficile pour Bruno, l'idée de refuser de partir au dernier moment ne lui vint jamais à l'esprit. Il monta dans le train après avoir également fait la bise à Madeleine, qui noyait son mouchoir de larmes. Cette vision fit de la peine à Bruno, qui regretta son manque d'assurance dans l'exercice de la séduction.

Une fois monté dans le fiacre, Bruno sécha ses larmes à son tour avant de s'élancer vers son destin. Il vit s'éloigner ses parents, dans les bras l'un de l'autre, agiter la main jusqu'à n'être plus que des taches colorées sur le fond gris et sinistre de la gare. Les chevaux entamèrent le voyage à vive allure, et semblaient ne jamais se fatiguer. Bruno passa peu de temps à contempler les paysages, car ses paupières étaient alourdies par une nuit sans sommeil. Ne voulant rien rater, il entreprit de dormir tant qu'il était dans des régions connues, afin de profiter pleinement des territoires encore inexplorés.

Bien qu'ayant fermé les yeux, il ne parvint pas à s'assoupir. L'image de ces deux points s'éloignant en lui faisant signe resta comme gravée sur l'intérieur de ses paupières. Afin de se changer les idées, il ouvrit un livre qu'il avait acheté avant de partir, et qui traitait de la région bretonne. Bruno souhaitait se documenter sur le pays qui allait l'accueillir. Il se doutait que là-bas certaines personnes le verraient comme un étranger et qu'il devrait gagner leur confiance. Autant s'imprégner de la culture locale pour s'y intégrer au mieux. Et puis le voyage était prévu sur deux jours et demi. Autant combattre l'ennui de façon instructive.

Le soir, en prenant son repas dans une auberge-relais, Bruno pensa à ses parents. Seuls dans leur cuisine face à une place désormais vide, l'odeur du bœuf bourguignon leur semblerait moins agréable que d'habitude.

Les deux jours qui suivirent, le passager partagea son temps entre la préparation de quelques leçons et la contemplation de paysages inconnus. La nuit précédant l'arrivée, Bruno et son cocher s'arrêtèrent dans une auberge près de Châteaubriant. Bien que n'étant pas située en Bretagne, cette ville en donnait un avant-goût. Bruno constata ainsi que les crêpes et le cidre décrits dans son livre n'avaient pas usurpé leur réputation. En revanche, l'accent particulier des habitants et leur tendance à parler une langue qui devait être du breton entre eux, comme pour se moquer des étrangers, irritèrent le voyageur. Depuis qu'il était devenu instituteur, Pelletier fils avait renforcé le côté « je-sais-tout » qu'il cultivait depuis son enfance. Se sachant intelligent, il pouvait paraître hautain aux yeux de certains tant il était sûr de lui. Ainsi, être raillé par des gens plutôt rustres, sans même les comprendre, l'avait conduit à regagner sa chambre. Le lendemain, il arriverait, en espérant que les habitants d'Elven seraient plus accueillants que ceux de Chateaubriant.

Vers quinze heures, à l'issue d'un voyage harassant, Bruno entendit enfin que la ville en vue était celle de Questember, près de Vannes. Elven n'était alors plus très loin à l'ouest.

CHAPITRE 3

Le fiacre s'arrêta sur la place de l'Eglise, le cœur du village. La première chose que nota le nouvel arrivant était les travaux en cours de l'église, nommée Saint Alban. Les marteaux que les tailleurs de pierre s'échinaient à frapper sur les futurs bas-reliefs rythmaient la place tout entière. D'autres travailleurs œuvraient sur le toit du transept en disposant avec application de petites tuiles d'ardoise qui étaient inconnues du jeune bourguignon. Jetant un œil sur les bâtiments entourant l'église, il remarqua que chaque toiture était constituée de cette pierre sombre. Les maisons étaient assez semblables, constituées de vieilles pierres grises, hormis les encarts de fenêtres qui tiraient sur le blanc. Une petite tour ronde et étroite, abritant sans doute un escalier, s'élançait avec arrogance au milieu des bâtisses carrées et donnait à l'ensemble un air médiéval qui ne manquait pas de charme. L'instituteur avait lu dans son livre de voyage que la région était granitique, et s'attendait à ce titre à des maisons taillées dans la pierre brute, comme chez lui. Si l'architecture globale était avenante, la dominante grise du bâti rendait Elven peu accueillante. La pierre et les tuiles de Bourgogne teintaient son village de touches de blanc et d'orangé. Bruno trouva que l'ensemble manquait de gaieté. Son œil attentif fut alors attiré par les vitraux de l'église Saint Alban, dont les couleurs vives contrastaient avec le reste de l'environnement. Ces bleus et ces rouges inspiraient la joie, mais son aversion pour la chose religieuse lui interdit de s'en émouvoir. Pourtant, ces verres colorés tout juste refaits dénotaient dans la grisaille ambiante. On eût dit des tâches de gouache dont un enfant négligent aurait moucheté une vieille photo sépia. S'attardant cette fois sur ses nouveaux concitoyens, Bruno les trouva moins dépaysants que leurs habitations. Il y avait là des grappes de vieilles dames vêtues de noir qui transportaient des paniers de vivres dégageant des odeurs de fromage et de poisson, une jeune mère dont le fils d'environ huit ans sautillait pour avoir un morceau du pain qu'elle tenait dans son autre main, ou encore une file de jeunes gens attendant d'être servis à l'épicerie. Beaucoup avaient les yeux bleus, ce qui, comme pour les vitraux, contrastait avec leurs tenues allant du gris clair au gris sombre. Elven affichait une forme d'unité délavée dans son manque de couleurs. Mais dans les visages de ses habitants revenaient souvent les yeux océan, les cheveux couleur de blé et les joues rougeaudes. Sa Bourgogne proposait des villes aux couleurs variées, mais peuplées de gens peinant à se démarquer les uns des autres. Au premier abord, Elven offrait le tableau inverse. Soudain, Bruno sentit le vent tourner, comme pour le tirer de ses rêveries et transporter une puissante odeur de rôtissoire. La boucherie située dans son dos se signala à lui en lui mettant l'eau à la bouche. Des jarrets de porc cuisaient lentement dans la devanture. Bruno ferma les yeux et se vit à table avec ses parents, partageant un bœuf bourguignon. Les odeurs possèdent un pouvoir d'évocation inégalé, tant elles peuvent vous ramener en un instant à des souvenirs ou des endroits depuis longtemps enfouis dans les abysses de la mémoire. C'est en s'approchant de ce fumet exquis que Bruno aperçut l'école où il logerait et travaillerait durant l'année. Comme s'il sortait d'un rêve, il donna un pourboire au cocher qui lui avait descendu ses bagages et nota son adresse en prévision du voyage retour.

Ciselé dans la grosse pierre et la fine ardoise comme ceux qui l'entouraient, l'édifice scolaire ne portait que la mention bretonne « *skol* », sans motif républicain. Bruno en tira une moue contrariée, mais relativisa car les Elvinois s'exprimaient dans la rue en français, et non en breton comme c'était le cas dans certains villages de Bretagne. La glorieuse République n'était pas pleinement implantée dans la région, mais le processus était en bonne voie. L'instituteur, perdu dans ses pensées, ne remarqua pas l'homme rondelet qui s'approchait de lui, avant qu'il ne le salue de sa grosse voix chaleureuse.

— Bonjour Monsieur ! Vous êtes notre nouvel instituteur,

Monsieur Pelletier, c'est cela ?

     — Oui, en effet ! Bonjour, Monsieur ! A qui ai-je l'honneur ?

     — Sergent des villes Fanch Kervadec. J'assure le maintien de l'ordre à Elven. Le maire Loussouarn m'a chargé de vous accueillir. Lui et vos futurs collègues sont à une réunion scolaire annuelle à Vannes pour préparer la rentrée. Ils ne peuvent donc être présents pour votre arrivée, et comme la ville est plutôt calme…

     — … vous êtes mon comité d'accueil ! Je vous en remercie, sergent Kervadec !

     — Alors comme ça vous nous venez de Bourgogne ?

La discussion s'orienta vers les origines de Bruno puis vers son nouveau lieu de vie. Fanch Kervadec était un homme d'une cinquantaine d'années, dont la bedaine correspondait à sa voix rêche, ainsi qu'à sa calvitie rassurante. Son visage abritait de petits yeux perçants sous une épaisse forêt de sourcils, surplombant des joues adipeuses et colorées. Malgré son air bonhomme, presque niais, Kervadec se montra perspicace dans l'observation de Bruno. Il en tira de rapides conclusions , pour la plupart pertinentes. L'instituteur en conclut que les habitants d'Elven lui réservaient quelques surprises si leur façade avec des apparences aussi trompeuses.
Kervadec lui révéla que les habitants avaient un caractère particulier. Les étrangers y étaient mal vus de certains et le maire, Yann Loussouarn, faisait partie des Elvinois hostiles aux non-Elvinois. L'édile s'était opposé au choix d'un inconnu pour éduquer l'avenir du village.

Une fois planté devant l'école, l'imposant Kervadec annonça à Bruno que son logement se trouvait à l'étage de l'édifice, précisant que cela réduirait les motifs de retard au travail. Partant d'un rire gras, il fit également sourire l'instituteur, qui trouvait sa nouvelle demeure à son goût. Une fois à l'intérieur, Bruno déchanta: ce petit appartement n'avait pas vraiment de charme. Le salon était sombre, le papier peint passé et terne et le lit peu confortable. Malgré cela, il apprécia la vue sur la place du village et la disposition des meubles, qui faisait paraître la salle plus vaste qu'elle ne devait vraiment l'être. Kervadec prit congé, lui conseillant d'aller manger à l'auberge d'une rue adjacente. Au vu de sa corpulence, Bruno pensa que le gendarme du village devait en être un habitué.

Après avoir installé ses affaires dans les petits placards et la grosse commode de son nouveau foyer, l'instituteur entreprit d'aller parcourir les alentours, d'autant que le soleil avait percé les nuages, comme pour l'accueillir. Il croisa deux vieilles dames qui s'enfuirent lorsqu'il se présenta à elles. Cette réaction l'étonna, tant les deux grand-mères avaient paru effrayées par un simple bonjour. Toutefois, ses autres interlocuteurs se montrèrent accueillants, le remerciant d'être venu s'installer chez eux. Il apprit notamment que la boulangerie était située chemin du père Kermorant, et que le médecin du village se nommait Erwan Salaün, domicilié rue du lavoir. Pour finir, les deux hommes les plus enrobés lui recommandèrent l'auberge favorite de Kervadec.

Le village d'Elven plut à Bruno dès son arrivée. Organisé autour de la petite place où il habitait désormais, le bourg était constitué de quelques artères laissant bientôt place à une verte campagne, où les cochons avaient remplacé les vaches charolaises des prés auxerrois. Le fleuron du patrimoine local était le château de Largoët. On y trouvait le plus haut donjon de France qui, de son altitude, semblait veiller sur les habitations. Les petites rues avaient un charme certain. En s'éloignant du centre, la campagne était parsemée de belles maisons récentes. Ces demeures typiquement bretonnes comportaient des portes massives cerclées d'une voûte de granit gris, et dont les larges cheminées étaient visibles sur les pignons, pareilles à des piliers du même granit. Pour parachever l'ensemble, la toiture était faite d'une fine ardoise, selon les canons locaux. L'une de ces maisons, juchée sur une colline, était plus grande que les autres. C'était celle du maire, Yann Loussouarn. Bruno l'avait remarquée lorsqu'il avait admiré la vue de sa fenêtre principale, non loin d'une épaisse forêt à l'aspect très sombre. Le livre *Splendeurs et richesses de la Bretagne*, dévoré lors du voyage, traitait de la forêt de Brocéliande, lieu mystique qui abriterait la tombe de l'enchanteur Merlin et cadre du mythe du Graal. Elven était situé non loin de Brocéliande, aussi la forêt qui l'entourait paraissait aussi dégager une aura particulière.

Ne s'étant pas arrêté depuis son arrivée, Bruno entreprit de retourner chez lui et de faire quelques commissions. Il alla donc grossir les rangs de ceux qui patientaient devant l'épicerie de la place de l'église, également nommée Saint Alban. Il s'agissait du saint patron du village, comme l'expliquait une petite plaque qu'il n'avait pas remarquée lors de son premier passage.

CHAPITRE 4

Peu après son retour de l'épicerie, Bruno entendit quelqu'un frapper à la porte. Somnolant, il crut rêver. Une deuxième salve retentit alors, le tirant pour de bon de sa torpeur. Ouvrant la porte, Bruno eut face à lui un homme bien mis, maigrelet et à l'air soucieux. Celui-ci se présenta comme étant le directeur de l'école d'Elven : Loïk Le Bihan. Le premier contact avec son supérieur hiérarchique fut excellent, le petit homme se montrant des plus accueillants. Les maigres commissions et la vaisselle présente dans l'appartement suffirent pour offrir un thé au directeur, prétexte à une longue conversation. Bruno apprit beaucoup sur le fonctionnement de l'école, ses collègues et les autres habitants du village. L'une des institutrices se nommait Maria Kervadec, femme du sergent des villes. Pour finir, Le Bihan apprit à Pelletier qu'une petite fête était organisée pour la fin des moissons, prévue le lendemain. C'était l'occasion idéale de se présenter au village sans risque de voir des gens le fuir. Quand Le Bihan le quitta, Bruno décida de prendre son premier repas à Elven dans l'auberge qui lui avait été conseillée.

Bruno s'y délecta de crêpes et de cidre comme à Châteaubriant, le tout agrémenté de pain et de beurre demi-sel. Ce repas typiquement breton l'enchanta, et il fit connaissance du patron, Mickaël Le Lan. L'aubergiste moustachu et adipeux lui confia qu'il était pressé d'être à la grande fête du lendemain, occasion idéale de se présenter aux Elvinois. Repu et exténué, il ne remarqua pas l'homme assis au fond de l'auberge, qui le fixait de son œil unique. La rentrée était prévue trois jours plus tard, et c'est sur cette pensée que Bruno Pelletier s'effondra sur son lit pour sombrer dans un lourd sommeil.

Le lendemain, Bruno s'employa à organiser ses préparations de cours et à s'aménager un espace de travail dans son petit appartement, qui lui plaisait de plus en plus. La journée était plus grise que la veille, et donc plus propice à rester à la maison. Ayant dormi près de douze heures, Bruno avait à peine fini son installation lorsqu'arriva l'heure de se préparer pour la fête. Il se regarda dans la glace après s'être habillé d'un complet sombre. Il avait un physique plutôt ordinaire, de stature assez grande. Ses cheveux bruns étaient assez longs, et ses yeux marron pétillaient de joie de vivre et de curiosité. Il avait les traits fins malgré d'épais sourcils, et la naissance de sa barbe était à peine visible. Tout cela lui donnait un aspect plutôt enfantin qui cadrait bien avec son statut de nouvel arrivant dans la région. La fête avait lieu à la salle communale située près de l'école, dans une rue partant de la place Saint Alban. Soudain, alors qu'il enfilait une des chemises que sa mère avait repassées avant son départ, l'instituteur fut saisi par l'angoisse. Sur un petit nuage depuis son arrivée, il avait ressenti une pointe de nostalgie lorsqu'il avait écrit à ses parents pour dire qu'il était bien arrivé. Il angoissait fréquemment à l'idée de rencontrer des inconnus. Il finit cependant de se changer et de se coiffer, et alla rejoindre Loïk Le Bihan, afin de ne pas faire irruption seul dans un endroit où il ne connaissait personne. S'il avait repoussé momentanément sa timidité tenace, il ne l'avait pas chassée pour autant.

Le directeur de l'école poussa la porte de la salle, faisant monter en flèche l'adrénaline de Bruno Pelletier. Ils entrèrent dans une salle richement décorée, avec notamment des drapeaux bretons aux couleurs de l'hermine. Un orchestre traditionnel avec binious, bombardes et cornemuses faisait danser l'assistance, qui paraissait regrouper la majorité des habitants d'Elven. Bruno ne reconnut d'ailleurs pas les deux vieilles dames qui avaient eu peur de lui. Un immense buffet avait été dressé, composé d'innombrables variétés de charcuteries et de fromages locaux aux fumets enivrants. En matière d'ivresse, le nécessaire était également prévu : chouchen, cidre, vin et liqueurs étaient de la partie. Bruno apprécia particulièrement l'hydromel, et les nombreuses rasades que lui servit Le Bihan l'aidèrent à aborder les Elvinois.

De nombreuses personnes lui furent présentées ce soir-là, ce qui l'enchanta finalement, même si cela ne fut pas toujours cordial. On lui présenta le médecin du village, un petit homme à l'aspect chétif, mais aux cheveux blonds éclatants et aux yeux d'un bleu océanique. Erwan Salaün était richement vêtu, et paraissait en même temps très simple. Encore un habitant dont l'apparence s'avérait trompeuse, sans doute une coutume locale.

— Alors, quelle est votre première impression sur notre humble village, Monsieur l'Auxerrois ? Êtes-vous dépaysé ?

— Les paysages sont assez proches, mais j'apprécie beaucoup l'architecture locale. Les maisons traditionnelles sont splendides. Et la cuisine est excellente.

— Et les gens ? ajouta-t-il avec curiosité. Sont-ils comme vous les espériez ?

— En fait, c'est difficile de répondre. Je vois que si la majorité est accueillante, certains sont réticents à la simple idée de parler avec moi.

— Vous savez, beaucoup ne sont pour ainsi dire jamais sortis d'Elven. Il ne faut donc pas attendre d'ouverture d'esprit de leur part. Mais si vous savez vous adapter, vu que la culture locale a l'air de vous plaire, ils vous accepteront avec le temps.

— J'espère que cela se passera bien avec mes élèves également. Il peut y avoir un choc des cultures.

— Disons que cela dépendra de ce que pensent leurs parents, dit le médecin avec détachement. Vous savez, à cet âge ils répètent ce qu'ils entendent à table.

— Et vous, êtes-vous d'Elven ?

— Oui, mais j'ai vécu quelques années à Rennes pour mon cursus de médecine, cela m'a permis de prendre un peu de recul, au point de me faire mal voir de certains… D'ailleurs, avez-vous rencontré le maire Loussouarn ?

— Non, pas encore, mais on m'a déjà parlé de lui. Il n'a pu me recevoir.

— Disons juste qu'il n'est pas très favorable à tout ce qui n'est pas né ici. Bon courage avec lui ! Tiens, justement le voilà !

Le directeur indiqua le maire à Bruno, qui dut prendre poliment congé du médecin Salaün. Loïk Le Bihan présenta Bruno au maire Yann Loussouarn, figure de patriarche local avec sa longue barbe grisonnante. Celle-ci tombait sur un ventre arrondi, qui soulignait une stature plutôt imposante. Ses cheveux épais encadraient un visage rugueux au regard inquisiteur. Habillé d'un complet noir, le personnage inspirait un mélange de crainte et de respect qui impressionna l'instituteur.

— Bonsoir Monsieur, alors c'est vous qui êtes chargé de l'instruction de nos jeunes pousses ?

— Bonsoir, Monsieur le Maire. En effet, j'ai été nommé pour prendre en charge une classe de l'école.

— J'espère que vous êtes prêt à renoncer à certaines de vos idées pour vous intégrer parmi nous !

— J'ai conscience des efforts nécessaires pour m'adapter à la culture locale, toutefois j'ai un programme strict à appliquer, émanant du Ministère de l'Instruction Publique.

— Grand bien vous fasse, Maître Pelletier,répondit l'édile avec une pointe de mépris, mais sachez que vos idées républicaines et parisiennes ne sauraient avoir prise dans notre chère Bretagne !

La voix du maire, déjà inquiétante, était devenue lugubre lors de cette dernière réplique. Bruno ne put rétorquer, rattrapé par sa timidité. Le directeur Le Bihan, qui avait suivi l'entretien de loin, rassura Bruno en lui disant que Loussouarn aimait à s'imposer et que son attitude s'améliorerait à l'avenir. Découvrant ses collègues, le jeune bourguignon fut rassuré en constatant qu'ils étaient très différents du maire. Il reconnut également le sergent de ville Kervadec, en compagnie de sa femme Maria. Bruno se fit vite apprécier du personnel de l'école. On lui présenta aussi un autre notable, Morgan Guivarc'h, directeur de la carrière de granit. Celui-ci devait être un proche du maire car ils partageaient certains points de vue. L'entretien fut donc bref, et tandis que Le Bihan alla rejoindre sa femme, il laissa Bruno quelques instants, mais celui-ci ne s'en aperçut pas, car il avait déjà les yeux perdus dans le vide.

CHAPITRE 5

Le Bihan aurait pu lui annoncer le retour de l'envahisseur prussien, Bruno n'y aurait probablement pas prêté attention. Parcourant la salle d'un regard distrait, son attention se fixa sur une jeune femme brune aux cheveux longs qui décrivait des cercles lascifs et hypnotiques en secouant la tête. Elle plaisantait avec une autre fille de son âge et avait un sourire éclatant, ainsi que des yeux noirs comme une nuit sans lune, si beaux qu'ils en devenaient effrayants. Le contraste entre la clarté de son sourire et la noirceur d'encre de ses yeux fit chavirer Bruno. Ses gestes devenaient lents et maladroits, car l'hydromel faisait son œuvre. Mais il ne pouvait s'y tromper : il avait bien l'impression que la jeune femme qui se tenait à une dizaine de mètres devant lui serait celle qui pourrait briser sa coquille. Pour l'heure, maître Pelletier était tétanisé tant il luttait. Embué dans son admiration, il entendit une voix l'appeler, ce qui le tira de ses rêveries. Une autre jeune femme, rousse celle-ci, se tenait devant lui, attendant qu'il lui renvoie son bonjour. Se ressaisissant, Bruno la salua à son tour. Elle aussi était très jolie. Ses yeux bleus étaient envoûtants, et son visage fin et gracile. Sa robe bleu clair était superbe, écrin luxueux pour son corps menu et sensuel. Bruno était déjà bien saoul, et la jeune femme rousse lui apparut telle une déesse. Sa beauté était différente de celle de la fille aux cheveux noirs, qui avait maintenant disparu, comme s'il ne l'avait que rêvée.

> — Je m'appelle Noëlla, et vous ?
>
> — Euh… Bruno, enchanté !
>
> — Dois-je vous appeler maître ou professeur ?
>
> — Bruno sera très bien !

Cherchant quelque chose à ajouter, l'instituteur ne trouva rien d'autre, peut-être n'était-il pas encore assez aviné, ou déjà trop.

> — Eh bien ? Vous n'êtes pas bavard pour un instituteur !

Êtes-vous si aphone devant vos élèves ?

— Non, bien sûr ! Disons juste que je découvre le chouchen, et que c'est plutôt trompeur !

— Vous avez l'air d'apprécier nos produits, c'est très bien ! Vous êtes-vous fait des connaissances ?

— Oui, oui, mais je ne vous avais pas vue, pourtant votre robe est si jolie qu'elle ne passe pas inaperçue !

— Oh, vous êtes un petit charmeur, finalement ! dit-il avec un rire ingénu.

Bruno rougit presque de sa remarque, ne se reconnaissant pas dans ce qu'il venait de dire. Noëlla rougit elle aussi, comme ravie du compliment. Performance exceptionnelle, maître Pelletier venait de réussir à passer pour l'exact inverse de ce qu'il était vraiment. Il avait déjà adopté les fausses apparences qu'il avait notées chez Kervadec et Salaün. En tout cas, ses deux premiers jours se passaient bien et il en fut presque fier. Déraciné de chez lui, ne connaissant personne, il s'en sortait bien. Presque trop bien.

Noëlla lui promit de revenir le voir un peu plus tard, puis Bruno chercha du regard la fille aux magnifiques cheveux noirs, mais ne put la discerner. Se levant tant bien que mal, il entreprit de se rendre aux toilettes, quand son pied heurta celui d'un homme assis à une table, sirotant un verre de vin. Bruno se retourna et s'excusa poliment, mais une voix rugissante lui cracha au visage.

— Dites donc, vous ne pouvez pas faire attention, un peu ? Regardez où vous marchez, que diable !

— Je me suis excusé, monsieur. Je n'ai pas fait exprès, n'en faites pas une histoire !

— Comment ? hurla-t-il sur un ton chargé de ressentiment. Vous osez me dicter ma conduite ? Je ne suis pas l'un de vos élèves, Maître Machin ! Vous m'entendez ?

— Écoutez, cessons là cette discussion. Je...

L'homme était à la fois gros et très musclé. Son visage était repoussant et son œil unique était luisant de haine. Son teint écarlate témoignait de son goût pour le mauvais vin, et son œil meurtri était sans doute issu d'un accident ou d'une malformation. Le voyant se redresser, Bruno se rendit compte qu'il lui manquait la main gauche, son bras se terminant par un moignon disgracieux.

— Que regardez-vous ? Sachez que cette blessure me vient de cette foutue guerre contre les Prussiens ! J'ai donné une main et un œil à la France, moi Monsieur ! Et vous, que lui avez-vous donné ?

— Mais je… dit Bruno, apeuré. Sachez que j'ai moi aussi beaucoup souffert à cause de cette satanée guerre et que…

— Ah oui ? L'avez-vous faite, cette satanée guerre, comme vous dites ? Hein ? Où étiez-vous pendant que mes camarades de front et sept enfants d'Elven croulaient sous les balles allemandes ?

— Je n'ai pas fait cette guerre car… Mais mon frère a …

Bruno sentit lui monter des larmes. C'était la première fois qu'il se sentait vraiment agressé. Même le discours du maire Loussouarn paraissait une comptine pour ses élèves à côté de ce flot de paroles haineuses. Des souvenirs de son frère lui revinrent alors en tête, le percutant comme l'aurait fait un train. Puis ce furent des images de ses parents pleurant seuls chez eux, loin de leur joie, loin de leurs fils. Ne tenant plus, Bruno se retint de sangloter tant que possible, et ne put même pas adresser un regard à son bourreau, sous peine de risquer de perdre le peu d'amour-propre qui lui restait encore.

— C'est ça ! Rentrez chez vous, Maître Pelletier ! Vous avez école bientôt et il vous faudra colporter les idées de votre République !

Bruno ne fit même pas attention à ces dernières paroles et quitta précipitamment la salle. En arrivant à cette veillée, il aurait juré qu'il serait moins anxieux en sortant qu'en entrant. Et pourtant, ce départ imprévu était bien réel, au contraire de la fille aux cheveux noirs. Il était désormais sûr qu'il ne l'avait que fantasmée. De toute façon, Noëlla aurait de lui l'image d'un pleurnichard. Rentré chez lui, Bruno n'était même plus ivre : l'altercation avec cet homme ordurier avait comme dissous l'alcool dans ses veines. Il eut l'idée d'ouvrir sa petite boîte noire, celle qui était cachée dans sa valise, mais y résista. Fondant en larmes sur son oreiller, il regretta pour la première fois son départ pour Elven. Mais il ne devait pas se démobiliser pour un ivrogne vindicatif. Pourtant, cet homme qu'il n'avait jamais vu avait tout de suite senti sa faiblesse, et rouvert la blessure. Décidément, Elven n'était pas un village comme les autres.

CHAPITRE 6

Le sommeil enveloppa vite l'instituteur. Il se réveilla le lendemain avec un mauvais mal de crâne, et regretta d'avoir autant bu alors que c'était le dernier jour avant la rentrée. Une fois ses esprits repris, il reçut la visite de Loïk Le Bihan, qui était sorti peu avant l'altercation et n'était rentré qu'une fois Bruno parti.
Il lui révéla que son agresseur se nommait Gregor Le Goff. C'était un homme taciturne et violent, vétéran de la guerre de 1870. Il y avait vu mourir la plupart des membres de son régiment d'infanterie, et les sept natifs d'Elven tombés au combat étaient tous des camarades qu'il estimait. De retour de la guerre, il n'avait plus été le même. Il buvait beaucoup, puis devenait vulgaire voire violent. Son statut d'ancien combattant lui valait d'être respecté, ou plutôt craint, par les villageois. Aussi offensant qu'imprévisible, Le Goff vivait à l'écart du village en compagnie de sa femme, qui supportait tant bien que mal ses accès de violence. Il se contentait de se rendre parfois à l'auberge de Le Lan, et s'assister aux fêtes municipales. Ses rares apparitions étaient généralement alcoolisées, et mieux valait alors l'éviter. Lui donnant rendez-vous pour le lendemain, Le Bihan prit congé de Bruno, retournant lui aussi à ses derniers préparatifs.

Bruno fut soulagé de voir que cet homme l'avait apostrophé sur la guerre par pur hasard, et non à dessein. Mais cela ne suffit pas à estomper le douloureux souvenir de l'avis de décès militaire concernant Paul Pelletier, en date du 2 décembre 1870. Cette lettre était restée gravée dans son esprit, comme ces archives qui résistent avec ténacité au temps qui passe.
Devant prendre son poste le lendemain, il passa la journée entre l'organisation de ses outils de travail, les efforts pour se remettre du choc de la veille, et des migraines passagères. Une fois encore, le temps passa vite. Les journées bretonnes étaient-elles plus

courtes malgré leur coucher de soleil tardif ? Il en avait l'impression, et cela signifiait que la Toussaint arriverait vite, et avec elle le retour à la maison. Le soir, Bruno n'eut pas de mal à trouver le sommeil, la fatigue nerveuse accumulée s'abattant d'un coup. Au réveil, il lui sembla avoir dormi des jours, et il en aurait bien besoin en cette journée de rentrée. Il se présenta en avance sous le préau de l'école, entamant la conversation avec Maria Kervadec puis Loïk Le Bihan. Mis en confiance, il entendit sonner l'heure de prendre en charge sa classe.

Le directeur lui avait déjà présenté sa salle, mais Bruno n'avait pas encore eu le temps de la décorer à sa guise. Il avait seulement remarqué que Marianne et le drapeau tricolore, symboles de la Troisième République, manquaient à l'appel. Cela lui avait déplu, mais il avait ravalé ses revendications qui auraient pu le faire mal voir. La classe de cours préparatoire s'installa en silence, les élèves observant sans discrétion leur nouvel instituteur. Après les présentations d'usage, Bruno demanda que chacun écrive nom sur son ardoise. Il se montra incapable de lire certains écrits : si certains ressemblaient à des hiéroglyphes, d'autres affichaient des prénoms qui lui étaient inconnus. Le moment déterminant du premier exercice de l'année lui avait échappé, face à des enfants nommés Gweltaz, Alouarn ou Soizic.

Durant le repas du midi, le personnel le mit en confiance, ce qui permit à Bruno de surmonter sa timidité. L'après-midi lui permit de rétablir la situation face à sa classe. Les enfants étaient avenants, même si le choc des cultures était permanent. Parfois, certains élèves parlaient breton entre eux, ce qui énervait Bruno car il ne comprenait rien à ce qui se disait alors. Comme lui avait dit Erwan Salaün, certains élèves faisaient des commentaires déplacés sur l'origine « étrangère » de leur maître. Et, bien entendu, il s'agissait des rejetons des Elvinois qui lui étaient hostiles. On trouvait dans ce groupe d'irréductibles Yann Guivarc'h, fils du directeur de la carrière de granit, ou encore Ronan Le Goff, petit-neveu de la brute à la main manquante. Bruno n'avait pas eu d'appréhension au moment de reprendre ces élèves pour leurs bavardages. Il s'était pleinement installé dans sa nouvelle fonction et la première semaine se passa bien. Il avait résolu le problème des messages en breton en leur parlant à son tour en morvandiau, patois bourguignon dont les petits armoricains ne saisissaient pas un mot. Il avait également su remettre à leur place les petits contestataires sans les heurter de façon à ne pas créer de problèmes avec leurs parents. Ceux-ci n'attendaient peut-être que cela pour lui rappeler qu'il n'était pas des leurs.

La semaine fut harassante, et maître Pelletier décida de prendre un fiacre pour aller en bord de mer le samedi. Le vacarme du ressac et le goût de l'iode que le vent lui saupoudrait sur les lèvres eurent un effet apaisant. Il apprécia pleinement le bruit humide du sable sous ses bottines et le bleu profond de l'océan. Il n'avait jamais vu la mer, son pays natal étant plus propice aux balades champêtres. Celles qu'il faisait quand son frère Paul était là pour le protéger et où ils pouvaient passer des heures à construire des cabanes et grimper aux arbres. Le deuil de son frère lui avait fait l'effet d'une montagne à gravir, et il doutait d'en voir un jour le sommet.

CHAPITRE 7

Bruno se plaisait à rencontrer les parents de ses élèves en fin de journée, afin de se montrer sous son meilleur jour. Mais là encore certains refusaient le dialogue, comme les parents du jeune Ronan Le Goff. Cela posait problème, d'autant que l'enfant était devenu le meneur des élèves qui lui causaient des tracas. Mais un autre élève l'inquiétait, pour des raisons différentes. Le petit Mickaël Kerouac'h, très remuant quelques jours plus tôt, était devenu subitement solitaire et muet. L'instituteur ne put rencontrer son accompagnateur à la sortie des classes, et se dit qu'il devait absolument le faire le lendemain. Le soir même, il était invité à manger chez les Kervadec. Le sergent des villes parla longuement d'Elven et de ses habitants. Il lui conseilla notamment d'éviter d'afficher ses idées républicaines sous peine de s'attirer les foudres de certains. Bruno apprit également que son absence à la messe du dimanche avait été mal vue, ce à quoi il répondit que sa famille était évangéliste d'obédience protestante. Il évita d'ajouter qu'il se définissait plutôt comme athée. L'église Saint Alban accueillait chaque dimanche l'ensemble d'Elven. Forcément, son absence fut remarquée, et Bruno apprit par un de ses élèves que certains au village le surnommaient *le huguenot*.

Le vendredi soir, Bruno parvint à suivre Mickaël Kerouac'h et se présenta à sa maman, Gaëlle. Lui parlant du changement d'attitude brutal de son fils, Bruno reçut la réponse comme un coup de poing en pleine figure : son père était décédé deux jours auparavant. La constatant en plein désespoir, Bruno lui proposa de la raccompagner, ce qu'elle accepta. Une fois parvenu chez les Kerouac'h, Bruno se vit offrir une tasse de thé qu'il ne put refuser. La maison était classique, assez ancienne. Toutefois, un détail interpella l'instituteur : de petits tas de cailloux étaient disposés çà et là dans le jardin devant la maison.

Bruno apprécia beaucoup la jeune veuve. Cette femme n'avait que quelques années de plus que lui mais faisait face avec une volonté admirable. Bruno en ressentit une forme de jalousie. Ils parlèrent longuement de leurs deuils respectifs. Cette discussion leur fit du bien à tous les deux, tant le dialogue avait basculé dans la confidence.

Parmi leur échange, un mot interpella Bruno, lorsque Gaëlle lui déclara que « l'Ankou avait emporté son mari ». Ce nom ne lui dit rien du tout, il lui demanda donc des explications. La jeune veuve s'exécuta aussitôt.

— En Bretagne, la mort a un nom, mais elle a aussi un visage. L'Ankou est un personnage qui sillonne la région sur une charrette qu'on appelle *Karrik an Ankoù*, que tire un cheval décharné. Il est celui qui met fin à l'existence. Lorsque votre tour est venu, il vient vous chercher puis vous emmène dans sa charrette pour un voyage sans retour. Il signifie leur mort aux vivants, et on ne peut lui échapper. Son visage est pâle et maigre, ses vêtements sombres sont d'un autre âge et il tient toujours une grande faux qui lui permet d'accomplir sa funeste besogne. Je n'ai pas entendu les crissements de sa charrette avant-hier, mais j'ai perçu dans la nuit le bruit des cailloux qui annoncent sa venue. Peut-être n'ai-je que rêvé, mais il est bel et bien venu ici pour emporter mon pauvre mari. Dieu ait son âme. Il nous quitte si tôt, Mickaël et moi…

La jeune femme fondit à nouveau en larmes, faisant également pleurer son fils. Bruno réussit à se retenir, et tenta de la consoler, tout en pensant à cette histoire d'Ankou.

— Les cailloux dont vous m'avez parlé, ce sont ceux qui sont en petits tas dans votre jardin ?

— Oui, répondit-elle, c'est ainsi que l'Ankou signale sa présence. On dit que, lorsqu'on veille un mourant, le fait d'entendre ces cailloux signifie qu'il rend son dernier souffle, car l'Ankou vient alors pour prendre son âme.

— Mais l'avez-vous déjà vu, cet Ankou ? demanda Bruno

avec une curiosité non feinte.

— Non, je ne l'ai jamais vu. Mais on dit que le voir est très mauvais signe : cela signifie la mort imminente d'un de vos proches. Je ne l'ai pas vu malgré ce qu'il vient de m'arriver.

— Mais alors comment pouvez-vous me le décrire aussi précisément ? D'où tirez-vous ces renseignements ?

— Mais c'est ancré dans notre culture, tout comme vous pourriez me décrire Notre-Dame de Paris ! Que voulez-vous que je vous dise de plus ?

— Vous me parlez d'une espèce d'être surnaturel, fossoyeur qui plus est, que vous n'avez jamais vu ? rétorqua Bruno sur un ton condescendant. Vous vous moquez de moi ?

— Comment osez-vous ? Croyez-vous que le décès de mon mari ne suffise pas pour que l'on mette encore ma parole en doute ?

— Je ne mets pas votre bonne foi en doute, madame, pardonnez-moi, dit-il de façon plus mesurée. Mon esprit rationnel a seulement du mal à admettre une telle histoire.

— Votre esprit rationnel ? s'emporta-t-elle. Ne soyez pas trop sûr de vous, monsieur Pelletier : si vous pensez tout savoir de la Bretagne après avoir lu votre manuel pour touristes, détrompez-vous, ou ce genre d'erreur pourrait signifier votre perte !

— Que voulez-vous dire par là ?

— Simplement que certaines histoires ne figurent pas dans les livres, et qu'elles n'en sont pas moins vraies. Les livres n'ont pas le monopole de la vérité. Nous parlons ici de forces qui nous dépassent tous, et qu'il vaut mieux ne pas prendre à la légère. Votre savoir doit être étendu, mais ceci dépasse de loin vos compétences, croyez-moi. Même la Bible ne peut vous défendre lorsque l'Ankou vient pour vous. Ne reste alors plus qu'à faire la paix avec vous-même, en espérant que vos actions vous accordent la terre des justes, et non les feux éternels.

La discussion prenant un tournant trop théologique pour l'instituteur, il choisit d'y mettre fin. Prenant poliment congé de la veuve Kerouac'h, il s'excusa encore de son emportement. Gaëlle eut une réponse énigmatique :

— On ne sait pas s'il tire son nom du breton *Anken*, pour chagrin, ou *Ankoun*, pour oubli. Mais ce que l'on sait, c'est qu'il s'agit là des deux pires malheurs pour les vivants, mais aussi pour les défunts…

Rentré chez lui, Bruno ressassa longuement cette dernière sentence, qui lui laissait un goût plutôt amer. Si l'histoire de Gaëlle l'avait plus amusé qu'effrayé, car il refusait d'y croire, sa dernière parole le hanta longuement, notamment vis-à-vis de Paul. Bruno s'en voulait d'avoir réagi de la sorte. Il ne pouvait parfois s'empêcher de plaquer ses certitudes sur celles des autres, n'écoutant que son avis et le considérant comme le seul vraiment valable. Si cet entêtement n'avait pas de conséquences avec des élèves de cours préparatoire, il en allait autrement des adultes, en particulier endeuillés. Il allait devoir faire des efforts pour gagner sa place aux yeux de tous dans ce village. Reprenant « *Splendeurs et richesses de la Bretagne* », Bruno n'y trouva pas une ligne à propos de ce fameux Ankou. La bibliothèque de l'école n'attendait que lui.

CHAPITRE 8

Cette histoire revenait régulièrement dans les pensées de Bruno, même s'il n'y adhérait pas. Le jeudi soir, il alla après la classe à la bibliothèque scolaire, et trouva un livre traitant des contes et légendes de Bretagne. Outre la large proportion de texte traitant du mythe du Graal figuraient plusieurs pages consacrées au fameux Ankou. L'illustration correspondait à la description livrée par Gaëlle Kerouac'h, et rappela à Bruno les personnages des danses macabres sur les enluminures du Moyen-Âge. La figure de la Mort, avec son manteau et sa faux servant à emporter les âmes, était issue de ces œuvres d'art médiévales. Son sommeil fut agité, car des squelettes venaient régulièrement le tourmenter, promettant parfois d'emporter son âme avec eux. Le vendredi après-midi, l'école ferma en raison des funérailles d'Ivan Kerouac'h, auxquelles se rendit Bruno. Gaëlle vint le saluer sobrement, et le remercia de sa présence. L'entêtement affiché deux jours auparavant n'avait donc pas eu de conséquences, et Bruno en fut soulagé. Lui voyait cela de sa porte, mais Gaëlle avait surtout eu bien d'autres soucis ces derniers temps. Durant la cérémonie, l'instituteur ne fit pas attention aux regards appuyés de reproches de certains habitants, comme vexés de voir un étranger se délecter du malheur de leur communauté. Pourtant, il n'était présent que parce qu'il savait combien la cérémonie d'un enterrement est apaisante pour la famille du défunt.

Souhaitant s'aérer l'esprit, Bruno profita d'un temps doux pour étrenner la bicyclette qu'il venait de s'offrir en allant jusqu'à la plage. La mort du père de Mickaël et ses histoires annexes avaient éprouvé l'instituteur. Il était parfois invité à manger chez les Kervadec, qui étaient devenus de bons amis, ainsi que chez le directeur Le Bihan, même si une distance avec la hiérarchie restait nécessaire, pensait-il.

Voir les paysages littoraux eut l'effet d'une évasion chez l'instituteur. Certains panoramas avaient marqué Bruno plus que d'autres, et notamment cette clairière dans les bois du Hayo entourant Elven. La luminosité était faible, donnant un aspect fantastique à l'endroit, rythmé par le chant des oiseaux et le bruissement des feuilles sous les déplacements de minuscules mammifères. La douce odeur d'humus le berça, et il s'endormit adossé à un arbre au tronc moussu. Rouvrant les yeux, il décida de rentrer afin de préparer ses cours pour la semaine. Les moments de déprime s'accompagnaient de baisses de motivation pour le travail, et il se retrouvait parfois à préparer le lundi soir les cours du mardi. Bruno s'en accommodait car il s'estimait plus efficace dans l'urgence.

Le samedi soir, Bruno avait vu les effets thérapeutiques de sa balade s'estomper rapidement. Le mal du pays le gagnait parfois. Il restait un mois avant la Toussaint, et avec elle la joie de retrouver ses parents. Depuis son arrivée à Elven, Bruno entretenait une correspondance très régulière avec eux. Le courrier mettant plus d'une semaine à arriver, la règle était de répondre à une lettre le jour même de sa réception, afin de réduire au maximum les délais d'attente. Dans leur dernière missive, ses parents avaient voulu montrer qu'ils tenaient le coup mais Bruno avait l'habitude de décrypter des écrits, et il savait que ce n'était qu'une façade. Ils souffraient de tous ces kilomètres dressés entre eux et leur dernier enfant. Après leur avoir répondu, Bruno décida de se détendre et, n'ayant rien de prévu pour la soirée, se mit en quête de sa petite boîte noir et jaune, celle que sa mère avait ratée de peu à l'approche du grand départ. En sentant sa surface froide, un sourire satisfait illumina le visage de l'instituteur exilé.

Il posa délicatement la petite boîte de laiton noir ornée de parements jaunes, frappée de l'inscription *Régie de l'opium.* Cette organisation d'État en assurait et réglementait les importations en provenance des colonies françaises d'Asie, comme le Tonkin ou la Cochinchine. Bruno se dit alors qu'il devrait poncer le couvercle de la boîte afin d'en masquer l'inscription qui pourrait lui attirer des problèmes. Celle-ci était légèrement gravée dans le métal, mais deviendrait presque indécelable par cette manipulation. Se préparant à un rituel auquel il ne s'adonnait que rarement, Bruno trempa une longue aiguille dans le liquide brunâtre avant de la passer au-dessus de sa lampe à pétrole. Une fois le liquide devenu pâteux sous l'effet de la flamme, il remplit sa pipe avec la boulette obtenue, le trou de l'aiguille au-dessus pour assurer l'appel d'air. Tirant les premières bouffées d'une fumée âcre et enivrante, Bruno ferma les yeux, comme pour se préparer à l'impact de cette drogue puissante sur son cerveau en surchauffe. Maître Pelletier ne se livrait qu'occasionnellement à la chasse aux dragons, mais il avait remarqué que cela rendait ses réflexions plus intenses les jours suivant les prises. Certains habitants d'Elven auraient crié au Diable s'ils l'avaient vu se dévoyer de la sorte.

Pensant à beaucoup de choses et à rien à la fois, son cerveau tournant à cent à l'heure tout en restant à l'arrêt, il sombra rapidement dans une torpeur narcotique et colorée.
A un moment indéterminé, Bruno s'aperçut qu'il se trouvait dans la clairière du bois du Hayo. La lumière était faible puis disparut brutalement. La nuit s'installa à une vitesse effrayante, accompagnée d'un brouillard fétide. Se redressant pour marcher sans savoir où, Bruno heurta quelque chose du pied, qui émit un léger bruit, comme un tintement. Ne pouvant voir de quoi il s'agissait à cause de l'épaisse brume, il en toucha d'autres. Ce bruit laissa bientôt la place à un autre, strident et régulier. Butant sur une branche, Bruno se retrouva à genoux, et aperçut une forme sombre juste devant lui. Ce qu'il vit hérissa les cheveux de sa nuque. Il s'agissait d'un simple petit tas de cailloux, comme ceux aperçus chez Gaëlle Kerouac'h. Ce son lancinant ne pouvait donc être que le crissement de la charrette de l'Ankou. La Mort personnifiée se dirigeait vers lui, il en était sûr. Paniquant, il vit se découper à sa gauche la forme d'un énorme tonneau à vin, dont la présence en ces lieux interpellait. Pour une fois,

Bruno se retrouva à court de conclusions, et alla se dissimuler derrière. De sa cachette, le brouillard parut soudainement moins dense, lui permettant de voir plus loin. Il distingua la charrette à quelques mètres du tonneau, et fronça les sourcils pour mieux voir. A demi cachée derrière le véhicule sommaire, une petite silhouette très maigre avançait lentement, puis s'arrêta subitement. Comme contrôlé par une force inconnue, Bruno ne put s'empêcher d'observer quand se cacher devenait vital. La silhouette avait tourné la tête dans sa direction, semblant l'avoir repéré. C'était un visage très fin, trop fin, qui le scrutait maintenant. Ses traits étaient impersonnels, ne rappelant rien d'autre qu'un crâne humain. Ce visage dégageait une sorte de mélancolie profonde et contagieuse, en même temps qu'une lueur de colère terrible. De brefs éclairs jaunes illuminèrent ses yeux pointés sur l'instituteur, avant que ceux de ce dernier ne se rouvrent soudainement, avec pour seul décor un bureau et une armoire, ainsi qu'une porte de chêne.

CHAPITRE 9

Ce visage sardonique hantait toujours Bruno lorsque celui-ci se réveilla en sursaut et inondé de sueur. Pourtant, il n'aurait pu en dessiner exactement les traits car la vision qu'il en avait était celle d'un mauvais rêve qu'on s'efforce d'oublier, mais sans jamais y parvenir. Pour la première fois de sa vie d'adulte, Bruno Pelletier ne savait plus que croire, ses belles certitudes se trouvant bouleversées par cet événement.

Peinant à se rendormir, il sua à grosses gouttes dans ses draps durant une bonne partie de la nuit. Se réveillant difficilement, il pensait que son crâne allait exploser. Un bon bain lui permit de recouvrer la plupart de ses facultés mentales. Passant quelques heures à faire le ménage chez lui et à laver la vaisselle en retard, l'instituteur entama ensuite une promenade dans Elven, puis s'arrêta au retour chez les Kervadec. Le sergent des villes et sa femme Maria devenaient ses principales connaissances à Elven. On l'invita ainsi à prendre le thé

— Dites-moi, Fanch, que savez-vous de l'Ankou ?

— Il s'agit de la figure locale de la mort, chargé de lutter contre l'oubli de notre simple condition de vivant. Chacun de ses passages, comme cette semaine, est une mise en garde adressée à ceux qui n'ont plus conscience de leur chance d'être en vie. Voir l'un des siens partir conduit à vivre mieux, on se sent en quelque sorte dans l'obligation d'être digne du défunt.

— Il aurait donc une sorte de mission spirituelle ?

— C'est ce que certains pensent, mais sa fonction est essentiellement de venir prendre les âmes lorsque leur heure a sonné. C'est pourquoi il est respecté et craint, car le voir est signe que l'un des vôtres, ou même vous, partira bientôt.

— L'avez-vous déjà vu ? Y'a-t-il des endroits où on peut le voir ? demanda Bruno avec avidité.

— On ne le voit pas s'il ne veut pas être vu. Il dispose sur sa charrette d'une tige de fer terminée d'une girouette, afin de sillonner la région, à la recherche de ses prochaines victimes.

— Mais comment pouvez-vous être si sûrs de tout cela si on ne le voit jamais ? J'ai l'impression que ce n'est qu'une histoire à faire peur aux enfants ! déclara-t-il d'un ton hautain.

— Ne commettez pas de péché d'orgueil, Bruno, rétorqua Kervadec d'une voix pesante. La Bretagne est une région très mystique, les esprits sont ici plus proches des vivants qu'ailleurs. N'oubliez jamais cela, car vous moquer des mythes bretons ne serait pas une bonne idée. Non seulement votre image d'instituteur éclairé en pâtirait, mais il n'y aurait plus grand-monde à Elven pour vous défendre.

— Loin de moi l'idée de me moquer de la région qui m'accueille, ajouta-t-il d'un air contrit. j'ai seulement un esprit cartésien qui a besoin de preuves pour croire.

— Cartésien ou non, tenez-vous éloigné de ce genre de forces, car la science est face à elles impuissante... dit le sergent des villes en jetant derrière son dos un regard inquiet.

— L'Ankou est donc chargé de venir prendre ceux qui sont appelés à leur fin, mais décide-t-il lui-même de cette liste ?

— Qu'il en soit la source ou seulement l'exécutant, il représente la puissance qui décide de notre sort.

— Que pensez-vous de cet Ankou ? Le craignez-vous ?

— Bien sûr. Comme tout le monde, je crains la mort même si je fais le nécessaire pour bien vivre après ma présente vie.

Comme avec Gaëlle, la métaphysique conduisit Bruno à mettre fin aux débats. Mais il n'y eut cette fois pas de prise de bec. Maria et Fanch le saluèrent sur le perron, et Bruno les quitta, avec une idée précise en tête. Il se rendit ensuite au cimetière d'Elven, et par chance il ne croisa aucun des gens que sa présence irritait. Ne sortant jamais sans son petit carnet de notes en cuir noir, il commença à y consigner des noms à l'aide de la plume reçue d'oncle André. Ce cahier était un cadeau de son frère Paul, c'est pourquoi il ne le quittait jamais. Bruno se plaisait à prendre des notes sur des sujets divers et variés, car il comptait sortir plus tard une somme de ses connaissances. Cet ouvrage serait la grande œuvre de sa vie et aurait pour nom *Anthologie des pérégrinations de Bruno Pelletier*. L'instituteur tenait à ce projet, et avait déjà accumulé des articles variés dans les nombreux cahiers qu'avait précédemment contenus sa reliure de cuir. Ce jour-là, Bruno nota les noms des Elvinois décédés depuis vingt ans, soit depuis l'année 1855. Cela représentait trente-huit noms, parmi lesquels il identifia les sept camarades de Le Goff tombés à la guerre franco-prussienne. La tombe la plus richement ornée était celle d'un certain Victor Loussouarn, évêque de Vannes décédé en 1862. Cette famille devait jouir d'une grande influence dans la région depuis des décennies.

Le lendemain lundi, après les cours, Bruno se rendit à la bibliothèque de l'école. Celle-ci était ouverte à tous les habitants, et on y trouvait également les archives et documents municipaux. Deux heures durant, il se plongea dans les registres paroissiaux, qui faisaient office de documents d'état-civil. Il releva à nouveau tous les morts depuis 1855, et arriva à un total de cinquante-neuf. Troublé, il rentra chez lui et s'empressa de souligner les noms de ceux qui manquaient à l'appel au cimetière. Il en décompta donc vingt-et-un. Où pouvaient être passés tous ces gens ?

CHAPITRE 10

Bruno avait posé les bases d'une bonne entente avec la classe de cours préparatoire. Le travail avançait bien, même si le groupe de dissidents du fond de la salle avait des idées toujours hostiles à l'enseignant, au moins ne les exprimait-il plus. Le mercredi en fin de journée, avant le jour sans école du jeudi, il aborda le sujet de l'Ankou, demandant ce qu'ils en savaient. De nombreux élèves semblèrent alors couler sous leur table, et d'autres regardaient autour d'eux, notamment en direction des fenêtres. Peinant à chasser le froid qui s'était subitement installé, il remarqua à quel point ce personnage était associé à la mort dans la culture locale. Avant de partir, il s'excusa auprès de Mickaël Kerouac'h pour avoir amené ce sujet qui pouvait lui rappeler la mort récente de son père. Le jeune garçon lui répondit que ce n'était pas grave, et qu'il fallait bien continuer à vivre malgré tout. Lui souhaitant un bon jeudi, Bruno fut soufflé par la maturité et le courage affichés par un si petit bonhomme.

Ce jeudi, Bruno reçut une lettre de ses parents. Ils allaient bien, tout comme l'oncle André, mais les nouvelles n'étaient pas des meilleures. Jean Pelletier commençait à se faire vieux, et il cherchait toujours un successeur pour sa boulangerie. La guerre de 1870 avait gravement affecté les finances de l'État français, et les banques ne consentaient que rarement à accorder des crédits. De plus, la naissance de la République avait provoqué des changements politiques profonds, rendant les investissements incertains, tandis que les récents scandales financiers ajoutaient encore à ce marasme. Bruno connaissait parfaitement son père : même sans lui demander directement, il espérait que son fils lui réponde qu'il avait enfin décidé d'abandonner sa carrière d'instituteur. Prenant la belle plume offerte à son départ par l'oncle André, l'instituteur répondit à ses parents, leur disant qu'il n'y avait plus que trois semaines avant son retour à la maison. Leur parlant de sa vie bretonne, il raconta ses récentes visites, ainsi que quelques anecdotes de classe.

Achevant sa missive, il l'enveloppa avant de prendre le chemin du bureau de poste voisin. Sortant du bâtiment qui abritait aussi bien sa salle de classe que son lieu de vie, il croisa un visage familier. C'était celui de Noëlla Loussouarn.

— Bonjour, Monsieur l'instituteur ! lança-t-elle d'une voix enjouée. Comment allez-vous depuis la dernière fois ?

— Bonjour, Noëlla ! Je me porte bien, et vous ?

— Oui. Alors, votre intégration ? Vous ne rencontrez pas trop d'écueils ?

— Je me fais doucement à cette belle région !

— Que diriez-vous d'aller boire un verre à l'auberge de monsieur Le Lan ?

— Euh… Oui, je pense… bredouilla-t-il, pris de court. Quand cela ?

— Mais vous n'êtes pas retenu aujourd'hui ! Pourquoi pas maintenant ?

— Euh… Pou… Pourquoi pas, après tout ?

Bruno avait été déstabilisé par la proposition de la jeune femme rousse aux si beaux yeux bleus. Toujours incapable de maîtriser son émotivité, Bruno s'en voulut d'avoir bafouillé. Noëlla souhaitait toujours le voir, en dépit de son attitude peu digne face aux provocations de Le Goff. C'était bon signe, mais il faudrait revoir cette diction défaillante. Ils s'engouffrèrent dans l'auberge.

Ils bavardèrent durant près d'une heure, parlant de leurs vies respectives et échangeant certains points de vue. Deux constats s'imposèrent à Bruno. Tout d'abord, il semblait jouir d'une profonde estime chez cette dame. Ensuite, celle-ci se révélait très charmeuse, voire manipulatrice. Travaillant au contact des gens, il savait dessiner un portrait-type de ceux à qui il avait affaire. Noëlla avait un sourire charmeur, mais qui masquait un aspect carnassier. Il avait senti qu'elle aimait avoir le sentiment de tout contrôler. Toutefois, il peinait à quitter ses yeux d'un bleu pur pour analyser sa gestuelle. Noëlla voulait le revoir, et il lui proposa d'aller manger à l'auberge un soir. Paraissant enchantée, elle lui répondit qu'elle était libre samedi soir. Les deux jeunes gens s'entendirent sur cette date, puis se quittèrent l'air satisfait. Bruno s'en était très bien tiré, et semblait beaucoup plaire à la fille du maire. Il lui tardait déjà d'être à samedi.

Le repas en compagnie de Noëlla confirma les impressions de l'instituteur. A nouveau habillée de bleu pâle, elle répéta les pe-tites manies qu'elle avait affichées lors de leur entrevue de l'au-berge. Elle passait son temps à se frotter les mains et à hausser les épaules. Elle avait également des manières particulières avec les couverts, mais Bruno était trop occupé à se perdre dans son regard azur pour y faire attention. Il sortait de sa réserve, les bar-rières de sa timidité tombant une à une. Il se sentait à l'aise avec Noëlla : sa diction était même devenue normale.
La soirée fut des plus agréables, et ils se quittèrent bien après la tombée de la nuit, chacun rentrant chez soi, le cœur plus léger qu'à l'aller.

De retour chez lui, Bruno était sur un nuage. Pourtant, il souhai-tait aller plus loin dans l'atmosphère, et sortit sa petite boîte de laiton noir et jaune. C'était l'heure de la chasse aux dragons.

CHAPITRE 11

Après s'être mis à sa fenêtre pour tirer de petites bouffées sur sa pipe d'opium, le plafond de sa pièce principale lui parut bien plus large que d'habitude. Après une heure d'un état éthéré qui le transporta bien loin au-dessus du village d'Elven, il tomba en léthargie.

Bruno se vit soudain dans un décor champêtre. Il s'agissait de la clairière qui lui avait tant plu lors de sa balade trois semaines auparavant. C'était également l'endroit où il s'était vu lors de sa dernière soirée sous opium. Il était adossé à un grand chêne centenaire, et admirait les multiples nuances de vert qui s'offraient à lui dans la nuit claire des bois du Hayo. Cette béatitude fut comme chassée par une nappe de brume sombre qui s'installa très rapidement. Reprenant ses esprits, Bruno se redressa subitement, d'un geste si brusque qu'il s'écorcha l'épaule droite contre une branche pointue. Le crissement déjà entendu résonna à nouveau dans l'air méphitique. Le corps de Bruno se secoua comme sous l'effet de convulsions. Crispé et effaré, il ne pouvait esquisser le moindre geste. Il aperçut près de lui de petits tas de cailloux qui étaient absents quelques instants plus tôt. Cette vision le tétanisa davantage, quand une masse noire se découpa à une dizaine de mètres de lui. Il s'agissait d'une petite charrette à côté de laquelle marchait la silhouette d'un homme maigre et coiffé d'un large chapeau. Soudain, deux lueurs jaunes se distinguèrent, et ces deux yeux sauvages étaient braqués sur le jeune homme figé contre son arbre. La vision de Bruno acheva ses doutes à propos de l'Ankou. Ne sachant s'il rêvait ou s'il était éveillé, il ne pouvait nier que ce personnage tout droit sorti de l'Enfer était bien réel, tant son aura funeste était palpable. L'Ankou portait une vieille redingote noire usée et délavée, ainsi qu'un large feutre de la même couleur, surplombant son capuchon également sombre. Lui aussi paraissait avoir des siècles. Son visage, mis en relief par les contrastes de lumière renvoyés par la brume, était creusé et ressemblait à un crâne à nu. Ses traits étaient assez peu expressifs, contrairement à ses yeux d'un jaune perçant et mauvais. Leurs pupilles paraissaient être des portails ouverts sur le Tartare et auraient pu extirper l'âme d'un homme d'un simple regard. Ses lèvres pincées n'arboraient aucune expression connue, mais plutôt une passivité de statue, qui renforçait son aspect sombre et menaçant.

L'Ankou se mit à marcher vers Bruno, se déplaçant légèrement, comme si ses pieds flottaient dans l'air au lieu d'être collés au sol. Dans ses nombreuses lectures, l'instituteur s'était imprégné des œuvres d'Edgar Allan Poe, et le personnage qui se tenait maintenant à trois mètres de lui semblait tout droit sorti d'un de ses récits. Il pensa alors que tout cela n'était qu'un mauvais rêve. Comme pour le convaincre du contraire, l'Ankou se pencha vers lui et planta ses yeux abandonnés par la vie dans ceux, exorbités et transis de peur, de Bruno. Celui-ci se sentit comme aspiré par la créature et entama un faible mouvement vers elle. L'Ankou tendit alors son bras droit, le gauche tenant une immense faux inversée, et lui fit signe de l'accompagner. Ce simple geste de la main terrifia Bruno, qui se crut appelé à rejoindre l'autre monde. Reprenant enfin le dessus sur ses sentiments, il tenta de hurler, comme pour s'éloigner de cette noire et étouffante étreinte. C'est alors qu'il se redressa, le visage ruisselant de sueur et de larmes, dans son lit, sous un plafond qui avait repris ses proportions habituelles.

Bruno se leva et se servit un thé pour se remettre de tant d'émotions. Réfléchissant ensuite à ce qui lui avait été donné de voir, il tourna longuement dans sa chambre, puis hésita à s'installer dans le salon. Après quelques instants, l'instituteur, toujours sous le choc, retourna dans sa chambre. Regardant son lit à la lueur de sa grande lampe à pétrole, il remarqua une tache sur ses draps blancs. S'approchant, il remarqua qu'elle était fraîche, et que c'était du sang. Machinalement, il écarta l'encolure de sa robe de chambre, et constata avec horreur que son épaule droite était écorchée et saignait légèrement, comme s'il avait heurté une branche. Se tournant vers sa commode, il remarqua que ses chaussures étaient couvertes de terre fraîche et mêlée des feuilles qui tombaient abondamment des arbres en ce début d'automne.

Cette scène avait réellement eu lieu, car son épaule était intacte lorsqu'il s'était couché, et qu'il n'avait plus mis ses grosses chaussures depuis une semaine. Pour celles-ci, il pouvait s'agir d'une plaisanterie, mais ce mauvais songe n'était le fait de nul autre que lui-même.
Ce rêve malsain hanta Bruno toute la semaine, sans toutefois se reproduire. Les rêves de l'Ankou n'arrivaient que lorsqu'il chassait le dragon, il décida par conséquent de ne plus ouvrir sa petite boîte noir et jaune avant longtemps. Que signifiait ce geste de l'Ankou envers lui ? Avait-il décidé que Bruno ou un de ses proches serait sa prochaine victime ? Il ne pouvait résoudre cet épineux problème, qui allait à l'encontre de son mode de pensée. Cette histoire qu'il considérait auparavant comme une comptine pour enfants l'obsédait à présent.

Bruno s'avéra peu loquace durant cette semaine, ce qui étonna ses collègues et quelques élèves. Miné par ses pensées, Maître Pelletier n'était pas disposé à se confier, et tous ceux qui cherchèrent à en savoir plus repartirent bredouilles. Certains, comme le directeur de la carrière Morgan Guivarc'h, firent circuler la rumeur selon laquelle il ne s'accommodait plus de la vie bretonne, et qu'il partirait bientôt pour ne plus revenir.

Pourtant, Bruno se présenta bel et bien à la soirée prévue le samedi, pour l'inauguration des nouveaux vitraux de l'église. Celle-ci, comme la précédente, se déroula dans la salle communale située près de la place Saint Alban, non loin de l'école. Noëlla l'attendait à proximité de l'entrée, et était radieuse dans sa robe bleu pâle. Celle-ci était différente de celle que Bruno avait déjà vue, mais la mettait aussi bien en valeur. Il se demanda alors comment Noëlla expliquait ses fréquentations à son père qui n'appréciait guère « Le Huguenot ». Elle paraissait à des lieues de ces considérations, ce qui n'était pas pour déplaire au jeune instituteur.

S'installant pour boire un verre, ils bavardèrent pendant un bon moment. Puis Noëlla reçut la visite de son père. Bruno se leva pour saluer le maire, s'attendant à récolter des salves de venin. Pourtant, l'accueil fut bien plus cordial que lors de leur première rencontre, et ils échangèrent des banalités plutôt encourage-antes quant à la suite de leurs rapports. Maître Pelletier en fut enchanté. Ceux qui lui avaient dit que le maire serait moins ri-gide une fois les jalons posés avaient donc raison.

CHAPITRE 12

Maître Pelletier retrouva durant cette soirée le docteur Salaün. Ils devisèrent ensemble pendant une heure, à tel point que Bruno en oublia presque Noëlla. S'entretenir avec quelqu'un qui partageait ses idées et ses envies d'ailleurs était réconfortant. Il n'était pas seul à voir plus loin que le clocher de Saint Alban, et le médecin lui demanda s'il souhaitait venir manger chez lui prochainement. La date restait à prévoir, le docteur étant très pris par son travail, mais Bruno accepta sans hésitation, avant de se mettre en quête de Noëlla. Celle-ci conversait avec Morgan Guivarc'h, un grand ami de son père. Peut-être le directeur de la carrière avait-il changé d'avis à son égard, mais voir sa cavalière avec ce personnage peu recommandable déplut à Bruno. Comme pour se faire pardonner, Noëlla lui demanda une danse. Un peu pris au dépourvu, l'instituteur ne put que tenter de suivre le mouvement. Même s'il n'était pas satisfait de sa prestation, cela suffisait visiblement au bonheur de sa partenaire. Après avoir bu un verre pour se remettre de la danse, Noëlla laissa Bruno, le prévenant qu'elle reviendrait d'ici peu.

L'exilé bourguignon profita de cette pause pour retourner au buffet, car il avait trouvé le jarreton excellent. Il s'agissait d'un petit jarret de porc cuit à la broche, accompagné de pommes de terre lentement cuites dans la graisse de la viande. Ce délice local était mis à disposition de tous sur une immense table. Une fois repu, Bruno alla chercher une bolée de cidre afin de digérer, quand il tomba nez-à-nez avec Gregor Le Goff.

— Tiens donc ! Maître Machin ! Comment allez-vous ?

— Bonsoir, répondit-il en ignorant la provocation. Je vais bien, merci. Et vous ?

— On ne peut mieux, très cher ! dit le vieux soldat d'un ton satisfait. Alors, n'êtes-vous pas découragé de voir que vos idées séditieuses ne trouvent aucun écho par chez nous ?

— Je ne suis nullement ici pour me livrer à de la propagande de bas étage, sachez-le !

— Monsieur ferait-il l'insolent ?

— Pas du tout, je vous donne juste mon opinion, et ma réponse à votre question.

— Ah ! Elle est bien bonne ! Pensez-vous vraiment vous être attiré les faveurs du maire parce qu'il vous a adressé la parole moins sèchement que la dernière fois ? Détrompez-vous, Maître Machin, vous...

— Cessez de m'appeler ainsi ! coupa Bruno, irrité. Que vous ai-je fait pour mériter un tel traitement ?

Bruno était curieux d'avoir la réponse à sa question. Davantage en confiance, il osait tenir tête à cette brute, ne comptant évidemment pas aller jusqu'à l'empoignade. Mais il devait imposer son caractère, montrer qu'il n'était pas une chiffe-molle. Pourtant, cela pouvait s'avérer dangereux au vu de ses récentes expériences dans un état second. Bruno n'avait que peu bu: il disposait donc de toutes ses capacités pour faire face à ce réactionnaire aigri. Cette lucidité lui avait ouvert les yeux : bien que très charmante, Noëlla se révélait trop entreprenante à son goût. Il avait depuis peu une sensation désagréable : il s'était imaginé que Noëlla ne lui portait de l'intérêt que dans le seul but de faire enrager certaines personnes du village, dont son père. Ayant l'impression d'être manipulé, Bruno se dit qu'il valait peut-être mieux prendre ses distances avec elle. Mais toutes ces pensées furent chassées, quand le barbu retors revint à la charge.

— Je me suis laissé dire que vous parliez parfois votre patois bourguignon en classe ? Est-ce bien en accord avec vos idées de républicain utopiste, Maître Pelletier ?

— C'est uniquement en réponse à certains élèves qui se plaisent à parler breton lors des cours, afin que je ne puisse pas les comprendre, rétorqua-t-il avec assurance.

— Et notre langue vous déplaît-elle ?

— Nullement, toutefois, il convient de parler français afin d'être compris de tous.

— Sachez que votre idéalisme ne pèse rien face à nos traditions gravées dans le granit ! Vous êtes en Bretagne ici, pas en France ! asséna-t-il, son unique œil révulsé.

— Alors avez-vous combattu face à la Prusse sous les couleurs françaises ou bretonnes ?

Cette réplique teinta le visage du vieux soldat d'un rouge écarlate. Il se leva subitement. Ne sachant ce qui allait se passer, Bruno regarda autour de lui afin de repérer des aides possibles en cas d'affrontement. Voyant l'impressionnante carrure de Le Goff fondre sur lui, l'air sauvage, Bruno se raidit, figé sur place comme il l'avait été face à l'Ankou. Fermant les yeux, il ne vit pas la personne qui s'interposa alors entre eux, mais sa voix le marqua.

— Arrêtez ! Pourquoi vous comporter ainsi ? Cette soirée est destinée à célébrer notre patrimoine ! Cessez vos altercations, monsieur Le Goff, nous sommes une communauté calme, et elle doit le rester !

Cette voix gracile et déterminée à la fois émut instantanément Bruno, qui ouvrit les yeux afin de voir qui prenait sa défense. Il vit le dos d'une jeune femme qui écartait les bras comme pour faire barrage à un taureau qui charge. Sa chevelure d'un noir de jais ne lui était pas inconnue.

Les musiciens ne s'étaient pas arrêtés de jouer, mais l'assistance les observait. Le médecin Salaün s'interposa à son tour, trouvant Le Goff interdit, comme surpris de cette opposition inattendue. Pour une fois, il n'essaya pas de plaider sa cause, et décida de se rasseoir pour faire un sort à son cruchon de mauvais vin. La jeune fille aux si beaux cheveux noirs fut acclamée par la foule, et son visage, qui se tournait alors vers Bruno, afficha un sourire qui irradia la pièce. Sa volte-face parut durer des heures pour Bruno, tant il découpa ses mouvements, et surtout le jeté soyeux de sa belle crinière. Une fois face à l'instituteur, elle lui lança un regard innocent, mais qui fit plus de ravages que les artilleries prussiennes. Bruno entendit à peine ses paroles. À ce moment, ses pensées étaient occupées par la récente lettre de sa mère, dans laquelle elle lui souhaitait seulement d'être heureux là où il était. La splendide jeune femme qui se tenait devant lui semblait être une muse dont il devrait s'inspirer pour approcher le vrai bonheur. Lorsqu'elle s'approcha de lui, Bruno ne ressentit pas sa timidité habituelle. Il désirait découvrir cette demoiselle qui s'était montrée jusque-là si discrète. À la soirée de son arrivée, elle lui était apparue comme un fantôme, de ceux dont les apparitions fugaces déclenchent une admiration durable. Lorsqu'elle l'invita à boire un verre pour se remettre d'un tel épisode, Bruno accepta avec joie, et surtout sans bafouiller.

Lorsqu'arriva l'heure du coucher, Bruno quitta la salle, satisfait d'une ivresse qui, cette fois, ne devait rien aux boissons locales. Il passa devant Noëlla, qui ne lui rendit pas son au-revoir, son regard bleu ayant entre-temps viré au noir rancunier.

CHAPITRE 13

Cette charmante jeune femme se nommait Anna Salaün, la fille du docteur. Elle s'était montrée très attentive lorsque Bruno lui avait parlé de sa région. Elle avait hérité de son père le goût pour l'ailleurs et l'évasion. Elven l'ennuyait, mais elle passait la plupart de son temps à assister son père, afin de mettre en pratique ce qu'elle avait appris à l'université de Rennes. Elle adorait jouer du violon, et promit à Bruno de lui montrer ses talents, même si elle appréhendait à la simple idée de jouer devant quelqu'un d'autre que la châtelaine Ivinec, qui lui dispensait ses leçons. Celui-ci apprécia la simplicité et l'humilité d'Anna, car elle semblait attacher peu d'importance à la richesse de ses parents. Contrairement à Noëlla, Anna ne se sentait pas supérieure aux autres, et n'essayait pas de les manipuler. L'instituteur resta sous le charme, et l'assurance dont il avait fait preuve face à un regard si troublant le rendait fier. Ayant reçu la promesse d'une entrevue prochaine, Bruno rentra chez lui baigné d'une douce euphorie. Le choix était rapide entre cette félicité et la fumée pourpre qui provoquait des expériences traumatisantes. La nuit qui suivit n'eut rien à voir avec la précédente.

Le lendemain dimanche fut agréable pour l'instituteur, qui se mit au travail l'esprit obnubilé par ce visage frais encadré de longs et soyeux cheveux noirs. Sa concentration s'en ressentit, mais il souhaita rester dans son petit appartement, comme pour l'emplir enfin de joie et de sourires après tous ces moments de spleen.

Le lundi, Bruno conduisit sa classe pour visiter le petit relais de poste du village. Cette sortie ravit les enfants, impatients de visiter les écuries. Les chevaux aux pattes musclées eurent un franc succès, chacun pouvant à son tour flatter l'un des puissants animaux. Ceux-ci eurent l'air amusé d'être ainsi admirés durant leur déjeuner. Le facteur lui remit au passage une lettre en provenance de Bourgogne, qui comportait l'écriture de sa mère. Il la plia puis l'enfonça dans la poche de son veston, avant de ramener ses petits touristes à leurs mamans. Une fois rentré, Bruno fut saisi d'un frisson au moment d'entamer de son coupe-papier l'enveloppe jaunie par le long trajet. Cette sensation désagréable le fit trembler, et son épaule qui ne lui faisait plus mal le lança subitement. L'instituteur rassembla son courage, puis déplia le papier, découvrant une écriture plus tremblante qu'à l'accoutumée. Lorsqu'il parvint à la signature, Bruno ne fut presque pas surpris de ce qu'il venait d'apprendre. Bien sûr, l'Ankou n'était qu'une légende, une histoire pour faire avaler leur soupe à ses élèves. Bien sûr les hallucinations qui l'avaient frappé étaient dues au contenu de sa boîte jaune et noir. Bien sûr, voir l'Ankou annonçait la mort d'un proche, disait la vieille superstition. Pourtant, l'oncle André venait de décéder en tombant de son toit alors qu'il replaçait des tuiles après une tempête.

Bruno fut touché au cœur, pour la seconde fois en trois jours. L'oncle André et lui avaient toujours été très proches. Les balades en forêt, les parties de chasse, les vendanges dans son immense domaine étaient autant de souvenirs inoubliables. Le temps de lire une lettre, des projets étaient devenus des souvenirs. La vie humaine n'est pas un roseau qui plie, car elle finit irrémédiablement par rompre. Envahi de douleur, il décida de sortir prendre l'air. Il ne chercha pas à nier l'évidence : oncle André n'était plus. Pas la peine de se convaincre du contraire, comme lorsqu'il était enfant et qu'il passait des heures à se répéter à lui-même qu'il n'y avait personne sous le lit, jusqu'à s'endormir.

Bruno ne remarqua même pas le prêtre Guivarc'h, frère du directeur de la carrière, lorsqu'il le croisa. Ils ne s'étaient jamais parlé, mais l'ecclésiaste entama le dialogue, remarquant la détresse du jeune homme. Bruno, à sa grande surprise, se confia au prêtre. Athée issu d'une famille protestante, il avait deux bonnes raisons de ne pas être en accord avec ce clerc. Celui-ci s'avéra apaisant et lui présenta courtoisement ses condoléances. Ce geste sincère toucha Bruno. Rentré chez lui, il reprit la lettre et s'aperçut que l'enterrement avait lieu le jour même. Paniqué, il reprit l'enveloppe, et s'aperçut grâce aux tampons que la lettre datait du lundi précédent, soit le lendemain de la lettre aux vœux de bonheur. Les yeux de Bruno s'écarquillèrent : sa mère avait rédigé la lettre deux jours après la vision de l'Ankou.

CHAPITRE 14

Deux jours passèrent, durant lesquels Bruno était partagé entre la douleur du deuil et la frustration de n'avoir pu rendre un dernier hommage à son cher oncle. La lettre avait certainement pris du retard à cause de l'écriture saccadée de l'adresse. Dire que cela tombait mal relevait de l'euphémisme, d'autant que la famille complète avait dû l'attendre le jour de la cérémonie, espérant le revoir enfin, même dans de telles circonstances. Il eut du mal à trouver les mots pour exprimer la tempête de sentiments qui secouait son crâne depuis ce maudit courrier. Il expédia sa réponse, puis reçut le lendemain une autre missive. Elle émanait de sa mère, qui lui demandait pourquoi il n'avait pu se déplacer, bien que ne lui faisant aucun reproche. Il eut à nouveau envie d'aller se balader, puis s'aperçut une fois dehors que tout cela l'avait presque empêché de penser à Anna depuis trois jours. En chemin, il croisa Fanch Kervadec. Lui aussi avait l'air préoccupé, mais pour d'autres raisons. On venait de signaler la disparition d'une fillette, Maria Le Guennec. Kervadec parut inquiété par cette disparition, comme s'il croyait à un enlèvement, se dit l'instituteur.

— Mais, Fanch, cela arrive-t-il souvent ici, de telles disparitions ?

— Non, non, répondit le policier, embarrassé . Pourquoi demandez-vous cela ?

— Comme ça. Pour être honnête, vous avez l'air très inquiet, comme si vous envisagiez le pire...

— Cela se voit-il tant que cela ? Je...

— Vous n'êtes pas très bon pour cacher vos sentiments !

— Si vous le dites... dit-il, presque penaud. En tout cas, voyez-vous qui est cette fillette ? Elle est dans la classe de ma femme...

— Non, désolé, je n'ai pas encore eu le temps de mémoriser

chaque visage, surtout que c'est elle et pas moi qui s'occupe des récréations. Les écoles de filles et de garçons sont dans deux bâtiments voisins, la seule communication entre les deux est l'immeuble réservé aux maîtres.

— Toujours est-il que les enlèvements sont fréquents dans la région… Des gens disparaissent et on ne les revoit plus. C'est pour ça que les parents Le Guennec m'ont prié de me mettre à sa recherche au plus vite. J'espère qu'elle est allée jouer du côté du prieuré, sinon…

— À quel rythme ces gens disparaissent-ils ? Cela m'intéresse, je…

— Vous savez, il y a ici certaines cachotteries qui sont plus que des ragots et qu'il vaut mieux laisser loin de vous… coupa Kervadec d'un air sombre.

— De quoi me parlez-vous au juste ? De légendes ? J'ai entendu les histoires de Brocéliande, mais… l'Ankou, c'est ça ?

— Ne prononcez pas ce nom ! dit-il en pâlissant. Pas à cette heure, quand la petite Maria n'a peut-être pas reçu sa visite !

— Mais… c'est lui qui va venir la chercher, c'est ça ?

— Non, c'est différent, je… j'en ai trop dit, et j'ai à faire, dit-il sans chercher à dissimuler sa confusion. Voulez-vous m'aider ?

— Si vous voulez, allons-y ! rétorqua Bruno sans réfléchir.

— Mais promettez-moi de ne plus aborder ces sujets.

— D'accord, comme vous voudrez…

L'instituteur éprouva une certaine frustration de n'avoir pu évoquer le sujet brûlant des disparus manquants au cimetière. Fier de ses investigations, il devrait toutefois remettre cette conversation à plus tard, lorsque l'actualité du sergent des villes serait moins chargée. Sur ce, il rentra chez lui, le cœur léger à l'idée que la Toussaint approchait, et avec elle le retour auprès des siens, à nouveau frappés par le deuil.

CHAPITRE 15

Le lendemain, Bruno finit la classe satisfait du travail produit. Le programme de la journée avait été chargé, et les objectifs fixés tous atteints. Les récitations de courts poèmes avaient mobilisé l'ensemble des élèves, et même Ronan Le Goff et Yann Guivarc'h, souvent récalcitrants, s'y étaient pliés avec entrain. Les dessins et la leçon de sciences eurent le même succès. Porté par cet enthousiasme, Bruno choisit d'aller se promener pour admirer les teintes mordorées de l'automne sur la campagne bretonne. Il contempla ces paysages, les yeux pétillants de curiosité enfantine. De retour vers la place Saint-Alban, il passa par la rue du lavoir, lieu de villégiature du maire Loussouarn. La gaieté le quitta lorsqu'il croisa Noëlla non loin de chez elle.

— Bonjour, Bruno ! Comment allez-vous ?

— Bonjour, Noëlla ! répondit-il, ne sachant si cet enthousiasme était feint. Bien, euh… Et vous ?

— Bien, je suis allée promener mon chien, la campagne est superbe en cette saison.

— Oui, c'est pourquoi je suis sorti moi aussi. Comment allez-vous depuis……depuis cette soirée ?

— Je suis rentrée juste après votre incident avec Le Goff. Ce n'est qu'un vieil ours mal léché. Ne vous en souciez pas !

— On me l'a déjà dit, mais ce n'est pas facile de l'éviter… dit-il avec assurance. Mon frère est mort lors de cette guerre et…

— Oh ! Je suis désolée ! Je comprends que cela vous ait fait un tel effet ! Tenez, pour oublier tout cela, que diriez-vous de venir dîner à la maison un soir ?

— Euh… Oui… bredouilla-t-il, pris de court. Oui, pourquoi pas ? Votre père est-il… au courant ?

— Je lui avais déjà soumis l'idée, il sera ravi ! Votre première impression n'a pas été très bonne, mais ce serait l'occasion d'arranger cela !

— Sans doute… Quand cela aurait-il lieu ?

— Oh, disons ce vendredi ?

— D'accord ! Nous…

— Je passerai chez vous dans la semaine pour vous le confirmer ! Mon père est très pris en ce moment et il se peut que la date ne l'arrange pas…

— J'attends votre visite, alors ! Bonne journée à vous !!

— Vous de même, Maître ! A bientôt !

Elle lui fit un petit signe en se retournant, le toisant de son si beau regard bleu. Si Anna avait un visage magnifique et des cheveux de déesse, Noëlla possédait également de solides atouts. Il réalisa que son cœur balançait entre ces deux jeunes femmes aux beautés différentes mais si envoûtantes. Se repassant la conversation avec Noëlla, à nouveau vêtue de bleu clair, il se félicita de ne pas avoir flanché malgré l'invitation inattendue. En la voyant rue du lavoir, il s'était attendu à devoir subir une scène de jalousie. Quelque part, cela la faisait remonter dans son estime, mais pas au point d'exploser de joie à l'idée de souper chez un homme qui l'avait mis plus bas que terre le jour de leur rencontre.

Parallèlement, il n'eut aucune nouvelle d'Anna, qu'il ne revit pas lors de ses promenades devenues quotidiennes. Le mercredi, Noëlla vint à sa rencontre pour confirmer l'invitation du surlendemain. S'entretenant brièvement avec lui, la fille du maire le quitta pour se rendre à son cours de théâtre. De retour chez lui, Bruno vit qu'une lettre de ses parents l'y attendait. L'adresse était cette fois écrite proprement, ce qui était bon signe. Solange Pelletier lui disait qu'un repreneur avait peut-être été trouvé, et qu'elle se languissait de revoir. Autre bonne nouvelle, un mot récent de Loïk Le Bihan, le directeur de l'école, lui apprenait que la petite Maria Le Guennec avait été retrouvée saine et sauve. Elle s'était perdue dans les bois, mais la température était restée clémente, aussi la petite fille n'avait pas trop souffert de passer deux nuits dehors.

Rédigeant une nouvelle lettre à ses parents, Bruno confia que lui aussi était très impatient à l'idée de pouvoir les serrer dans ses bras. Faisant le bilan, l'instituteur déraciné réalisa que le mal du pays s'était finalement peu fait sentir depuis son long périple en fiacre, qu'il allait prochainement refaire en sens inverse. D'ici là, il devrait affronter une épreuve périlleuse.

CHAPITRE 16

Bruno faisait des progrès : il n'était presque pas agité au moment de gravir la colline sur laquelle était juchée la maison des Loussouarn. Toutefois, son adrénaline monta lorsqu'il empoigna le lourd heurtoir de la porte richement sculptée. Cela lui rappela sa première soirée à Elven, lorsqu'il était entré à la suite de Le Bihan et était ressorti assommé par la haine de Le Goff. Il restait seulement à souhaiter que le retour chez lui soit différent. La mère de Noëlla, Morgane, lui ouvrit avec un large sourire. Contrairement à sa fille, elle paraissait effacée. Les yeux bleus de Noëlla ne tardèrent pas à illuminer la pièce, et elle aussi sembla sincèrement contente de le voir chez elle. Déposant sa veste dans le vestibule, elle l'invita dans le salon, où son père lisait une gazette locale imprimée en breton. Saluant Bruno, le maire l'invita à s'asseoir et demanda à sa femme d'amener à boire. On servit à Bruno un whisky excellent, un quinze ans d'âge, correspondant au riche cadre qui les entourait. Bruno admira la vaste pièce, traversée de poutres apparentes, ainsi que les meubles anciens qui ornaient le vaste salon. Se dressaient sous une fenêtre un secrétaire Louis XV et une étagère massive face à lui. Ces rayonnages accueillaient un défilé de couvertures de livres précieux, accompagnés d'épais dossiers, sans doute des documents communaux. Le parquet avait été ciré récemment et dégageait une odeur entêtante.

Les imposants portraits accrochés aux murs témoignaient de la noblesse des Loussouarn. Y figuraient de nombreux évêques et chevaliers, richement vêtus. Les portraits remontaient jusqu'au siècle précédent en bas du majestueux escalier menant aux chambres. L'étage affichait sans doute de plus lointains ancêtres.

Bruno fit bonne figure lors des amuse-bouche, et s'entretint tour à tour avec les trois membres de la famille Loussouarn. Il apprit notamment que Noëlla avait deux frères : Gaël, l'aîné, était entré dans les ordres à Rennes, tandis que le cadet, Fanch, avait lui embrassé une carrière d'officier d'armée à Nantes. Leur sœur était destinée à reprendre l'entreprise familiale. Ce schéma n'était pas inconnu de Bruno. La maison Loussouarn était la plus grande entreprise de la région, possédant au total huit épiceries très réputées pour leurs produits de la mer. Yann Loussouarn avait hérité puis fait fructifier les commerces de sa famille, bénéficiant pleinement de l'arrivée du chemin de fer reliant Rennes à Paris. En maire avisé, il avait bien saisi que l'avenir passerait par le rail.

Sa réussite personnelle semblait être le sujet de conversation favori du maire, qui s'y montrait intarissable. Bruno se dit que des conversations de ce genre ne risquaient pas de lui nuire tant qu'il acquiesçait poliment. Ce fut le cas jusqu'au repas, à la hauteur du faste des lieux. Bruno se régala des mets servis, alternant entre les charcuteries et poissons locaux et des produits certainement apportés à grands frais d'autres régions. L'ambiance était assez cordiale, mais Bruno remarqua que Madame Loussouarn se contentait d'appeler la bonne lorsqu'il y avait des plats à débarrasser ou à apporter, et ne prenait part à aucune conversation, hormis de petits signes échangés avec sa fille. Celle-ci avait donc hérité du caractère autoritaire de son père, qui semblait tyranniser la pauvre Morgane. A l'issue du repas, on repassa dans le salon, et Yann Loussouarn y alluma soigneusement un grand cigare avant d'en tirer une bouffée puis de le proposer à Bruno. Celui-ci toussa, provoquant un rire amusé et presque moqueur chez le maire. Noëlla les rejoignit au moment où ils s'entretenaient de l'école d'Elven.

 — Elle n'a pas vraiment de nom, la plupart des habitants l'appellent école Saint Alban, comme la place.

 — Et également comme l'église !

 — Oui, c'est vrai. Il s'agit tout simplement du saint patron du village, alors… Tout lui est dédié !

 — Mais pourquoi n'y a-t-il pas d'inscription « école municipale » sur le fronton du bâtiment ?

— Sans doute parce que le terme « municipal » est trop républicain... dit le maire sur un ton amusé.

— Pourtant vous ne pouvez nier que nous vivons en République et que...

— ... qu'à ce titre, nous avons pleine liberté d'opinion ! C'est bien cela que vous défendez, Monsieur Pelletier ? Les idéaux républicains ?

— En effet, je suis attaché à ces idées, répondit Bruno, agacé. Et c'est pourquoi je souhaiterais que l'école comporte un drapeau tricolore sur sa façade...

— Le seul drapeau qui sera jamais affiché aux yeux de tous dans ce village sera l'hermine bretonne, et cela aussi longtemps que je serai de ce monde, Monsieur Pelletier ! lança-t-il d' un ton péremptoire. Tenez-le vous pour dit ! Si vous êtes venu avec l'idée de repeindre Elven à vos couleurs, vous pouvez repartir d'ici sur l'heure sans vous retourner !

— Mais... Pourquoi le prendre ainsi ? demanda l'instituteur, voyant que la situation lui échappait. Ce n'était qu'une simple requête... Je m'excuse si je vous ai heurté...

— Me heurter ? Ah ! Vous êtes bien de leur espèce, à tous ces exaltés bleu-blanc-rouge ! Cette idée de nation n'est qu'une intrigue pour imposer votre modèle parisien à l'ensemble des régions qui vivent très bien sans ! Je ne veux pas une miette de votre banquet républicain ! Ma chaise restera vide, vous m'entendez ?

Bruno regarda alors Noëlla, ce qu'il n'avait pas fait depuis le début de cette joute verbale. Son regard pétillait de satisfaction malsaine. Comprenant que le jeune instituteur l'observait, elle prit la parole :

— Maintenant je comprends pourquoi vous me préférez cette étrangère d'Anna Salaün, ces visions utopistes vous réunissent !

Bruno devint alors rouge de colère, ce qui accentua le début de migraine causé par le cigare. Se levant subitement, il sentit sa tête tourner encore davantage, mais se dirigea d'un pas décidé vers sa veste et son chapeau, qu'il trouva dans le vestibule d'entrée. Se retournant précipitamment vers ses hôtes, il lança :

— Me voilà partagé entre le respect que je vous dois, assorti des remerciements qui s'imposent pour une telle réception, et votre attitude déplorable. Votre accueil est donc aussi bon qu'il est repoussant. Sur ce, bonne soirée à vous, et la prochaine fois, tâchons de nous éviter pour le bien de tous.

— Maître Pelletier, je vous souhaite bien le bonsoir, et sachez que je serai vite averti si vous essayez de répandre votre pensée anarchiste parmi notre bon peuple ! conclut-il avec un rire goguenard.

— Passez une bonne nuit, Maître Machin !

CHAPITRE 17

Cette dernière sentence de Noëlla avait inspiré du dégoût à Bruno. Son visage avait alors perdu la beauté qu'appréciait l'instituteur. De plus, elle l'avait appelé de la même manière que Gregor Le Goff, accentuant certains mots pour gagner en dédain. Noëlla, avec cette invitation, s'était vengée de Bruno car il lui avait préféré la compagnie d'Anna. Il rentra d'un pas énergique, car ses nerfs étaient tendus. Arrivé, il s'adossa à la porte mais refusa de craquer cette fois. Le Goff avait frappé au cœur, lui rappelant douloureusement la mort de Paul. Mais là, Bruno n'avait été victime que de bêtise et de méchanceté gratuite, sans fondement. Il ne le prenait donc pas personnellement, sauf pour cette diablesse de Noëlla, qui lui avait joué un mauvais tour qu'il n'avait pas vu venir. Elle était comparable aux sirènes de la mythologie grecque, attirante par sa beauté mais ne cherchant qu'à détruire ceux qu'elle séduit. L'ange était devenu harpie, et Bruno s'en voulait de ne pas avoir prévu cette mutation. Il se coucha, contrarié et soucieux des conséquences qu'aurait cette affaire sur sa vie sociale au village.

Le lendemain samedi, Bruno décida de s'aérer l'esprit dans les bois du Hayo. La plupart des feuilles étaient déjà tombées, mais les paysages restaient merveilleux. Il réalisa que le fort vent marin avait pour effet de dénuder les arbres bien plus tôt que dans sa Bourgogne natale. La forêt s'en trouvait décharnée, mais conservait un certain charme. L'instituteur se promena longuement jusqu'à parvenir non loin de la clairière qui avait été le cadre de ses deux horribles cauchemars impliquant l'Ankou. Décidant de ne pas s'y rendre, il rebroussa chemin pour atteindre un fourré situé derrière un arbre abattu. S'y installant, il fixa le ciel gris puis sombra dans le sommeil sans même y prendre garde. Lorsque Bruno se réveilla, la nuit commençait à tomber et il était l'heure de rentrer à Elven. Marchant à pas énergiques, il ne tarda pas à apercevoir le clocher de Saint Alban. Ne voulant pas passer devant chez les Loussouarn, il contourna la rue du lavoir pour emprunter celle des bouchers. Pressé de rentrer, Bruno longea une vieille bâtisse quand il entendit des pleurs contenus. Se figeant sur place, il tendit l'oreille et distingua en effet des sanglots, alors qu'il pensait s'être trompé. Il poussa alors une vieille et lourde porte en fer forgé, guidé par des pleurs qu'on aurait cru émaner d'un enfant. L'instituteur fut donc surpris de découvrir une dame d'une cinquantaine d'années assise sur de vieux escaliers de pierre, la tête entre les genoux.

— Mais que vous arrive-t-il Madame ? Pourquoi pleurez-vous ainsi ?

—Je… C'est parce que… Je…

— Quel est votre nom ? dit-il d'une voix douce. Je suis Bruno Pelletier, instituteur du village, en quoi puis-je vous aider ?

—Je m'appelle Maria Le Goff… C'est mon mari… il…

— Gregor Le Goff ?

— Non, Guéric Le Goff, Gregor est son oncle. Mon mari est un grand éleveur… Mais il… C'est lui qui est venu… Il me l'a pris ! dit-elle en sanglotant. Comme il avait fait avec mon père !

— Mais de quoi parlez-vous ? Qui vous a volé ? Et que vous a-t-on volé ?

— Il est venu le prendre… je l'ai vu il y a deux jours… et je sentais que c'était pour Guéric. J'aurai dû le prévenir !

— Mais de qui parlez-vous ? dit Bruno d'un ton qu'il aurait voulu moins sec. Où est votre mari ?

— Il l'a emmené avec lui, dans sa charrette…

Les cheveux de la nuque de Bruno se dressèrent soudainement lorsque son pied buta sur un petit tas de cailloux, comme dans ses rêves. Observant Maria Le Goff à la lumière, il remarqua qu'elle était transie de peur : ses yeux étaient révulsés et elle était pâle comme la mort.

— Vous parlez de l'Ankou, c'est cela ? dit-il, le souffle court.

— Oui, je l'ai vu il y a deux jours, et j'ai su que le malheur allait s'abattre sur mon foyer. J'ai tout de suite pensé à Guéric. Il n'était pas très en forme en ce moment, mais quand même... Il y a tant de criminels dont le monde doit être débarrassé, alors pourquoi mon Guéric ?

— Madame, voulez-vous que j'appelle le docteur Salaün ? Ou encore Fanch Kervadec ? Je pourrais les prévenir et...

— Non merci, jeune homme, ce n'est pas la peine. Je vais rester là à pleurer jusqu'à ce que mon corps ne trouve plus de larmes. Seulement, je dois vous prévenir.

— Me prévenir de quoi ? demanda-t-il, angoissé.

— Vous qui n'êtes pas de la région ne connaissez l'Ankou que de loin. Méfiez-vous de lui, car vous n'avez pas idée de ce qu'il représente. Il peut très bien vous rendre visite, et vous vous effondrerez alors d'une sorte de crise cardiaque. J'ai vu le corps de mon mari allongé par terre, j'ai entendu ce bruit lorsqu'il est tombé du lit. Comme à chaque fois avec l'Ankou, il était trop tard. Il ne portait qu'une seule petite plaie, comme si on avait enfoncé une lame dans sa poitrine. C'est la marque de la faux de l'Ankou. Puis il l'a emporté avec lui.

— L'aviez-vous déjà vu avant ? interrogea Bruno, qui ne cherchait plus à dissimuler sa peur.

— Oui, il y a onze ans déjà, je l'avais aperçu quelques jours avant le décès de mon père. Et lorsque je n'avais que dix ans, je l'avais surpris par la fenêtre de ma chambre. Grand-Mère vivait alors sous le toit de mes parents, et on l'enterrait le lendemain. Enfin, ses affaires et non son corps, comme toujours avec lui.

— Tout cela est si... Je suis sincèrement désolé pour vous, Madame Le Goff... Je vous présente mes condoléances.

— Merci beaucoup, jeune homme, répondit-elle avec un sourire forcé. Mais surtout, soyez sur vos gardes !

— Mais, pourquoi ?

— J'ai déjà vu deux Ankou, comme je vous l'ai dit. Leur expression était vide de toute vie, triste et funeste à faire peur. On n'y décelait qu'une profonde mélancolie, mais celui que j'ai vu avant-hier est différent. Ses yeux jaunes n'ont pas le même aspect que les autres. J'ai senti une très forte colère chez cet Ankou.

Maintenant je comprends pourquoi cette année il y autant de morts à Elven. C'est parce que l'Ankou est un monstre.
Prenant la désormais veuve Le Goff dans ses bras, il lui renouvela solennellement ses condoléances avant de reprendre la direction de la place Saint Alban.

CHAPITRE 18

Enfin rentré chez lui, Bruno retourna les éléments du puzzle dans sa tête, mais ils refusaient de s'assembler. Était-ce le même Ankou qu'il avait vu dans ses hallucinations ? Avait-il alors échappé de justesse à la mort ou ne s'agissait-il que d'un mauvais rêve ? Il aurait pu demander à la veuve éplorée une description précise de l'Ankou afin de s'en assurer, mais au vu des circonstances, cela aurait été incorrect, voire choquant. Il ne pouvait se résoudre à heurter de la sorte une personne endeuillée, et, de plus, il devrait surveiller ses relations aux Elvinois maintenant qu'il s'était brouillé avec le maire. Cette petite balade l'avait d'ailleurs préservé des regards méprisants que certains ne manqueraient pas de lui adresser lors de leur prochaine rencontre.

Une pensée resta gravée dans son esprit, qui peina fortement à rejoindre Morphée. L'Ankou était peut-être là, dehors, rôdant à la recherche de nouvelles victimes. Mais la peur qu'il éprouvait, Maria Le Goff la ressentait également : elle paraissait traumatisée par cette expérience, et on le serait à moins. Bruno n'avait pas vraiment cru Gaëlle Kerouac'h lorsqu'elle lui avait dit que son mari avait été emporté par l'Ankou. Cette fois, le doute l'envahit, comme rarement auparavant.

Le lendemain, Bruno pût constater que des Elvinois avaient changé de regard à son encontre. Sortant prendre l'air avant midi, il se garda de passer près de l'église, mais il dut croiser la famille Le Goff éplorée de retour de l'office. La scène fut particulière : la jeune veuve Maria alla au-devant des autres pour saluer Bruno et le remercier pour son réconfort. L'instituteur demanda à Maria comment elle allait, sous les regards inquisiteurs du reste du clan, resté en retrait. Gregor Le Goff fusillait littéralement Bruno de son œil unique, mais qui exprimait de la révulsion pour deux.

L'après-midi, il se rendit à nouveau dans les bois du Hayo, et s'isola dans les chemins communaux. Apercevant de loin un groupe de trois personnes, il eut la surprise d'y reconnaître la famille Salaün. Anna arbora un large sourire à sa vue, et le serra dans ses bras avant de l'embrasser. Cette marque d'affection toucha Bruno au plus haut point. Saluant les parents d'Anna, Bruno constata qu'il avait toujours du soutien au sein des Elvinois. Erwan Salaün lui annonça que l'altercation chez les Loussouarn avait déjà fait le tour du village et que la population s'en trouvait plutôt partagée. Bruno fut enchanté de savoir que ses appuis étaient plus nombreux que prévu, et apprit le décès de Guéric Le Goff. L'instituteur en profita pour poser une question périlleuse mais nécessaire.

— Docteur Salaün, que pensez-vous de l'Ankou ? dit-il sur un ton hésitant.

— En tant qu'homme de science, je me dois d'être cartésien, et je le vois comme une façon d'exorciser notre peur de la mort.

— Mais... L'avez-vous déjà rencontré ?

— Une telle question me laisse penser que vous apportez du crédit aux croyances locales, Maître ? N'est-ce pas ?

— Euh... En fait, je... j'ai vu Maria Le Goff pleurer hier en rentrant de chez les Loussouarn, je ne la connaissais pas et... Elle m'a parlé avec une telle sincérité, et cette peur qu'elle avait dans les yeux... Je me croyais hermétique à tout cela, mais...

— Pourquoi ne viendriez-vous pas chez nous afin de déjeuner ? Marie cuisine toujours trop...

— Euh... Oui, pourquoi pas ? répondit Bruno, tentant maladroitement de masquer sa joie.

L'intérieur des Salaün s'avéra moins luxueux et tape-à-l'œil que celui des Loussouarn, mais surtout plus accueillant. Les portraits de patriarches étaient remplacés par des peintures de paysages exotiques. On lui servit un whisky dans un verre sobre. Peu habitué à ce breuvage, Bruno lui trouva un bien meilleur goût que celui du maire. Le repas fut propice à de longues conversations avec ses hôtes. Tout en argumentant avec son père, Bruno essayait de rester discret lorsqu'il déviait furtivement son regard pour admirer la beauté d'Anna. Sa chevelure sombre était toujours aussi soyeuse et son teint frais attirait irrésistiblement l'instituteur. Sa robe sombre mettait en valeur ses délicieux yeux noirs qui croisaient parfois son regard, l'obligeait presque instantanément à baisser le sien, honteux d'éprouver tant d'émois pour elle. Anna avait une présence rassurante et confiante, qui mettait Bruno à l'aise, quand Noëlla lui inspirait une forme de crainte étrange. Prenant congé des Salaün à l'issue d'une excellente soirée, Bruno enfila son pardessus et Anna décida de l'accompagner. Saluant et remerciant le médecin et son épouse Marie, il suivit leur fille vers le vestibule, les genoux tremblants. Elle lui fit un baiser tendre et mémorable en guise de au-revoir, et resta à la porte jusqu'à ce qu'il disparaisse derrière la haute haie délimitant le terrain de ses parents. Bruno s'arrêta dès qu'il fut hors-champ, et nota qu'elle attendit encore quelques secondes avant de refermer la porte derrière elle.

CHAPITRE 19

Pour une fois, Bruno rentra chez lui baigné d'une douce euphorie. Mais, bien qu'apaisantes, ces balades s'avéraient peu productives en préparations de cours. Il s'attela donc au travail avec des étoiles dans les yeux. D'ailleurs, les séances de calcul et de biologie qu'il prépara étaient un peu bancales tant il voyait le délicieux visage d'Anna sur chaque page de ses livres.

Le lundi entama une semaine qui s'achèverait avec le retour en Bourgogne pour les congés scolaires. Bruno rencontra Fanch Kervadec à la sortie de l'école. La journée s'était bien passée en dépit de la piètre qualité des cours. Le sergent des villes, d'ordinaire si jovial, paraissait soucieux.

— Dites-moi, Fanch. J'ai l'impression que quelque chose vous tracasse…

— Oh, en ce moment les histoires sordides se multiplient. C'est au tour du père Le Goff… Qu'arrive-t-il à l'Ankou cette année ? J'ai l'impression qu'il en veut à tout le monde…

— Se pourrait-il que ce soit vraiment lui qui ait pris tous ces gens ? Se pourrait-il qu'il y ait un meurtrier à Elven ? avança Bruno.

— Vous savez, ici, tout le monde s'apprécie, ou du moins se supporte… Personne n'irait tuer ses congénères. Il n'y a jamais vraiment eu de meurtre à Elven… Beaucoup de disparitions, certes… Mais pas des meurtres.

— Bon… Très bien… Je pars en fin de semaine. J'espère vous revoir d'ici là.

— Entendu ! Bonne soirée à vous, Maître !

Quittant le gendarme, Bruno se répéta sa phrase à propos de l'Ankou. Fanch l'avait prononcée d'un ton curieux, énigmatique. Comme s'il avait subitement pris conscience que ce qu'il disait pouvait être plausible. Bien que toujours sous l'effet de la délicate attention d'Anna et heureux de l'approche des vacances, il ne put trouver un sommeil serein cette nuit-là, à la veille de retourner chez lui. L'Ankou habitait chacune de ses pensées. Les dernières lettres de sa mère disaient surtout qu'elle était pressée de le revoir sur le quai de la gare d'Auxerre. Il devait prendre le train pour Auxerre à départ de Nantes, qu'il rejoindrait au préalable en fiacre. Le départ était prévu pour vendredi à dix-sept heures, avec arrivée vers dix-neuf heures le samedi.

Le mercredi, soit deux jours avant son départ, il alla dire au revoir aux Salaün. Ils devaient se rendre chez leur grand-oncle à Rennes pour quatre jours, et ne pourraient donc assister l'instituteur lors de son départ. Il ne put rester longtemps, car le médecin et sa famille devaient préparer leurs affaires pour le grand départ. En partant, Bruno reçut un petit baiser d'Anna sur le seuil de la porte d'entrée, qui ne se referma que bien après que l'instituteur ne l'avait franchie. Anna lui promit de lui écrire. Bruno, enchanté, lui demanda de le faire peu après son départ pour qu'il puisse recevoir sa lettre avant son retour. Éloigné de la chaleur de ses sourires, il se décida malgré le froid de s'aventurer vers les bois du Hayo. Il avait le sentiment d'avoir enfin rencontré celle dont le destin était de faire tomber les barrières de sa légendaire timidité.

Une curieuse sensation envahit ce jeune cœur amoureux dans la forêt : l'endroit était si serein qu'il paraissait ne faire qu'un avec lui. La nuit était bien tombée lorsqu'il décida de rentrer : sa montre à gousset affichait désormais vingt-deux heures. Les étoiles dans ses yeux avaient fait perdre à Bruno Pelletier toute notion du temps. Il se sentait à présent vidé de toute idée négative, et flottait sereinement vers ces vacances synonymes de retour en Bourgogne. Au sortir du bois, il décida de prendre la rue du lavoir, se fichant de qui il pourrait y croiser. D'ailleurs, depuis son altercation avec le maire Loussouarn, il se contentait de ne faire attention qu'aux gens qu'il appréciait et qui l'appréciaient.

La somptueuse chevelure noire d'Anna semblait recouvrir tous les problèmes. Mais elle n'était certainement pas assez sombre pour masquer la silhouette lugubre du faucheur d'âmes. Essayant de chasser cette idée, Bruno ressentit une sorte de violent spasme qui le secoua de toute part. L'atmosphère était soudainement devenue oppressante.

CHAPITRE 20

Se sentant mal à l'aise, Bruno s'arrêta un instant, et constata qu'il se trouvait devant chez l'un de ses farouches opposants à Elven : Morgan Guivarc'h. La maison du gérant de la carrière était imposante et luxueuse, typique de la rue des lavoirs. Au moment de passer devant le portail richement sculpté, son sang se glaça. La cause en fut un simple bruit, un crissement. L'atmosphère lui rappelait les visions cauchemardesques qu'il avait eues récemment. Ce grincement effrayant l'avait arrêté net, car c'était bien le même. Se plaquant contre le mur, Bruno fut saisi d'une peur sauvage et subite, mais il se risqua à jeter un œil à travers la grille de fer forgé. Ce qu'il vit alors le figea sur place. L'entrée de la maison était éclairée, à une dizaine de mètres de l'endroit où il se trouvait. Surgissant des buissons, une petite mais ample silhouette noire se dirigea rapidement vers le perron de la porte d'entrée. Passant dans l'éclairage, le visiteur à l'allure de démon se montra face à la lumière. Bruno aurait pu reconnaître cette forme entre mille.

Les larges manches de son manteau funèbre ainsi que les yeux jaunes luisants d'une clarté mauvaise étaient bien les mêmes. C'était l'Ankou qui ouvrait la porte des Guivarc'h. Des cris se firent instantanément entendre, suivis des bruits d'une bagarre. Se tournant afin de s'adosser à nouveau au mur, il ne put reprendre sa respiration car des cris horribles résonnèrent alors. C'était la voix de Morgan Guivarc'h, mais l'on peinait à la reconnaître. Se décollant à nouveau de son mur, Bruno vit Guivarc'h à terre dans la lumière, implorant la silhouette qui lui faisait face et le toisait. Il entendit une voix venue d'outre-tombe prononcer une sorte de jugement, puis le directeur de la carrière hurla. L'instituteur ne put vraiment comprendre, mais il lui sembla qu'il en appelait à Jésus. Les yeux écarquillés, Bruno vit la forme se pencher à nouveau sur sa victime, la fixant de ses yeux jaunes flamboyants, avant de la jeter à terre pour de bon. Tétanisé, Guivarc'h ne pouvait que subir, alors que sa femme se pencha à la fenêtre et poussa un cri horrible à la vue du funeste messager. Sortant de nulle part une immense faux, l'Ankou n'eut même pas un dernier regard pour celui qu'il s'apprêtait à damner et condamner. Bruno remarqua que la faux avait une lame inversée par rapport à celles qu'il avait toujours vues, et que cette lame renvoyait une lueur blafarde. Revenant à ses esprits, il perçut un nouveau cri de Madame Guivarc'h, implorant l'Ankou d'épargner son mari. Puis lui parvint un autre bruit, bien plus écœurant. Celui d'un morceau de métal qui s'abat en pénétrant la chair. La Mort avait fait son œuvre, et Bruno n'entendait même plus les hurlements venant de l'étage. Le malheureux Guivarc'h était littéralement cloué au sol. Il eut à peine le temps d'expirer que le bourreau rappela sa lame avant de l'essuyer sur son épais manteau.

Bruno sembla sortir d'une profonde torpeur en réalisant qu'il était en danger. Des lumières commençaient à s'allumer dans les maisons alentours, et les gens qui en sortiraient auraient vite fait le lien entre sa présence ici et les cris inhumains résonnant dans la nuit. Rassemblant le faible courage qui lui restait, Bruno jeta un dernier regard à la scène du crime. Il vit l'Ankou charger sur sa frêle épaule l'imposante carcasse mouchetée de sang de Morgan Guivarc'h. L'Ankou détourna le regard dans sa direction, figeant à nouveau Bruno sur place. L'agitation derrière l'instituteur devait l'inciter à partir, mais croiser ce regard avait un effet paralysant auquel nul ne pouvait se soustraire. Ses jambes semblèrent prendre la décision d'elles-mêmes car Bruno ne se rendit compte qu'il courait que bien après avoir quitté les lieux. D'ailleurs, ce fut comme s'il s'était retrouvé dos à sa porte, à l'intérieur de son appartement, sans même comprendre comment il y était arrivé. Ce qu'il venait de voir paraissait sortir tout droit des terrifiantes histoires d'Edgar Allan Poe.

Cette avant-dernière nuit passée à Elven avant les vacances fut de loin la pire depuis son arrivée. La vision de cauchemar de cet Ankou armé de son immense faux inversée resta devant ses yeux comme une image persistante, de la même manière que s'était imprimé le visage angélique d'Anna, à une époque qui paraissait désormais lointaine…
Trempé de sueur et le cœur battant bien trop fort, Bruno mit un long moment à retrouver un souffle régulier. Il avait vu une fois son frère Paul faire une crise d'épilepsie devant lui, et ses spasmes avaient alors été les mêmes. A peu près remis, il se glissa dans son lit mais ne put dormir jusqu'à l'aube. Les yeux mi-clos, il murmurait « Je ne reviendrai pas… Je ne reviendrai pas… »

CHAPITRE 21

Comme chaque jeudi c'était jour de repos des écoles. Bruno ne sortit pas de chez lui avant seize heures, et échappa ainsi à toutes les discussions des villageois sur ce nouveau décès. Il décida de se rendre chez les Kervadec avant de rentrer finir ses affaires.

Le sergent des villes était rentré depuis peu et portait toujours son uniforme. Celui-ci était constitué d'une veste bleu horizon comportant des grades aux manches, et d'une médaille reluisante brodée sur le cœur. De gros boutons dorés ressortaient jusqu'à l'encolure, donnant au personnage une certaine aura. Le pantalon était blanc avec une bande bleue sur chaque jambe et tombait sur des souliers impeccablement cirés. Ayant retiré son chapeau bicorne, il n'avait pas quitté son air soucieux. Saluant Fanch et sa femme, Bruno s'installa, réussissant presque à masquer ce qui bouillonnait en lui.

— J'ai appris le décès de Morgan Guivarc'h… entama le gendarme sur un ton accablé.

— Oui, sa femme a dit qu'elle avait vu l'Ankou l'emporter sur le perron de leur porte…

— Mais que se passe-t-il cette année ?

— Que comptez-vous faire ? demanda Bruno avec détachement.

— Je n'en sais rien… J'arrête les hors-la-loi et les bandits, mais pas les démons ! Je ne vais quand même pas lui passer les menottes ! Il va bientôt avoir tué cette année plus d'Elvinois que cette fichue guerre prussienne ! Si un être de l'au-delà vaut plusieurs armées, je ne souhaite pas qu'ils nous déclarent la guerre !

D'habitude si prompt à rire de ses propres plaisanteries, le gendarme avait un air désenchanté, qui déplut à Bruno.

— Mais l'Ankou a-t-il des critères pour choisir ses victimes ?

— Vous savez, dit le gendarme, quand c'est écrit pour nous et que l'on arrive tout en bas de la page... Il n'y a plus rien à faire.

— Vous n'avez jamais envisagé l'hypothèse d'un tueur ?

— Je vous ai déjà dit que les affaires les plus graves que nous avons ici sont des disparitions, pas des meurtres !

— Mais parmi tous ces disparus, pourquoi n'y aurait-il pas quelqu'un qui se serait perdu dans la forêt, y aurait survécu et serait revenu à Elven pour faire payer d'éventuels bourreaux ?

— Cela revient à accuser Guivarc'h, à déshonorer sa mémoire ? s'emporta Fanch Kervadec. Que cherchez-vous, à la fin ? Pensez-vous que c'est ainsi que vous vous ferez des amis ici ?

— Je... bredouilla Bruno, penaud. Pardonnez-moi, je vais parfois trop loin... Mais tout cela me touche, je ne sais pas, je... J'étais là hier soir, devant chez Guivarc'h...

— Quoi ? dit le gendarme en sursautant. Pourquoi ne m'en avez-vous rien dit ? Qu'avez-vous vu ?

— J'ai vu... J'ai vu l'Ankou entrer chez lui puis... Le traîner dehors avant de l'abattre d'un coup de faux... Il avait une faux inversée, il l'a embroché... avant de le charger sur son épaule comme une pièce de viande... C'était horrible...

— Alors après cela, vous doutez encore de l'existence de l'Ankou ? Que vous faut-il pour vous convaincre, alors ?

— Ses yeux... ils étaient... effrayants...

— Vous a-t-il vu ? demanda Kervadec, le regard paniqué.

— Pourquoi ? Qu'est-ce que...

— L'Ankou a la faculté de lire dans les êtres vivants comme dans un livre. En vous regardant, il lit dans votre âme sans même vous toucher...

Le sergent des villes fut alors parcouru d'un violent frisson qui fit osciller sa médaille.

— Que vous arrive-t-il ? Vous aussi, vous l'avez vu ?

— Oui, je l'ai déjà vu. J'étais très jeune. C'était peu avant la mort de mon oncle Soizic....

— Et qu'avez-vous vu dans ses yeux ?

— On ne lit pas dans l'Ankou, répondit Fanch d'un air

grave. C'est lui qui lit en vous.

— D'accord, mais quelle impression vous a laissé son regard ? Vous vous souvenez ? demanda Bruno avec une impatience qui se muait en agacement.

— Une profonde mélancolie, je crois. Oui, c'était ça. On lisait dans ses yeux une insondable tristesse. J'ai vu le monde en gris dans ces yeux blancs. Cela me revient, maintenant.

— Des yeux blancs, vous dites ? Celui que j'ai vu hier soir a des yeux jaunes, et ce n'est pas de la mélancolie qu'il ressent. A une dizaine de mètres, je pouvais sentir la haine qui émanait de lui. C'était agressif, extrêmement menaçant. Maria Le Goff m'a dit aussi que cet Ankou était redoutable et terrifiant, elle m'a dit en avoir déjà vu deux. Et ils correspondaient plutôt à votre description. Se peut-il que l'Ankou cherche à venger sa mort par exemple ?

— Mais… non, je ne pense pas. Je n'en sais rien, dit Fanch, l'air absent. Quand il y a beaucoup de morts une année, on dit que l'Ankou est zélé dans son travail, mais on ne s'en inquiète pas.

La discussion en resta là, mais elle n'avait pas apaisé Bruno pour autant. L'instituteur avait dit au revoir aux Kervadec, mais il se demandait s'il ne s'agissait pas plutôt d'un adieu.

CHAPITRE 22

Une fois la journée du vendredi achevée, Bruno procéda aux derniers préparatifs avant de monter dans le fiacre qui l'emmènerait prendre le train à Nantes. Toujours hanté par la vision cauchemardesque de l'avant-veille, il était nerveusement épuisé. Se battre contre des gens hostiles, découvrir la véracité des légendes locales et tenir une jeune classe parfois survoltée ; tout cela avait usé le jeune homme, et des cernes nés de nuits hantées de mauvais songes encadraient ses yeux. Saluant ses collègues, il pensa à Anna. La reverrait-il ? Les affaires qu'il laissait dans son petit appartement deviendraient-elles bientôt des souvenirs ? Ces questions resteraient sans réponse pendant un bon moment.

Le fiacre était à l'heure, et Bruno s'y engouffra après avoir aidé le cocher à charger ses bagages. Il y avait là sa grosse malle à vêtements, des sacs de cours divers et une dernière valise contenant plusieurs cadeaux pour ses parents. Une fois installé, Bruno s'endormit presque instantanément. Lorsqu'il rouvrit les yeux, ils approchaient de Nantes, et la gare fut vite atteinte. Après avoir payé puis remercié le cocher, le jeune homme en pardessus sombre s'assit dans la gare pour manger. Il avait prévu des œufs durs et une salade de pommes de terre, ainsi qu'un morceau de saucisson pour tenir la journée. Affamé après avoir tant dormi, il eut encore le temps d'acheter quelques biscuits pour le voyage. Un oncle alsacien avait initié Bruno aux petits déjeuners de charcuterie, et il aimait s'y adonner de temps à autre. Mais entre-temps, c'était devenu des manières d'Allemand, car la Prusse avait envahi l'Alsace. Le train devait partir à sept heures du matin, pour arriver onze heures plus tard. Elles passèrent en diverses activités : lecture d'un ouvrage de Jules Verne, contemplation des paysages champêtres, conversation légère avec des voisins et voisines de voiture... Tout cela ne put ôter de l'esprit de l'instituteur certaines images qui y étaient gravées, le visage éthéré d'Anna apparaissant malheureusement moins souvent que celui, hideux et effrayant, de l'Ankou.

L'heure des grandes retrouvailles arriva enfin, et Bruno remarqua que ses parents portaient les mêmes vestes que lors de son départ. Il s'en rappelait car il avait maintes fois revu ce cliché qu'avait pris son esprit, cette image de son père et sa mère collés l'un à l'autre, encourageant de la main leur cher et désormais unique fils, appelé à affronter le monde extérieur. A la descente du train, les étreintes entre les trois Pelletier furent chaleureuses et passionnées, sa mère manquant de l'étouffer tant elle lui serra le cou. Solange avait cuisiné à la hauteur de l'événement. Lors du traditionnel verre de marc de Bourgogne en fin de repas, tous pleurèrent, à la fois pour leurs retrouvailles et à la mémoire de leur cher Paul, car la Toussaint était pour bientôt.

La fête des morts eut lieu deux jours après le retour de l'instituteur au pays. Portant chacun un bouquet, Solange, Jean et Bruno Pelletier se rendirent au cimetière d'Auxerre, tout comme maintes familles éplorées. Beaucoup l'étaient à cause de cette fichue guerre de 1870, mais les causes de décès étaient innombrables. Toutefois, dans cette région, il était rare de rejoindre l'autre monde pour avoir croisé le chemin d'un spectre.
Paul reçut donc la visite de ses parents et de son frère à sa dernière demeure, l'emplacement numéro R167 du cimetière d'Auxerre, un cadre noir recouvert de gros graviers, et surplombé d'une stèle de granit gris frappé des noms et dates du défunt, auxquels on avait ajouté l'inscription *Parti bien trop tôt*.

De retour du cimetière, Bruno avait l'esprit embué. Après celle de Paul, voir la tombe de l'oncle André avait été un choc. Absent aux funérailles, il réalisa seulement cette perte face à ce nouveau monument à fleurir.
Les membres de la famille Pelletier se trouvaient dans un émoi profond. Chacun vaqua à ses occupations pour se changer les

idées, et Bruno s'isola dans sa chambre, pensant fort à son frère. Est-ce mieux de tomber sous des balles prussiennes ou la faux d'un démon ? Cela importait peu maintenant qu'il était parti. Cette chambre était emplie de souvenirs de son frère, aussi il décida de se rendre dans le salon. Il y trouva sa mère en train de déballer ses affaires. Sortant les habits de son fils, elle fut surprise d'y trouver une petite boîte métallique jaune et noir. Bruno eut un sourire amusé en pensant à sa réaction avant son départ, anxieux à l'idée qu'elle puisse tomber sur sa maigre réserve d'opium. Il avait poncé la face de la boîte, afin d'effacer la couleur de l'inscription *Régie de l'opium*, et n'avait plus rien à craindre désormais. Il se contenta d'inventer une fausse excuse pour expliquer l'étrange odeur qui hantait toujours la petite boîte.

Bruno avait déjà passé deux nuits chez ses parents, et s'aperçut seulement du bien que cela lui procurait. Il avait souvent mal dormi à Elven, d'abord à cause du dépaysement, puis du fait d'événements troublants. La nuit s'annonçait calme. Bruno, se hasardant dans sa chambre, fit une découverte sous un des dossiers de son secrétaire, que sa mère avait laissé intact durant son absence. Il trouva en effet un sachet contenant un minuscule flacon d'opium, perdu au milieu de feuilles de papier éparses. Ses parents couchés depuis longtemps, il alla chercher dans la cave un petit coffret fermé à clé, et en extirpa une fine pipe, avant de se rendre dans le jardin. L'époque était aux premières gelées, et il prépara son mélange dans la grange, à la lueur d'une bougie. Les fumeries d'opium étant plutôt rares dans la région, il était habitué à consommer seul, et donc à préparer l'objet du délit. Bruno réussissait à conserver une faible consommation occasionnelle de ce produit pourtant hautement addictif. Fumant dehors pour ne pas laisser d'odeur, Bruno n'en sentit pas tout de suite les effets. Par bonheur, il ne sentit son cerveau partir loin de lui qu'une fois couché, bien au chaud sous ses draps de grosse laine. En revanche, ce qui avait mis un moment à se faire sentir dépassa de loin ses espérances. Cela faisait plus d'un mois qu'il n'avait pas chassé le dragon, ce qui rendait l'effet ravageur.

Fermant les yeux, Bruno se sentit bouillonner de l'intérieur, car son sang était devenu du magma en fusion.

CHAPITRE 23

Bruno crut s'endormir après deux bonnes heures à rester immobile dans son lit. L'opium avait cela de commun avec l'Ankou qu'il avait un effet paralysant. Transi, il se rappela avoir rêvé d'Anna, d'une promenade avec elle dans la forêt de Branches, près d'Auxerre. Elle paraissait heureuse d'être avec lui. Ce sentiment fugace berça un moment son cœur, jusqu'à ce qu'un décor forestier ne se matérialise sous ses yeux. D'abord flou, il gagna en netteté, et Bruno reconnut alors la boulangerie d'Elven. C'était comme s'il voyait à travers les yeux de quelqu'un, une personne vive et décidée. Le corps d'emprunt de Bruno ouvrit la porte, pénétrant à l'intérieur d'un endroit qu'il semblait connaître : c'était la boucherie d'Elven, celle d'Erwan Le Lan, dont le frère Mickaël possédait l'auberge. Le visiteur se dirigea directement vers une chambre, d'où parvenait une lumière. Le Lan apparut alors, armé d'un fusil destiné à chasser les éventuels intrus. Son visage se décomposa littéralement face à Bruno, ou plutôt son réceptacle. Le rêveur opiacé put alors identifier les yeux qu'il habitait, quand il vit une large faux à la lame inversée se lever puis s'abattre sur le corps du malheureux boucher, devenant vite poisseux, mais pour une fois de son propre sang. Erwan regarda d'un œil large son agresseur, avec un air de surprise et de frayeur à la fois. Il ne put prononcer que des râles mêlés de gargouillis, s'étouffant déjà avec le sang qui lui envahissait la bouche et le nez. S'écroulant enfin, le pauvre boucher fut saisi par son meurtrier, puis soulevé facilement du sol. Bruno luttait pour s'extirper de cette enveloppe impie, et il se sentit revenir à lui, sa dernière vision étant un tas de petits cailloux disposé sur la pelouse du jardin Le Lan.

Lorsque Bruno rouvrit enfin les yeux, sa mère et son père l'entouraient, l'air paniqué. Sa mère hurlait, ne sachant que faire pour ranimer son fils, et elle ne se rendit pas de suite compte qu'il était de retour. Ceci fait, elle fondit en larmes, tandis que son mari exprimait un vif soulagement. Malgré le froid, Bruno était en sueur et paraissait avoir fait le trajet Elven- Auxerre en un clin d'oeil. Les siens étaient d'ailleurs dilatés à cause de la drogue, ce que ses parents attribuèrent à la panique. L'Ankou avait fait une nouvelle victime, il le savait. Cela n'avait rien d'un rêve, c'était bien trop réel pour cela. Encore sous le choc, il tenta de rassurer sa mère en lui parlant de cauchemars récurrents depuis quelque temps. Un dilemme épineux le tracassait depuis la nuit où il avait vu mourir sous ses yeux Morgan Guivarc'h, mais sa décision était prise. Il ne retournerait pas à Elven.

Il ne se rendit compte qu'après que cela signifiait ne plus jamais revoir Anna. La jolie fille du docteur Salaün lui plaisait énormément. Mais valait-elle le coup de risquer d'être embroché par une lame d'un autre monde ?

Le lendemain, Solange Pelletier ne cessa de questionner son fils à propos de son cauchemar. Elle avait toujours été très protectrice avec lui, et n'avait pas voulu trop le couver depuis son retour. Elle s'était résignée à l'idée que, vivant seul, il n'avait désormais plus besoin de ses services. Mais les hurlements qui avaient déchiré la nuit en provenance de sa chambre l'avaient choquée. Elle avait cru un instant qu'on attaquait son fils, le seul qui lui restait. Celui-ci en avait marre de ces questions incessantes, et le lui fit comprendre. Solange dévia alors sur un autre sujet, réclamant des anecdotes de classe. La veillée précédente, elle avait attentivement écouté le portait des Elvinois, sauf bien entendu Anna, que Bruno avait gardée pour lui.

La journée fut finalement assez joyeuse, ses parents se montrant aux petits soins pour lui. Il s'aperçut alors qu'il avait dû rester seul pendant un peu trop longtemps. La présence de ses parents lui fit un bien fou, et il prit vraiment le temps de vivre, loin d'Elven et de ses cauchemars. D'ailleurs, ceux-ci cessèrent après deux nuits, comme si sa région natale était peu à peu parvenue à éloigner les mauvais esprits. Les visions fréquentes de l'Ankou s'estompant peu à peu, c'est le frais visage d'Anna Salaün qui retrouva une place centrale dans les pensées du jeune instituteur.

Un rêve lui laissa une impression désagréable : Anna le tenait par la main, puis il la lâchait avant de la voir s'éloigner, dans un endroit flou mais surmonté d'un ciel noir et menaçant. Décidément, il devait la revoir. Pourtant, il refusait de se rendre de nouveau à Elven. Il n'avait plus que quatre jours pour prendre une décision ferme. Toute une matinée, il énuméra les pour et les contre, afin de faire son choix. Bloqué devant ce problème insoluble, Bruno sortit se changer les idées, et l'envie lui prit de se rendre sur la tombe de Paul.

Se tenant immobile devant l'emplacement R167, Bruno ne put détourner ses yeux de l'inscription qui y figurait : *Parti bien trop tôt.* Les pensées se bousculaient dans son esprit, comme les fiacres devant la cathédrale Saint-Étienne d'Auxerre le dimanche matin peu avant l'heure de la messe. Soudain, Bruno se retrouva l'année de ses douze ans, partant à la pêche avec son père et son frère. En chemin, Jean Pelletier avait croisé le vieil Ernest Fallières, le forgeron du village. Celui-ci lui avait appris que Roger Dupuy, son voisin, était décédé la veille au soir. Il n'avait que quarante-quatre ans, et laissait deux filles en âge de se marier. Cette expression était sortie de la bouche de Jean Pelletier *Parti bien trop tôt.* Bruno se souvint qu'à l'écoute de cette sentence laconique, Paul avait tressailli des épaules d'une manière étrange, ce qui s'était répercuté ensuite chez son jeune frère. Le cadet des Pelletier s'était dit qu'un lien indéfectible l'unissait à son frère, et que ce lien resterait quoi qu'il arrive plus fort que tout. Il serait à jamais insensible à l'érosion, tel le granit rose du Morvan. Mais l'âge d'or était terminé depuis ce jour de décembre 1870, et il avait dès lors dû avancer sans compter sur la protection de son aîné.
Bruno en avait parfois abusé, provoquant volontairement de jeunes voyous dans la cour de l'école élémentaire, sûr que son

frère viendrait faire régner l'ordre au premier appel à l'aide. Ce lien était rompu mais existait toujours pour le jeune Pelletier. C'est pourquoi la tombe de Paul était l'endroit le plus propice pour prendre une décision si cruciale.

CHAPITRE 24

Les yeux toujours rivés sur la sinistre inscription, Bruno se rappela les nombreuses invectives de son frère, lorsqu'ils étaient jeunes et qu'ils pensaient tout connaître du monde. Combien de fois Paul lui avait-il dit qu'il était trop peureux et qu'il devait prendre des risques afin de parvenir à ses fins ? Le souvenir qui lui vint en tête fut cet épisode, aux champs du père Malard, quand un groupe d'une dizaine de jeunes garçons escaladait la grange attenante.

— Allez, qu'est-ce que t'attends ? On l'a tous fait, alors pourquoi pas toi ?

— Mais… j'ose pas… geignit le jeune Bruno. J'ai peur de me faire mal ! Je veux pas !

— Si tu veux pas le faire, rentre à la maison ! Il y a une heure de marche, et à cette heure-ci, le loup-garou doit rôder dans les parages ! Je te le conseille pas !

— Mais… j'ai peur du loup-garou ! Reste près de moi, Paul ! S'il te plaît !

— Regardez Bruno, il a peur de tout ! C'est qu'une fillette ! Il sera jamais fort !

— Non, c'est pas vrai ! Je deviendrai très fort, plus que vous tous réunis !

— Et bien, qu'est-ce que t'attends, poltron ? Montre-nous que tu es un homme !

— D'accord, je vais vous montrer !

Une larme vint alors s'écraser sur le col du pardessus de Bruno. Il s'agenouilla devant la sépulture, bouillonnant de l'intérieur. Ses jambes ne chancelaient plus, et sa mâchoire était serrée. Il parla avec détermination, plus à lui-même qu'à Paul.

— Paul, c'est grâce à toi si j'ai pris confiance en moi, à l'époque où Maman couvait son petit dernier pour qu'il ne lui arrive rien. J'ai découvert le monde à tes côtés, et c'est aussi grâce à toi que j'ai eu envie de transmettre tout ce que j'avais appris, de toi et des autres. Aujourd'hui, je dois prendre une décision. Et elle est déjà prise, elle l'a été au moment même où je suis arrivé ici. C'est vers toi que je tire ma force, même si tu as quitté ce monde. J'y suis toujours, et j'ai l'obligation morale de réaliser tout ce que toi tu n'as pas eu la chance d'entreprendre, faute de temps. Je suis désormais plus vieux que tu ne le seras jamais, et c'est moi l'aîné en quelque sorte. Tu es parti trop tôt, mais tu as eu le temps de faire de moi ce que je suis. Et celui que tu as formé n'a pas le droit de te décevoir. Je promets sur ta tombe que je retournerai à Elven afin de construire ma vie. La vie à laquelle tu n'as pas eu droit. Plus jamais je ne te décevrai, j'en fais le serment. L'escalade de ce mur de grange a marqué la naissance de ma confiance en moi. Ce jour-là, j'ai laissé le petit être craintif dont tu aimais te moquer. Aujourd'hui, j'avancerai droit devant moi, même si les obstacles qui s'y dressent sont issus d'un monde souterrain. Il me reste de grandes choses à faire avant de te rejoindre où que tu sois. Lorsqu'on se reverra tu seras fier de moi comme jamais tu ne l'as été. Tes yeux auront l'éclair d'admiration qu'avait Papa lorsque tu es revenu de permission pour la première fois, vêtu de ton uniforme bleu horizon. La lignée des Pelletier ne repose plus que sur moi, et j'appellerai mon fils Paul. Tu vivras à travers lui, et je lui enseignerai ce que tu m'as transmis.

Les sanglots étaient trop forts, et Bruno ne put poursuivre son serment. Mais l'essentiel avait été dit. Plus jamais Paul Pelletier ne serait déçu par son frère, car il avait désormais la stature d'un chef de famille. En bon athée, Bruno ne croyait pas au destin. Selon lui, l'homme seul a le pouvoir de guider sa propre vie et de lui donner le sens qu'il souhaite, il avait lu des dizaines de penseurs qui partageaient cet avis. Aucune puissance supérieure ne pouvait agir sur le libre-arbitre. Et celui de Bruno l'avait orienté vers l'ouest, en direction d'Elven. Il s'était contenté de rester évasif lorsque son père lui avait demandé quand il retournerait là-bas. De toute façon, la boulangerie était en passe d'être cédée.

Bruno rentra après avoir également rendu visite à l'oncle André, devant qui il s'excusa de n'avoir pu être présent lors de son inhumation. De retour, son air décidé fit peur à sa mère, qui le harcela une nouvelle fois de questions, sans obtenir de réponse claire. Il aurait pu se demander si Paul vivait à présent dans un endroit où l'Ankou se rendait également, mais ces considérations ne l'effleurèrent même pas.

Il fut tiré de sa semi-torpeur par une excellente nouvelle, denrée plutôt rare ces derniers temps. De retour chez lui, une lettre un peu jaunie l'attendait dans le vestibule. L'adresse avait clairement été rédigée par la main d'une femme, l'écriture ne trompait pas. Bien entendu, cela n'avait pas échappé à Solange Bruno esquiva ses questions en se rendant dans sa chambre, serrant l'enveloppe d'une main avide.
Les trois pages rédigées de l'écriture ample et douce d'Anna furent vite lues, mais Bruno les reprit plusieurs fois. Anna lui disait qu'il lui manquait, ce qui réchauffa son cœur comme il ne l'avait pas été depuis longtemps. La fille du docteur Salaün lui parlait de sa sœur Philippine, qui partirait bientôt suivre des études à Rennes. Anna lui avait beaucoup parlé de Bruno, et elle aurait aimé le rencontrer. Il fut content de lire qu'elle souhaitait qu'il mange à nouveau chez elle, car sa famille l'appréciait beaucoup.

Porté par cette douce euphorie, il entreprit de répondre immédiatement, afin que la précieuse missive parte le jour même pour Elven, périple que Bruno effectuerait trois jours plus tard. Finalement, il décida d'aller la lui porter lui-même, méthode plus originale, et sûrement plus rapide. Cette lettre avait ravivé le cœur de Bruno, comme l'avait fait un peu plus tôt la visite à Paul. Il se sentait gonflé d'une énergie nouvelle, prêt à affronter les événements futurs. L'idée de devoir repartir bientôt prit forme le jour suivant, après une nuit paisible et réparatrice. C'était la première depuis longtemps. Après s'être ressourcé mentalement grâce à Paul puis Anna, il travaillait désormais à soigner sa forme physique. Bruno n'avait jamais trouvé l'air bourguignon si ressourçant que lors de ces jours de vacances.

Tout semblait aller bien, mais seulement parce que l'instituteur en vacances occultait un élément d'une grande importance : la lettre d'Anna ne comportait pas que des pensées affectueuses. Elle pensait lui apprendre le décès du boucher Erwan Le Lan, survenu trois jours seulement après son départ. Mais Bruno le savait déjà.

CHAPITRE 25

Bruno baignait toujours dans l'euphorie du foyer familial, mais le répit avait été de courte durée. Cette annonce du décès de Le Lan gangrenait son esprit. Les données du problème avaient changé depuis qu'il avait décidé de retourner en Bretagne. Désormais, il lui faudrait de nouveau faire face à l'Ankou, quoi qu'il arrive. Assister au dernier souffle du boucher avait déclenché nombre d'interrogations chez l'instituteur. Il était devenu évident que l'opium était à proscrire, tant les visions qu'il entraînait étaient horribles. Mais il avait bel et bien assisté à la mort de Morgan Guivarc'h, il ne pouvait en nier la réalité. L'Ankou ne se présentait donc pas seulement à lui lorsqu'il chassait le dragon. Cela n'avait pas inquiété l'instituteur, mais la scène de Le Lan changeait les choses. Un être tel que l'Ankou ne pouvait certainement pas se faire « envahir » par un simple homme qui, de plus, n'œuvrait pas en ce sens. Il ne restait donc plus qu'une solution : c'était bel et bien le messager funèbre qui lui avait proposé d'être son spectateur. Un lien particulier existait entre eux, même à sept cents kilomètres de distance. Bruno était-il relié à l'Ankou comme il l'avait été à son frère ? Cette idée lui fit froid dans le dos, et il commença à faire ses affaires pour la chasser.

Le dernier jour, Bruno ne laissa pas transparaître ses inquiétudes à ses parents, afin que sa mère ne s'angoisse pas trop à son départ. Le dernier repas fut difficile, mais Solange Pelletier parvint à retenir ses larmes. Elle ne pouvait se résoudre à ne plus avoir ses fils chez elle, mais l'indépendance qu'avait prise Bruno à Elven faisait fonction de transition. Il était devenu un jeune homme qui vivait seul, il lui fallait désormais résoudre cette solitude. A ce titre, elle aurait vraiment aimé en savoir plus sur cette demoiselle qui écrivait à son fils. Ne pouvant ouvrir la lettre lorsque Bruno était au cimetière, elle avait longuement étudié

l'écriture, et c'était celle d'une jeune femme. Elle avait une écriture fine et claire, et Solange en déduisit qu'elle était instruite. Prenant sur elle, elle n'en dit mot, préférant se conforter dans ses rêveries.
Comme souvent, Solange reçut l'étreinte de son fils et de son mari pour la consoler.

Peu après la fin du repas, Bruno entendit le fiacre s'arrêter devant chez eux. Solange chercha son fils du regard, comme une ultime tentative de le retenir encore. Mais celui-ci ne la regarda pas, souhaitant sans doute éviter une nouvelle crise de larmes. Rassemblant ses affaires, il remarqua que sa mère avait un air agité, comme si elle venait de faire quelque chose d'embarrassant. N'y pensant plus, Bruno monta dans le fiacre, suivi de ses parents.
Pas un mot ne fut dit durant le trajet qui emmenait Bruno à la gare de Laroche. Une fois sur le quai du grand départ, les trois Pelletier se donnèrent une étreinte qui fut à peine remarquée des autres occupants de la gare. Bruno sentit des sanglots dans sa gorge au moment de dire au revoir à ses parents, et de leur promettre de revenir peu avant la Noël. Lorsque le train se mit en route, Solange et Jean Pelletier firent un signe de la main en direction de leur fils, qui le leur rendit. Bruno écarquilla les yeux en constatant que l'image de ses parents lui disant au revoir en août, qu'il s'était maintes fois repassée à Elven, était la copie conforme de celle qu'il avait sous les yeux. Solange et Jean portaient le même manteau et avaient adopté la même posture. Cette similitude resta dans la tête de Bruno, encore bien après le départ d'Auxerre. Il commença à s'interroger sur le déroulement de la vie, à savoir si parfois certaines choses qui se répétaient ainsi n'étaient peut-être pas écrites à l'avance. De telles interrogations l'étonnèrent lui-même, et il sourit à l'idée que ce genre de pensées lui ferait bientôt fréquenter l'église Saint Alban.
Le voyage se passa très bien jusqu'à Nantes, d'où il devait prendre le fiacre pour rallier Elven. C'était l'itinéraire du voyage aller, et il put s'endormir paisiblement d'un sommeil sans rêve, ce qui était bienvenu au vu des circonstances.

Finalement, le fiacre déposa Bruno sur la place Saint Alban. A son étonnement, il n'avait pas ressenti de crainte particulière à la vue du clocher. Les événements des dernières semaines l'avaient aguerri. Toutefois, l'heure n'était pas aux introspections. La lettre à Anna ne l'avait pas quitté durant le voyage, il s'était même vu s'endormir en la serrant doucement dans sa main. Une fois retourné dans ses pénates, il rangea ses affaires et salua rapidement son directeur, Loïk Le Bihan, à qui il raconta brièvement ses vacances. Il n'avait alors qu'une seule idée en tête, et il se retrouva bientôt devant le portail des Salaün, rue du lavoir. Lorsqu'il arriva sur le perron, face à la massive porte surmontée d'une coupole de granit, celle-ci s'ouvrit toute seule, sans lui laisser le temps de se décider à sonner. La porte laissa apparaître une silhouette filiforme qu'il avait si souvent vue en rêve lors de son séjour en Bourgogne. Anna l'accueillit avec un large sourire, et lui se contenta de tendre bêtement la précieuse missive avec un air niais. Finalement, Bruno Pelletier restait Bruno Pelletier. Il balbutia une plaisanterie, « C'est le facteur ! » qui fit résonner le ciel gris d'un rire sonore et cristallin.

CHAPITRE 26

Le vaste et accueillant salon des Salaün était empli d'une chaleur douce, rappelant la cheminée des Pelletier. Les résidents s'avérèrent heureux de revoir le jeune instituteur, et pas seulement Anna. À son grand désarroi, sa sœur Philippine ne put rencontrer Bruno car elle avait dû retourner à Rennes. Mais il y avait une autre fille Salaün à Elven, qui ne lui avait pas été présentée car sa famille était alors très marquée par le décès de son beau-père. Les yeux noirs d'Anna pétillaient d'étincelles. Erwan Salaün lui parla du décès du boucher Le Lan et de l'émotion qu'il avait suscitée dans le village.

Après de longues discussions de retrouvailles, Bruno fut invité à dîner. L'instituteur narra son retour aux sources plus précisément qu'il ne l'avait fait à son directeur. Anna buvait ses paroles, ce qui troublait parfois le jeune instituteur, pourtant habitué à parler en public. Erwan Salaün semblait dubitatif face aux propos de son invité, comme s'il doutait parfois de leur véracité. Ce regard était inconnu de Bruno, qui appréciait la bienveillance de ces yeux bleu azur. Si la mère d'Anna semblait l'écouter sans arrière-pensées, l'air de son époux mit Bruno mal à l'aise. Puis cette chape oppressante se craquela.

— Mais… Avez-vous eu de nouvelles visions lorsque vous étiez là-bas ? Du genre de celles que vous aviez eues ici ?

— Euh… Non… répondit Bruno d'une voix manquant de conviction. J'ai eu de mauvais rêves mais… rien de plus…

— Ah… Eh bien tant mieux, cela vous aura au moins permis de chasser ces vilaines pensées de votre esprit !

— Oui… en effet, mais… ça m'a… ça m'a poursuivi….

Bruno se résigna à dire la vérité. Enfin, pas entière : il savait que sa consommation d'opium était trop faible pour être suspectée par le médecin. Mais il n'était pas tranquille, sous les yeux interrogateurs d'Anna.

— Racontez-moi… qu'avez-vous vu ? Je vois bien depuis tout à l'heure qu'un souci vous tenaille… cela ne sortira pas de cette maison, je vous le garantis.

— Merci, docteur, bredouilla-t-il. Je… Anna, tu… ne m'as pas appris la mort du boucher Le Lan… je l'ai vue… j'y ai assisté…

— Comment ? s'inquiéta-t-elle. Qu'est-ce que tu veux dire ?

— C'est comme si… j'avais vu à travers les yeux de l'Ankou… je sais que ça paraît être des affabulations, mais il n'y a rien de plus vrai…

— Vous avez… assisté à la mort de Le Lan ? demanda Erwan, ébahi. Mais comment ?

— Je n'en sais rien, croyez-moi… c'était vraiment étrange… comme si… s'il y avait un lien…

— … entre l'Ankou et vous ? coupa le médecin.

— Oui, c'est cela. Est-ce possible ?

— Non, théoriquement, l'Ankou est issu de l'autre monde. Aucun homme ne pourrait avoir une quelconque emprise sur lui… à moins que l'on ne veuille bien croire à la magie noire…

— Vous pensez que… ?

— Mais non, rassurez-vous… dit Erwan avec un rire nerveux. Je ne vous accuse pas de sorcellerie, je dis simplement que cela fait partie des finalités de ce genre de pseudoscience…

— Se pourrait-il que quelqu'un m'ait… jeté un sort ?

— Pour répondre à cette question, il faudrait apporter un quelconque crédit à ce genre de disciplines… En tant qu'homme de science, je ne peux m'y résoudre.

— Alors que m'arrive-t-il, docteur ? Suis-je fou, ou… ?

— Non, vous n'êtes pas fou, dit-il comme s'il rassurait un patient. Peut-être que toutes ces histoires vous ont un peu trop marqué, voilà tout.

— Mais alors comment expliquer que ce soit arrivé le soir même où il est décédé ?

— Je n'en sais rien, je… répliqua le médecin, troublé. Nous verrons ultérieurement…

— Je me suis longuement dit que je ne retournerais pas

ici après tous ces événements, mais… que va-t-il m'arriver maintenant ? Et s'il avait décidé de faire de moi sa prochaine victime ?

— Chassez cette idée de votre tête, Maître Pelletier, reprenez-vous ! lança le docteur Salaün d'un ton péremptoire. La mort du boucher a donné à certaines gens d'Elven un motif d'oublier de parler de vous, mais ils s'y remettront bientôt ! Vous devez vous comporter le plus normalement du monde, car tout se sait ici. Vous êtes un coupable idéal, ne l'oubliez pas.

— Oui, c'est vrai, je… je suis désolé. Les visites sur la tombe de mon frère m'ont fait prendre certaines choses trop à cœur. Il faut seulement que je me change les idées.

Anna intervint, ce qui parut la soulager.

— Si vous souhaitez vous changer les idées, nous pourrions peut-être aller nous balader ? Que faites-vous demain ?

Anna rougit après avoir fait sa proposition, qui lui avait déjà coûté une énorme dose de courage.

— Demain ? Mais, oui, pourquoi pas… ? balbutia Bruno. On pourrait se promener l'après-midi ?

— Oui, volontiers ! Disons, quinze heures place Saint Alban ?

— D'accord ! Et bien disons-nous à demain !

Prenant congé des Salaün, Bruno fut transporté par la vision de l'entrée massive de la maison du lavoir éclairée à la bougie, d'où se découpait une silhouette magnifique qui lui faisait signe de la main. Une fois passé la haie, il s'arrêta pour entendre le bruit de la porte se refermer. Puis il ressentit soudain une terreur indicible : à aucun moment il n'avait pensé qu'il se retrouverait seul dans la nuit, à la merci du funeste vagabond.

CHAPITRE 27

Bruno jeta des regards paniqués autour de lui pour s'assurer qu'aucune ombre ne l'entourait. Il tenta de se calmer lui-même en se disant qu'il n'avait rien à craindre tant qu'il n'entendait pas de crissement de roue, toutefois rien n'avait laissé présager la mort de Morgan Guivarc'h.

Ses orbites ne paraissant plus assez larges pour contenir ses pupilles dilatées. Il s'efforçait de marcher vite : courir aurait pu le faire remarquer. Tendu comme une courroie de vannier, il sentit ses jambes se raidir de plus en plus, au point qu'il dut s'arrêter pour les reposer. Ses muscles lui faisaient si mal qu'il n'aurait pu se relever s'il s'était écroulé. C'est pourquoi il s'appuya quelques secondes à la barrière d'une maison située à une centaine de mètres de chez lui. L'église Saint Alban dressait une ombre menaçante sur la rue à la lueur de la lune, et Bruno allait devoir traverser ces ténèbres pour gagner son immeuble. Terrorisé, il se mit à courir alors qu'il s'en croyait incapable. Une ombre passa furtivement entre deux vieilles maisons entourant l'église. Il ne s'arrêta pas au risque de chuter, et parvint enfin au large portail familier qui jouxtait l'école. Tremblant, il lui fallut un long moment pour glisser la large clé dans la serrure de fer. Enfin en sécurité, il s'effondra sur son lit la tête la première, puis s'endormit presque instantanément, la fatigue du voyage surclassant sa frayeur finalement infondée.

Le réveil fut lent pour Bruno. Toutes ses affaires étaient toujours emballées, l'envie de revoir Anna pour lui faire parvenir sa lettre avait été trop forte. La matinée fut donc consacrée au rangement. Plaçant soigneusement ses vêtements, il entendit un son métallique qui ne lui était pas inconnu. La petite boîte jaune et noir l'avait suivi, désormais vide, mais il se rappelait l'avoir rangée dans son secrétaire. Une fouille rapide l'amena à localiser la source du bruit. Secouant une chemise, il entendit un cliquetis familier qu'il ne put immédiatement reconnaître, mais qu'il savait provenir de son enfance. Il vit une fine chaîne d'argent, qui soutenait un des médaillons de saints que sa mère détenait dans le tiroir de son secrétaire. Il représentait Saint Christophe, le patron des voyageurs. Solange avait dû le glisser dans sa valise peu avant son départ, ce qui expliquait son air embarrassé. Elle avait fait cela discrètement, pour ne pas que son fils lui dise qu'il n'en voulait pas. Bruno pensa à elle d'un air amusé. Après tout, il lui devait bien cela pour ne pas s'être montrée trop curieuse à propos de la mystérieuse lettre. Cela avait dû représenter un effort colossal pour elle, et ce petit geste avait fait office d'exutoire.

Son rangement achevé, Bruno s'installa à table, attendant avec enthousiasme l'heure de rejoindre Anna. Se préparant avec minutie, il sortit une fois prêt, et tomba sur le père Rouxel. La rencontre eut lieu juste sur le seuil de sa porte, le prêtre quittant sa sacristie pour effectuer sa balade dominicale. Bruno le salua, ne sachant qu'attendre en retour, car le prêtre était un proche du maire, et n'avait donc pas le jeune instituteur en odeur de sainteté. Pourtant, l'ecclésiastique fut avenant, presque amical. Bruno parla de ses vacances chez lui, ainsi que du choc issu des décès de Guivarc'h et Le Lan. Le père Rouxel déplora la perte de deux fidèles paroissiens de manière sincère, ce qui émut Bruno. Ne voulant pas être en retard, il quitta poliment le prêtre, pour se diriger vers le cabinet du médecin, attenant à sa maison.

Rejoignant enfin la maison du lavoir, il y remarqua la présence d'une jeune fille qui ne lui était pas inconnue. Il s'agissait de Marie, la nièce d'Anna. Elle était la fille de Tristan, son grand frère. Anna les avait présentés alors que Bruno était passé devant chez elle. La jeune fille de quinze ans s'était entichée de l'instituteur.

Anna parut embarrassée car sa nièce Marie souhaiterait à coup sûr les accompagner dans leur balade, dont l'objectif était pré-

cisément qu'ils ne soient que tous les deux. La jolie brune envoya
sa nièce vers son père, en disant qu'il avait besoin de ses services. Adressant ensuite un clin d'œil complice à Bruno, elle lui
fit signe de prendre la route. Ne sachant où aller mais délestés de
leur jeune chaperon, ils se mirent en route. Curieux de nature,
Bruno proposa d'aller visiter le prieuré, dont on ne lui avait que
peu parlé. Anna eût un rictus nerveux, puis accepta en feignant
l'enthousiasme. Interpellé, Bruno ne demanda pas la raison de
cette moue subite. Ils se dirigèrent donc vers la place St Alban,
d'où courait un petit chemin forestier conduisant au prieuré, qui
portait lui aussi le nom du saint patron du village.

CHAPITRE 28

On accédait au prieuré par un petit chemin sinueux et difficilement praticable, visible de la fenêtre de Bruno mais qu'il n'avait jamais remarqué auparavant. Arrivant au site proprement dit, le jeune instituteur le trouva oppressant. Cet endroit lui inspirait un sentiment étrange, une sorte de crainte mêlée de fascination. Il devint un malaise lorsqu'ils arrivèrent dans l'ancien cloître, désormais composé de deux simples murs sculptés abritant un vieil autel, et de quelques colonnes qui se dressaient vers le ciel, comme pour implorer qu'on les reconstruise. Tournant les talons, il intima à sa compagne de faire de même.

— Mais, que se passe-t-il, Bruno ? demanda-t-elle avec inquiétude.

— Je ne sais pas, je... Cet endroit me donne la chair de poule...

— Comment cela ? Je viens ici depuis toute petite, de nombreux fidèles du village et d'ailleurs font de même... Qu'est-ce qui te déplaît à ce point ?

— Je ne saurais le dire... une sorte d'aura malsaine s'en dégage...

— Je sais que tes convictions religieuses sont différentes, mais à ce point...

— Cela n'a rien à voir, dit-il, contrarié. Je... retournons à l'entrée, s'il te plaît.

— Très bien, monsieur l'athée ! Faisons comme vous le dites !

Bruno crut qu'Anna avait très mal pris sa réaction, puis entendit résonner son rire cristallin. Ce son le rassura, et il partit lui aussi d'un rire clair, une fois éloigné de cette zone à l'aura pesante. Anna lui parla alors du lieu.

— Tu sais, il y a quelques explications à ta réaction.

Certaines personnes savent sentir ces choses-là, pas moi. Il y a beaucoup d'histoires étranges sur ce lieu. La légende veut que les bois qui entourent le prieuré soient le lieu où des âmes défuntes ressassent leurs tourments éternels. Certains disent avoir vu des revenants autour d'ici, c'est pourquoi personne n'ose s'y aventurer la nuit. Et il y a l'histoire de cette Solen. Une jeune fille qui était venue proposer ses services de servante à Elven. Personne ne sait d'où elle venait, ni où elle est repartie. C'était il y a plus de vingt ans. Les anciens disent que, de nos jours encore, elle hante ces bois en quête de réponses. Elle avait été chassée du village pour avoir pratiqué la magie noire, mais n'aurait jamais quitté ces bois. Les sorcières, selon les croyances, ne se montrent que quand elles le désirent. En somme, c'est le lieu fantastique du village, quand les enfants sont turbulents, leurs parents menacent de les y laisser la nuit, et le calme revient bien vite. Cela pourrait t'être parfois utile en classe.

Bruno questionna encore sa guide au sujet de ces histoires. Maintenant qu'il était en sa compagnie dans ce lieu champêtre, il se félicitait du passage sur la tombe de Paul. Leur conversation s'était étendue à de nombreux autres sujets les heures qui suivirent, heures durant lesquelles le jeune instituteur mourait d'envie d'embrasser sa compagne, mais sa timidité maladive et le lieu particulier l'empêchèrent d'arriver à ses fins. Lorsqu'elle proposa de rentrer, Anna paraissait presque déçue du manque d'audace de Bruno, comme dans un poème de Victor Hugo, *Vieille chanson du jeune temps*. Mais elle n'était pas rancunière, aussi l'invita-t-elle à manger chez ses parents le soir même.

Lors du dîner, le sujet du prieuré revint dans les conversations. Erwan Salaün confirma les légendes circulant autour de l'endroit, mais y opposa son esprit d'homme de science.

    — Parler de sorcières à notre époque me fait doucement rire, mais c'est ce qui se dit. Je pense que beaucoup de gens se rassurent par l'obscurantisme. Attribuer un phénomène à une puissance supérieure leur évite de se poser trop de questions.

— Mais… L'Ankou… Y croyez-vous alors ?

— C'est différent… On ne parle pas ici d'une âme qui atta-querait les hommes… Lui ne fait que leur signifier quand l'heure est venue, c'est l'équilibre des choses. Nous sommes, malheureusement ou non, tous appelés à quitter ce monde tôt ou tard. Il incarne l'ordre naturel selon lequel toute vie a une fin.

— Mais… ne trouvez-vous pas que Guivarc'h et Le Lan étaient tout de même jeunes ? Un accident arrive, mais la coïncidence devient inquiétante.

— Bruno, je vous ai déjà dit, ce n'est pas en voyant le mal partout que vous vous intégrerez aux villageois.

Erwan Salaün ne le tutoyait pas, à l'inverse de sa fille. Mais Bruno préférait cela. Le docteur Salaün avait une aura naturelle qui l'impressionnait, lui qui était réceptif à l'art de capter l'attention. La discussion prit fin, momentanément du moins. Avant le dessert, le chef de famille l'invita sur le perron de la porte pour poursuivre le débat.

— Dites-moi, Bruno, pourquoi cherchez-vous tant d'actes malveillants par chez nous ?

— Je ne sais pas, je… Avoir vu l'Ankou doit m'avoir certainement plus touché que je ne le pensais… Dernièrement, la mort de mon frère Paul a refait surface, c'est par cycles… Je pense que tout cela me tient très à cœur.

— Voire trop à cœur ! ajouta le médecin. Mais vous n'êtes pas le premier à y voir des actes conscients. Il y a bien longtemps que des gens disparaissent dans les environs, on les voit et le lendemain ils sont partis pour ne jamais revenir.

— Fanch Kervadec avait l'air embarrassé lorsque je lui en ai parlé… précisa Bruno.

— Ce village est une communauté hermétique, vous êtes bien placé pour le savoir. Certaines choses ne doivent pas être dites, sous peine de mettre en péril l'ensemble du corps social.

— Quel genre de choses ? demanda l'instituteur, incapable de contenir sa curiosité.

— Des histoires qui circulent sur la région. Certains croient à des esprits hantant les bois…

— … comme Solen ? Celle que l'on a accusée de sorcellerie ?

— Je vois que l'on vous a bien renseigné. C'en est une parmi d'autres, oui. Mais celle qui les surpasse toutes est celle de Gilles de Rais.

Les deux hommes regagnaient la table quand Erwan entama son exposé.

CHAPITRE 29

— Gilles de Rais était un soldat exemplaire, il est devenu Maréchal de France très jeune, pour avoir accompagné et aidé Jeanne d'Arc dans sa guerre contre les Anglais. Reconnu de tous, il s'est retiré ensuite dans un château d'une région voisine, où il a commencé à pratiquer l'alchimie, s'entourant de maîtres dans ce domaine. Puis il a succombé à d'autres appétits que celui de la connaissance. Pactisant avec les démons, il aborda la magie noire et d'autres pratiques impies. Le meurtre d'enfants devint son quotidien, et la torture sous toutes ses formes son loisir. L'Église s'en mêla, et l'Inquisition le condamna au bûcher en 1440. Cette sordide histoire a inspiré bien des fantasmes : certains sont convaincus que son âme erre dans les forêts la nuit à la recherche de nouvelles victimes, d'autres affirment que son histoire a jeté une malédiction sur la région…

Bruno resta bouche bée à l'écoute de cette histoire. Il y avait bien un paragraphe sur ce personnage dans le livre *Splendeurs et richesses de Bretagne* qu'il avait parcouru lors de son premier voyage pour Elven, mais il n'y avait pas décelé de traces de tels actes. Subitement, il ne pensa plus du tout aux agissements de l'Inquisition dans la région au XVème siècle. Une chaleur intense emplissait tout son être, et son visage se teignit d'un rouge carmin, laissant le docteur interloqué. Sous la table, Anna venait de glisser discrètement sa main dans celle de Bruno. Afin de rester discret, il ne chercha pas à croiser son regard. Il parvint presque à reprendre la conversation avec Erwan. Même si son visage à lui ne sourcilla pas, Bruno sentit un air entendu, comme s'il savait ce qui se tramait sous la nappe de tissu rouge. Voyant sa mère revenir pour débarrasser la table, Anna retira subitement sa main pour lui emboîter le pas. Cela ne suffit pas à l'instituteur, déstabilisé comme rarement il l'avait été face à une classe. Prenant congé de Monsieur et Madame Salaün, Bruno se fit raccompagner par leur fille, selon le rituel de la haie et de la porte. Anna lui annonça alors que son frère Tristan dînerait chez elle avec sa famille le samedi, et qu'il y avait un bal sur la place Saint Alban le soir.

— Vous joindrez-vous à nous, maître Pelletier ? dit-elle avec emphase.

— Mais certainement, très chère ! J'en serais honoré !

Tous deux partirent d'un fou rire, puis tombèrent dans les bras l'un de l'autre. Se fixant longuement, ils furent coupés dans leur rêverie par un chien aboyant face à eux, bientôt suivi d'un jeune garçon de l'école municipale, mais qui n'était pas dans la classe de Maître Pelletier. S'écartant comme s'ils venaient de se rendre compte de leur proximité, tous deux se quittèrent après avoir convenu d'aller au bal ensemble.

Le cœur de Bruno n'avait jamais été aussi léger depuis son arrivée à Elven. Samedi n'arriverait jamais assez vite. Son comportement en cours fut encore plus jovial qu'à l'accoutumée, et il se plut de partir dans de grandes envolées lyriques pour éclairer les origines de mots dérivés du latin. La salle résonnait de rires, et Bruno se dit à chaque fin de journée qu'il n'avait sans doute jamais été aussi heureux de sa vie. Oublié le visiteur nocturne à la faux fatale. Oublié le vétéran borgne et ses crachats de haine. Son cœur baignait dans le nectar suite à un contact entre sa main à elle et la sienne. Un simple frottement léger avait créé une telle décharge de sentiments, comme le bois sec produit des flammes au contact du silex. Une flamme brillait lentement depuis qu'il avait croisé ce regard noir et pourtant si lumineux. Elle s'était muée en incendie.

Sortant de classe le mercredi, Bruno était attendu à la sortie. Anna illumina la place de son grand sourire en lui proposant une promenade. Se dirigeant vers la rue du lavoir, ils passèrent devant chez elle, non loin de cette fameuse haie qui les séparait et les unissait à la fois. Arrivés près de l'arbre jouxtant l'écurie, elle lui apprit qu'Elven, en breton, signifiait *l'église du peuplier*. S'installant à ses côtés, elle lui demanda où il aimerait aller.

— C'est une question qui demande réflexion. J'aimerais beaucoup visiter Rome pour y contempler l'héritage de l'Antiquité. Et toi, où aimerais-tu aller ?

— Il y a tant de choses que j'aimerais voir... Je suis ici à assister mon père, mais mes études à Rennes n'ont pas contenté mon appétit d'ailleurs. J'aimerais voir les Pyramides d'Égypte, Big Ben... le monde !

La conversation alla bon train durant une heure, avant qu'Anna ne s'aperçoive qu'elle devait aider sa mère pour le repas du soir. Au moment de se dire au revoir, Bruno déclara ce qu'il avait sur le cœur depuis le début de leur dialogue.

— Là où j'aimerais aller, c'est tout simplement là où tu seras, sur les pyramides ou bien au pied de la tour Eiffffffffff...
Bruno ne put achever sa phrase, car on l'en empêcha. Il savait que certains voulaient le faire taire, mais Anna disposait de la manière la plus douce d'y parvenir. A demi hébété, il se mit à l'embrasser doucement. Cet instant fut un fragment d'euphorie.

CHAPITRE 30

Assis maintenant face-à-face sur le banc, Anna et Bruno se contemplaient sans parler, s'embrassant régulièrement. Après avoir vu la mort de près, l'instituteur était désormais vivant comme il ne l'avait jamais été. Cette sensation contribua à transporter son esprit, loin et très haut, bien au-dessus des lourds nuages qui pesaient sur Elven. Les moments éthérés comme celui-ci sont rares dans une vie, d'autant plus lorsqu'elle est menacée par la lame inversée d'une faux.

Bruno rentra chez lui des étoiles plein les yeux. Son esprit était épuisé car il avait été mis à contribution afin de ne pas perdre une miette de l'événement, qu'elle soit visuelle, auditive ou tactile. Se repassant tout ce qu'il avait emmagasiné, il eut parfois du mal à tout remettre en ordre. Mais après tout, qu'importe, ces moments n'ont pas de place sur une frise chronologique comme celle qu'il utilisait en classe. Ne restait désormais plus qu'à attendre samedi, pour consacrer cet instant magique et lui écrire une suite.

Le jour du bal arriva bien vite, et Bruno était agité lorsqu'il arriva chez les Salaün. Pourtant, les visages qu'il aperçut lui laissèrent une impression étrange, comme s'il était arrivé quelque chose de grave. Les sourires semblaient feints et forcés, même celui d'Anna, resplendissante dans une robe d'un mauve qui semblait avoir été créé pour elle. Elle avait l'air soucieux.

— C'est… Mon frère est en deuil car le père de sa femme vient de décéder. Les funérailles ont eu lieu il y a deux jours, et sa mère leur a dit de venir au bal se changer les idées. Marie est effondrée, elle adorait son grand-père. Elle a des soucis de santé, et maintenant ça… C'est trop pour une enfant de quinze ans. Mais elle sera contente de te voir, c'est déjà ça.

— La pauvre… dit-il, chagriné. Je vais aller la saluer et

présenter mes condoléances à ton frère et son épouse.

Le repas fut assez froid, personne n'ayant vraiment le cœur à plaisanter. Cette maison, pour Bruno, était le lieu où régnaient la joie de vivre et les bons souvenirs, une sorte de foyer de substitution. Il se dit alors que le malheur se terrait partout sur Terre et que personne ne pouvait y échapper. C'était inéluctable, comme le fait qu'un jour chacun quitterait ce monde, par une lame ou non, mais toujours dans les larmes. Cette pensée le fit pleurer à son tour, car des images de Paul et lui dans leur chambre lui revinrent subitement, tout comme l'épisode du *parti bien trop tôt*. Instinctivement, il prit Anna par le cou, avant de s'apercevoir que ce genre de geste était peut-être mal vu dans les milieux bourgeois de la région. Cette pensée fut vite chassée par le besoin d'apaiser son aimée. Marie paraissait vraiment inconsolable. Le plus inquiétant était qu'elle avait refusé d'être prise dans les bras de ses proches. Cela ne lui ressemblait pas.
Finalement, ce repas triste prit fin, et chacun, à l'approche du bal, essaya de positiver afin de se changer les idées.

En arrivant dans la salle, Anna se mit au bras de Bruno, ce qui fit rougir le jeune bourguignon. Elle souhaitait donc s'afficher avec lui, nonobstant les rumeurs persistantes des persiffleurs. Bruno se sentit gonflé d'une énergie qui ne lui faisait plus craindre Le Goff ou Loussouarn. Croisant le maire de loin, il lui adressa un salut poli sans autre forme de communication. Cette épreuve était passée mais une autre, pire, l'attendait. Ce qui était un plaisir pour certainss devenait pour lui un défi tant il dansait mal. Anna s'en aperçut bien vite et commença à rire avant de lui montrer le rythme et de le conduire dans diverses danses bretonnes.

— Alors Monsieur l'instituteur, vous voilà devenu élève ?

— Oui, et j'avoue être un cancre dans ce domaine ! répondit-il en riant.

— Je suis sûre que vos progrès vont être rapides ! Vous avez plutôt intérêt ! dit Anna en prenant une grosse voix.

— Sinon, quelle sanction risquerait-on ? Ne plus vous voir

serait bien cruel !

— Nous verrons le moment venu.

La soirée se déroula à mesure que Bruno progressait dans les bras de cet ange, qu'il aurait suivi jusque dans la tanière de l'Ankou. Jusqu'à cette voix grinçante.

— Eh là très chère, on passe son tour ?

— Que voulez-vous, Noëlla ? N'avez-vous pas de cavalier ce soir ?

— Peu importe qui m'accompagne, déclara-t-elle avec un sourire moqueur. J'aimerais seulement que Maître Pelletier m'accorde une valse, en souvenir du bon vieux temps !

Celui-ci ne sut que dire, frappé de stupeur par l'irruption de cette tornade rousse au milieu de leur instant de bonheur. Anna le devança.

— Laissez-nous, Noëlla ! Cela suffit !

— L'étrangère me donne des ordres ? cracha-t-elle, vexée. En voilà une bien bonne ! Je ne crois pas que tu réalises à qui tu t'adresses, morue !

— Oh ! Qu'avez-vous dit, espèce de mégère ?

— Va au diable ! Tu n'es pas d'Elven et tu n'en seras jamais ! Ta présence ici est une insulte à notre communauté ! Tu as envie d'aller voir ailleurs, ne te gêne pas ! Sale garce !

Bruno laissa aller le trop-plein de confiance en lui que lui avait apporté sa relation naissante avec Anna. Il était hors de question de la laisser se faire déshonorer sans intervenir, surtout pas par cette… comment la qualifier ?

L'instituteur d'Elven trouva comment la qualifier, dans un langage qui conduisit les parents, et parfois les fiancés, à boucher les oreilles de leurs proches pour leur épargner ce flot d'insanités.

Après avoir craché la dernière goutte de son fiel, Bruno se rendit compte qu'il avait été trop loin. Les musiciens avaient arrêté de jouer, les danseurs de danser et les serveurs de verser. Tout le monde le fixait, avec les yeux écarquillés d'un enfant qui réalise que son camarade de jeu a fait une trop grosse bêtise. Bruno eut alors des sueurs froides, car il ne se rappelait même plus ce qu'il avait proféré à cette harpie. Le maire Loussouarn s'érigea bien vite en père de la victime.

— Monsieur Pelletier, dit-il avec froideur. Je n'ai pas de mots assez forts pour définir l'affront que vous venez de faire subir à ma fille, mais j'ai cru comprendre que j'étais moi aussi visé, nous en reparlerons donc demain lors d'une session extra-ordinaire du conseil municipal qui statuera sur votre cas.

— Mais je… bredouilla Bruno. Je ne sais pas ce qui m'a pris, je… Je ne me rappelle même plus de…

— Oh, soyez tranquille ! Je m'en rappellerai très bien, ainsi que les nombreux témoins qui se trouvent avec nous ici. Vous parler davantage reviendrait à employer vos méthodes honteuses, je ne m'y risquerai donc pas.

Bruno chercha Anna du regard, constatant que ses beaux yeux étaient embués. Elle en avait déjà bien eu assez pour la journée… Avant de quitter la salle, Bruno vit Noëlla, un rictus narquois sur les lèvres, lui faisant un petit signe moqueur qui signifiait *«adieu !»*

CHAPITRE 31

Anna ne reçut qu'un long baiser en guise d'au-revoir, Bruno voulut rester seul pour méditer sur ce qui venait de se produire. Elle eut beau insister, il lui dit non pour la première fois. S'enfermant à double tour chez lui, il ne put réfléchir. Il fit les cent pas, envoyant parfois valser les documents sur son bureau, au risque de réveiller ses voisins. Il s'effondra ensuite sur son lit, sanglotant dans son oreiller à l'idée que c'était sûrement sa dernière nuit à Elven. Le maire ne manquerait pas une si belle occasion de le chasser de son village, d'autant qu'il avait le conseil dans sa poche et sa fille pour accomplir les basses œuvres. Bruno n'avait que rapidement parcouru la charte communale, mais savait à quoi s'en tenir. Il venait peut-être de perdre un amour qu'il cherchait depuis bien longtemps, ainsi que son travail. La provocation de cette vipère rousse avait sûrement dû dépasser ses espérances. Trouver le sommeil cette nuit-là fut impossible, tandis qu'à quelques centaines de mètres, Anna sanglotait également dans son lit, et que Noëlla fêtait son coup d'éclat.

Le lendemain, Bruno fut tiré de son lit par des coups sourds sur sa porte. C'était Fanch Kervadec. A son grand regret, il lui tendit une convocation pour le conseil extraordinaire qui aurait lieu le jour même, place Saint Alban, à quinze heures.
L'instituteur se rendit chez les Salaün, affrontant les regards réprobateurs des gens qu'il croisait. Certains semblaient tristes, mais ils ne constituaient pas la majorité. Arrivant chez le docteur, Anna se jeta dans ses bras, son visage avait toujours ses traits harmonieux mais son teint était blême. Elle aussi avait passé une nuit blanche. Bruno constata alors que tout le village était déjà au courant de ce qui allait se passer. Marie ne se montra même pas, enfermée dans sa chambre et ne voulant rien de ce qu'on lui proposait. Erwan avait une mine affligée qu'on ne lui

connaissait guère.

— Bruno, j'espère que vous savez ce que vous allez affronter ? dit-il d'un ton grave.

— Je me doute que le maire et ses acolytes vont se faire un malin plaisir…

— C'est à peu près cela, oui. J'ai choisi de prendre votre défense, mais…

— Merci beaucoup, je sais que je peux compter sur vous… répondit l'accusé.

— Mais… Il ne faut pas t'attendre à de la clémence. Il y a de fortes chances pour que tu sois banni d'Elven.

Bruno eut un frisson : il pensait que l'exil était possible, mais était devenu plus confiant que la veille. Cet optimisme retomba tel un soufflé, comme les larmes d'Anna sur le tapis du salon. Le docteur l'avait tutoyé pour la première fois, cela signifiait peut-être qu'Anna lui avait annoncé leur idylle. Mais là n'était pas la priorité. Bruno avait sorti pour l'occasion sa plus belle livrée, une redingote sombre posée sur un complet noir assorti d'une chemise blanche. Cette tenue avait déjà été portée pour des enterrements, et la situation s'y apparentait.

En sortant de chez lui, il avait aperçu des hommes organiser sur la place Saint Alban le tribunal qui siégerait d'ici peu. Bruno n'était pas superstitieux, mais il avait refusé d'y jeter un regard, tout juste avait-il discerné du coin de l'œil deux jeunes garçons disposer des bancs face à une sorte d'estrade improvisée. C'est accompagné de toute la famille Salaün qu'il fit son entrée sur la place, ce qui lui apporta un certain réconfort. Malheureusement, les remerciements qu'il leur adresserait une fois tout ceci fini ne feraient sûrement que précéder ses adieux.

La plupart des habitants du village étaient présents sur la place, assis face au parquet pour les plus âgés, ou debout autour pour les autres. Les seuls sièges libres étaient destinés à l'accusé et sa défense. Anna et les siens ne purent trouver de place près de l'endroit vers lequel étaient rivées toutes les paires d'yeux: le banc de l'accusé. Jetant des regards furtifs autour de lui, Bruno fut rassuré de voir que les mines accablées étaient plus nombreuses qu'il ne l'aurait imaginé. Toutefois, les regards haineux étaient aussi de la partie, mais pas parmi les quelques élèves présents ni la majorité de leurs parents. Exception faite des Le Goff, bien sûr. C'est donc silencieusement qu'Erwan et Bruno s'assirent l'un à côté de l'autre. Le médecin avait pleinement conscience des inimitiés qu'il s'attirerait en défendant « le Huguenot ». Noëlla figurait auprès de sa mère, ne souhaitant pas rater une miette du spectacle. Son sourire carnassier était resplendissant : elle jubilait et tenait à le faire savoir. Ce petit étranger avait refusé ses avances et elle n'avait pu faire de lui son valet. Il retournerait donc chez lui, laissant « l'étrangère » Anna Salaün avec son chagrin.

Face à lui, Bruno avait un aréopage de jurés qui étaient les principaux notables de la ville. Trois sièges étaient toutefois vacants, mais Bruno n'y prêta guère attention : c'étaient les présents qu'il devrait convaincre. Il y avait là Fanch Kervadec, le sergent des villes, et Loïk Le Bihan, le directeur de l'école. C'étaient ceux dont il était sûr d'avoir le vote. Mais il y en avait huit autres à convaincre. Le maire Loussouarn figurait bien évidemment au centre, assisté de sept de ses administrés sans doute acquis à sa cause. Parmi eux on trouvait l'épicier Tristan Quéméner, qui était un de ses associés d'affaires, ou encore Gregor Le Goff. Les autres étaient inconnus de l'instituteur, mais ne paraissaient guère avenants. Le procès s'ouvrit par un discours du maire, en qualité de président de séance, qui énonça la procédure. Accusation et défense seraient entendus, avant que les jurés ne votent à bulletin secret, et que la sentence ne soit proclamée. Le maire s'était clairement constitué en victime, déclarant que certains propos destinés à Noëlla l'avaient également visé. A l'annonce des chefs d'accusation, Bruno resta pantois : étaient retenus contre lui les griefs d'insultes caractérisées, aggravées d' « outrage à représentant de l'Etat et de la République ». Yann Loussouarn, pourfendeur de la République Française, et si souvent blessant envers un autre représentant de Marianne, se réfugiait derrière la cocarde pour arriver à ses fins. Le statut d'agent de l'État de Bruno ne ferait donc que jouer contre lui. Frappant de son bâton représentant la justice locale, le maire Loussouarn ouvrit la séance.

CHAPITRE 32

Le silence s'installa immédiatement, tandis qu'Erwan Salaün adressait un regard inquiet à son protégé, désormais dans la fosse aux lions.

— Nous, Yann Loussouarn, maire d'Elven, déclarons le procès de Monsieur Bruno Pelletier, instituteur à l'école d'Elven, ouvert. Monsieur Quéméner, épicier du village, va nous faire lecture des faits qui se sont déroulés hier soir.

— L'accusé Pelletier, pour une raison inconnue, a pris à partie Noëlla, fille du maire Loussouarn, et l'a abreuvée d'insultes que la morale interdit de répéter ici. Mais il ne s'est pas contenté de s'en prendre à cette pauvre jeune femme, il a également assailli son père. Les termes rapportés sont les suivants : « corrompu, égoïste, se fichant de ses administrés s'ils ne figurent pas parmi ses clients », et j'en passe... Citoyens d'Elven ! Voici aujourd'hui l'occasion d'asseoir l'autorité de notre bien-aimé maire. Laisser un jeune blanc-bec étranger le houspiller de la sorte serait une bien grave erreur à l'heure où le monde ne cesse de changer, et que tant de progrès que de malheurs nous arriveront par le train qui reliera bientôt notre ville à l'ensemble du pays ! Nos concitoyens auront-ils d'Elven l'image d'un village incapable de faire régner la loi et l'ordre ? Ou alors celle d'une communauté unie derrière ses valeurs et contre ses voleurs? C'est aujourd'hui que nous devrons répondre à cette question cruciale. Notre destin se trouve entre nos mains, à nous -de le rendre glorieux! C'est pourquoi nous requerrons aujourd'hui l'exil définitif et sans condition de l'instituteur Bruno Pelletier ! L'accusation a parlé et, selon les codes de notre village, les habitants peuvent être consultés avant que l'on n'en arrive à la défense de l'accusé, assurée par le docteur Erwan Salaün.

Suite à cette intervention, quelques habitants donnèrent leur opinion, mais ces avis ne furent guère écoutés. Un poissonnier, Fanch Le Guennec, déplora que l'accusation était tronquée et imprécise. Le forgeron Gaël Le Bihan s'étonna que le rôle de Noëlla dans le litige ait été totalement occulté. Ces doléances restèrent lettre morte, et l'on passa bien vite à l'écoute de la défense. Le scénario n'avait guère rassuré l'accusé jusque-là, mais arrivait le moment où l'espoir était possible. La présence de Bruno à Elven ne tenait désormais plus qu'à l'argumentation du petit homme blond aux yeux d'un bleu perçant, dont la veste sombre paraissait trop lourde pour lui.

— Mesdames et messieurs, je suis ici aujourd'hui pour vous parler de confiance. La confiance que nous avons tous les uns en les autres, la confiance que j'ai en la justice, la confiance que j'ai en votre capacité à la rendre. Qui accusons-nous aujourd'hui ? Il me semble que c'est un instituteur. N'est-ce pas un personnage de première importance dans un village ? C'est par lui que l'ouvrier sera efficace, le marchand accueillant et le paysan dur au mal. C'est par lui que transitent les futurs citoyens, et cela demande une droiture morale exemplaire pour pratiquer ce sacerdoce. Vous qui êtes nombreux à avoir des enfants dans la classe de Maître Pelletier, avez-vous déjà eu à vous plaindre de son attitude ou de ses compétences ?
La confiance en quelqu'un, c'est aussi croire que la personne face à vous ne vous poussera pas à bout pour vous faire perdre vos nerfs. J'attire votre attention sur l'intervention de monsieur Le Bihan, qui a amené un autre personnage dans cette affaire: Noëlla Loussouarn. Et bien, c'est elle qui a fait sortir l'instituteur Pelletier de ses gonds, provoquant l'événement qui nous réunit tous ici. J'aimerais donc que messieurs les jurés tiennent compte de ce facteur avant de rendre leur jugement. Pour terminer, souvenez-vous de deux choses: tout d'abord, de la réaction de Maître Pelletier lorsque Gregor Le Goff, ici présent, l'avait agressé verbalement lors de la fête de fin des moissons. L'accusé avait préféré quitter la salle sur-le-champ plutôt que de créer des problèmes. Ensuite, j'aimerais que chacun d'entre vous se mette à sa place, arriver dans un endroit où les paysages sont aussi

inconnus que les visages ou les traditions. Enfin, j'attire votre attention sur la présentation des faits par monsieur Quéméner, qui a sciemment insulté un homme à qui l'on reproche précisément d'avoir été insultant. J'en aurai terminé en affirmant la confiance que j'ai en ce jeune homme que je souhaite voir rester auprès de nous, et qui a eu le courage d'affronter les attitudes honteuses à son égard. Ma confiance en lui est telle que, comme vous l'aurez remarqué, j'ai consciemment choisi de laisser mon siège de juré vacant pour convaincre les autres jurés de sa bonne foi. Je laisse désormais le droit de se prononcer à qui de droit, en espérant qu'ils prendront la bonne décision en leur âme et conscience. Merci de votre attention.

L'agitation était à son comble sur la place Saint-Alban. Erwan Salaün avait été brillant, et avait changé les opinions de plus d'une personne dans l'assistance. Mais en était-il de même pour les jurés ? La réponse ne tarderait pas.
Étrangement, Bruno ne remarqua Anna qu'au moment du vote. Elle était à trois rangs de l'estrade et son visage si fin était renfrogné et anxieux. Ses yeux ne le quittaient pas, et avaient surtout pris soin de ne pas se poser sur cette harpie de Noëlla, évitant ainsi un jugement pour meurtre le lendemain. Ce spectacle grotesque prendrait bientôt fin, car on amenait leur matériel de vote aux jurés. Yann Loussouarn déclara avec un plaisir non feint que, selon la règle, la voix du maire compterait double en cas d'égalité. Au moins, Bruno ne nourrissait aucun doute sur sa préférence. On donna à chacun un caillou noir et un caillou blanc, le premier signifiant l'exil, l'autre l'acquittement. Œuvrant dans une petite cabine à l'abri des regards, chaque juré plaça l'un des deux cailloux dans un sac en toile de jute, avant de le remettre à Fanch Kervadec, le sergent des villes dont le dépouillement faisait partie des attributions. Dix petits sacs furent étalés sur un grand plateau d'argent disposé devant un tableau noir qui servirait à comptabiliser les votes. Ironie du sort, le tableau appartenait à l'école de Bruno.

Le comptage des cailloux commença enfin. Les deux premiers à sortir étaient noirs, puis vint un blanc, un autre noir puis un second blanc. A la moitié des votes, rien n'était décidé. Mais arriva un quatrième noir, suivi d'un troisième blanc. Un autre noir et ce serait fini, Loussouarn se délecterait alors de prononcer le bannissement.

Le suivant à sortir fut un blanc, ce qui rassura Bruno et Erwan. Anna suivait anxieusement le verdict, serrant la main de sa mère, qui retint difficilement un cri de douleur. Ce cri se fit clairement entendre à la révélation du caillou numéro huit, d'une teinte aussi sombre que la longue redingote de l'Ankou.

CHAPITRE 33

Bruno ne put bouger sur son siège, et sentit à peine la main d'Erwan Salaün étreindre son bras dans un geste de dépit. Il était tétanisé comme si l'Ankou s'était tenu face à lui, prêt à le faucher de sa longue et luisante lame inversée. L'accusé désormais condamné ne remarqua pas que les cris de désespoir étaient aussi nombreux que les hurlements de joie. Le verdict avait donc partagé l'assistance, l'intervention d'Erwan Salaün ayant apporté des partisans de dernière minute à l'instituteur. Mais c'était fini, et il devrait quitter Elven pour de bon. Il ne le réalisa pas encore lorsqu'Anna se jeta dans ses bras pour le couvrir de baisers salés à cause des larmes sur ses joues rougies. Erwan Salaün et sa femme vinrent les étreindre à leur tour. Il n'y avait donc plus le moindre doute sur l'idylle de leur fille, et Bruno pensa aux scènes d'au-revoir avec ses parents sur le quai de la gare de Laroche. Fanch et Maria Kervadec, ainsi que le directeur Le Bihan, vinrent lui témoigner leur estime, tout comme de nombreux Elvinois, dont ses défenseurs du début de séance. Ces marques de sympathie réconfortèrent Bruno sans vraiment le consoler. Il n'eût même pas un regard pour l'autre bout de la salle, où les Loussouarn se congratulaient en compagnie de leurs amis, avec notamment Gregor Le Goff, bien content d'avoir gagné cette bataille pseudo-juridique à défaut d'avoir pu battre les Prussiens.

Quittant la place, Bruno vit Noëlla et son père lui souhaiter un bon départ, ajoutant que celui-ci devrait prendre effet d'ici une heure, selon les us du village. Préférant les ignorer, l'instituteur se rendit avec les Salaün à son appartement. Refusant leur aide pour tout ranger, il les remercia poliment en leur promettant de leur dire au revoir avant son départ précipité. Ne sachant comment repartir ou même emmener toutes ses affaires, Bruno se contenta de réunir l'essentiel dans sa grande valise afin de ne pas empiéter sur le temps des adieux à Anna. Ne souhaitant pas faire durer ses ultimes moments dans son petit appartement surplombant l'école, Bruno le quitta vite sans se retourner, ne se demandant pas encore où il passerait la nuit.

Le directeur Le Bihan, ainsi que le sergent de ville Fanch Kervadec et sa femme Maria, étaient sur le seuil de l'école, versant une larme pour le départ forcé de leur ami. L'intéressé resta digne, préférant garder ses sanglots pour la belle qu'il quitterait pour de bon d'ici peu. Les remerciant chaleureusement pour leur accueil et leur sollicitude, il les quitta dans une franche accolade. L'heure était venue d'aller une dernière fois rue du lavoir.

Ignorant les regards souvent accusateurs de ceux qu'il croisa dans la rue, Bruno vit la porte des Salaün s'ouvrir à son approche. C'est avec les yeux humides qu'Anna sortit pour s'accrocher au cou du futur exilé. Maître Pelletier avait été digne jusque-là, mais ne put contenir son chagrin dans les bras de celle qui le couvrait maintenant de baisers. Refusant poliment d'entrer afin de ne pas rendre les choses plus dures, il vit la famille au complet sortir pour lui dire au revoir. Marie, son frère Gilles, de trois ans son cadet, et leurs parents étaient là également, et la jeune fille, contre toute attente, se jeta dans ses bras pour déplorer son départ. Voir Marie si démonstrative après son récent isolement interpella ses parents. Erwan Salaün n'était pas un homme très prompt à afficher ses sentiments, mais on lisait la peine sur son visage. Les adieux et remerciements à toute la famille Salaün donnèrent lieu à de nouvelles étreintes, puis vint le moment où les deux tourtereaux devaient se quitter.

— J'ai toujours rêvé de m'en aller loin, ce sera l'occasion. Je ne veux pas être séparée de toi.

— Je sais bien, Anna, crois-moi j'ai le même sentiment. Mais je dois partir, et tu dois rester afin d'éviter des problèmes à ta famille…

— Je me fiche de ce que peuvent penser ces esprits étroits ! dit-elle avec détermination. Je n'accepterai pas que leur bêtise nous sépare !

— Écoute, il faut laisser du temps. Tu me manqueras énormément, mais on peut se rejoindre...

— Chez toi ! le coupa-t-elle. Emmène-moi, je t'en prie ! Que vais-je faire ici sans toi ? Les regarder se délecter de mon malheur ?

— Moi aussi je n'ai qu'une envie, c'est d'être avec toi. Mais il va me falloir du temps pour me remettre de tout cela. Je t'écrirai une fois arrivé, et tu viendras me rejoindre si tu le souhaites...

— Bien sûr que je le souhaite...

C'est alors que l'église sonna l'heure du départ. La mélodie solennelle les fit taire tous les deux. Bruno déclara qu'il était mieux qu'Anna restât chez elle plutôt que d'assister à son bannissement, ce qui réjouirait trop les Loussouarn.

— Mais... protesta-t-elle, je veux être avec toi jusqu'au bout...

— Il faut que tu restes, ne garde pas en tête leurs sourires haineux. Avant que l'on ne se dise au revoir, je dois t'avouer quelque chose, je...

— Oui ? Quoi ?

— Je... je t'aime.

Anna retourna ses sentiments à Bruno de manière peu intelligible, entre deux sanglots. Elle lui donna un baiser des plus langoureux. Hébété, Bruno lui confia qu'ils devaient rester sur cette bonne impression, qui valait toutes les paroles d'au revoir. Anna sourit, pour la première fois depuis leur danse de la veille. Peinant à s'en aller, Bruno s'y résolut, afin que le maire n'ait pas à venir le chercher, et l'humilier par la même occasion. S'éloignant d'Anna, il la dévorait des yeux en lui rappelant sa promesse. Dès son retour, il lui écrirait pour qu'elle vienne le rejoindre. Cette pensée les apaisait tous deux : il ne s'agissait pas d'un adieu.

Parvenu à la porte du village après être passé une ultime fois sur la place Saint-Alban, Bruno fit face au « comité d'accueil ». En d'autres moments, cette pensée l'aurait fait sourire. Tout comme le fait d'avoir un attroupement pour son départ, quand son arrivée s'était effectuée sans cérémonie.

<h1 style="text-align:center"><u>CHAPITRE 34</u></h1>

Anna resta longuement sur le perron de sa porte, jusqu'à ce que ses parents et Marie ne viennent lui dire de rentrer. Elle serrait avidement dans sa main une lettre que Bruno avait écrite à son intention, avec pour seule consigne de ne l'ouvrir qu'à la tombée de la nuit.

Loussouarn prononça un bref discours de circonstance qui, à la surprise de Bruno, ne s'avéra ni blessant ni moqueur. Laconique et solennel, le maire ne fit que son travail, et la fin de son intervention marqua le début des manifestations de joie ou de dépit. Les pleurs se mêlaient aux cris d'insultes, tandis que Noëlla le toisait avec une jubilation non feinte. L'instituteur Pelletier se contenta d'un simple au revoir à l'adresse de la trentaine de personnes qui étaient venues assister à ses derniers instants à Elven.

C'est une fois les portes du village franchies que Bruno se demanda où il passerait la nuit. Tournant la tête sur sa droite, il remarqua une faiblesse, une faille assez large dans le mur d'enceinte à l'entrée d'Elven. Chassant cette idée, il se dirigea droit devant lui, en direction du bois du Hayo. Y croiserait-il des âmes errantes dans la nuit, ou bien serait-ce l'Ankou ? Il laisserait la nuit venir, et les problèmes commenceraient alors, lorsqu'Anna aurait lu sa lettre.

Bruno s'installa à l'orée du bois, se disant qu'il pourrait bénéficier ainsi d'un peu de clarté lorsque la nuit se serait abattue sur Elven, ce qui ne tarderait pas en cette saison. Il refusa de se l'admettre, mais il craignait également les rencontres étranges qu'il pourrait faire en s'enfonçant dans le bois. Il s'aménagea un abri sommaire au pied d'un grand chêne, à un endroit paraissant sec. S'allongeant pour réfléchir à ce qui allait se passer, il sentit rapidement l'humidité s'étendre sur son veston, puis le long de son dos.

Le lendemain il se rendrait au village le plus proche, Theix, afin d'y prendre une chambre d'hôtel et de là préparer son retour. Ce serait une mauvaise nuit à passer, puis le retour au pays. Il n'avait plus de travail, son nom serait inscrit au registre des troubles publics, et Loussouarn pourrait même le faire référencer parmi les anarchistes. Cela signifiait une mort professionnelle, alors qu'il serait déjà difficile de plaider sa cause après l'accusation d'outrage à représentant de l'État et de la République. D'autant qu'il devrait tout expliquer à ses parents, une fois de retour à la maison. Une somme de problèmes lui faisait face, alors qu'il se trouverait bientôt débarrassé de celui de l'Ankou. Peser le pour et le contre lui prit un long moment, jusqu'à ce qu'il finisse par sombrer, sans même s'être enveloppé de la couverture qu'il avait prise dans sa chambre avant de s'en aller pour de bon.

Alors que la pénombre gagnait peu à peu les environs, Anna serrait frénétiquement la lettre de Bruno, ne sachant ce qu'elle y trouverait. N'y tenant plus, elle s'installa au bureau de sa chambre et entreprit de découvrir ce qui l'attendait. La fille des Salaün avait toujours été une rêveuse, ce qui nourrissait son goût pour la lecture. Des récits de voyage bien sûr, mais aussi des romans et nouvelles, voire des pièces de théâtre. Seule la poésie ne l'intéressait pas. Elle lisait alors *Voyage au centre de la Terre* de Jules Verne. Il appartenait à Bruno, et elle comptait bien le lui rendre la prochaine fois qu'ils se verraient.

Ouvrant la précieuse missive, elle ne savait à quoi s'attendre. Son cher instituteur lui avouait son amour comme il l'avait fait plus tôt dans la journée, et lui confiait son impatience à l'idée qu'elle vienne le rejoindre. Finalement, elle n'apprenait rien de cette lecture, mais l'apprécia d'autant plus que la prose de Maître Pelletier était soignée. La déception d'une lettre des plus classiques passa vite devant la joie intense qu'elle éprouva à sa lecture. Il lui tardait de recevoir sa prochaine lettre, signe qu'ils se reverraient bientôt. Anna la relut plusieurs fois, avant de la ranger précieusement dans un tiroir de son secrétaire. Avant d'aller se coucher, elle frappa discrètement à la porte de la chambre de Marie et Gilles, afin d'aller leur souhaiter bonne nuit et les border. Elle monta donc à l'étage supérieur, mais ne reçut aucune réponse. Ses neveux devaient déjà dormir. Mais l'état de Marie restait inquiétant, car elle était retournée dans le mutisme le plus total après le départ de Bruno. Elle aussi devait accuser le coup pour cette nouvelle épreuve. Anna se fit un brin de toilette avant de se replonger dans Jules Verne, ne pensant alors qu'à son cher et tendre. Épuisée nerveusement, elle ne sentit même pas ses paupières s'alourdir puis tomber.

Dans la forêt, Bruno ne sentit même pas les petits animaux qui vinrent renifler ses affaires, à la recherche de quelques miettes. Le vagabond avait pris soin d'envelopper ses vivres, afin de se prémunir contre toute convoitise extérieure. Il eut alors un frisson, presque un spasme, qui fit fuir les glaneurs. Son sommeil s'agita, comme si son lit de fortune s'était subitement mis à bouillonner. Bruno se vit alors à Elven, près de la fontaine proche de la maison de Morgan Guivarc'h. L'exilé comprit immédiatement de quoi il s'agissait, et il ne restait plus qu'à connaître la victime. Les Salaün, les Kervadec et les Le Bihan habitaient tous de l'autre côté d'Elven, en direction du bois du Hayo, où il avait trouvé refuge. Pas de danger pour ceux qu'il appréciait. L'Ankou se déplaçait rapidement, déterminé comme lorsqu'il avait emporté le boucher, lors de la dernière prise d'opium de Bruno. Mais il n'en avait plus consommé depuis. Alors pourquoi précisément maintenant ? L'exilé était presque conscient, mais ne voulut pas combattre la vision cette fois-ci. Était-ce dû à sa rancœur envers la plupart des Elvinois ? Ou prenait-il goût aux atrocités de l'Ankou ? Pendant ces réflexions, le faucheur était arrivé à destination, devant l'épicerie de Tristan Quéméner, directeur de l'accusation contre Bruno le jour même. Était-ce un hasard ?

Cette pensée produisit un choc dans la tête de l'instituteur. Une image lui revint alors en tête, celle de la brèche dans le mur d'enceinte d'Elven. Il passerait par là pour retourner voir Anna.

L'attention de l'ensemble du village serait tournée vers l'opposé de la maison des Salaün, vers celle des Quéméner, en direction de l'ouest, près de la route de Vannes. Il disposerait alors d'une petite heure, le temps que l'agitation se disperse. Le jeu en valait la chandelle : les bras de sa belle étaient sans nul doute plus accueillants que cette forêt sombre. Se mettant en route, il laissa sur place la couverture, qui prendrait sûrement l'humidité, et la plupart de ses affaires. Sorti du bois, il contemplait Elven qui serait vite gagnée par la panique. A nouveau pris de visions, Bruno vit l'Ankou sortir de chez Quéméner, jetant à terre le petit homme chauve et gras habillé d'une simple chemise de nuit et transi d'effroi. Il suppliait son bourreau comme l'avait déjà fait Morgan Guivarc'h avant lui. L'Ankou parut faire durer le plaisir. Il sembla se délecter des supplications sanglotantes de sa victime, tandis que Maria Quéméner, son épouse, se montra à la porte, armée d'un couteau de cuisine qu'elle fit aussitôt tomber. L'arme heurta le sol avec fracas, tandis que l'épicière recula de deux pas. L'ouest du village commençait à s'éclairer, les habitants ayant entendu les cris. Subitement, la lame inversée de l'Ankou se leva, luisante de cruauté grâce à la lune puis s'abattit sans pitié dans le torse de l'épicier. Celui-ci en resta cloué au sol après avoir poussé un cri bref. La lame avait dû percer un poumon et couper ainsi le souffle de la victime.

CHAPITRE 35

Pour arranger les affaires de Bruno, un hurlement déchirant la nuit aurait été préférable. Surtout venant d'un homme si véhément et hautain lorsqu'il l'avait accablé au procès. Mais sa femme, terrifiée, s'en chargeait déjà. L'instituteur avait repris le contrôle de son esprit, et courait maintenant en direction de l'entrée d'Elven, ou plutôt sur la gauche de cette entrée. Là où le mur comportait une brèche suffisante pour qu'un homme puisse s'y engouffrer, et qui n'avait jamais été vraiment rebouchée. La nuit claire ne l'aidait pas dans son dangereux périple. L'enjeu était sensiblement le même que lorsqu'il avait vu l'Ankou. C'était probablement l'exécution qui l'attendait s'il était surpris par les mauvaises personnes, comme Gregor le Goff. Bruno Pelletier le timide, le précédent, celui d'avant le départ pour Elven et la promesse sur la tombe de Paul, n'aurait jamais tenté une telle folie. Mais maintenant, il avait quelque chose à perdre, à protéger. Il aurait traversé des champs de lave pour Anna. Il courait vers elle, sous cette nuit nuageuse et menaçante, dans laquelle les tours de Largoët se découpaient pour former deux immenses sentinelles. Tels des géants de pierre, les deux édifices l'avaient émerveillé lors de son arrivée à Elven, maintenant ils traduisaient la rancune de certains Elvinois à son encontre. Peu lui importait, et il se surprit même de son indifférence à la mort de Quéméner. Après tout, c'était lui qui était à l'origine de son accusation, ce qui lui était arrivé était bien fait. Comme si l'Ankou lui avait réglé ses comptes pour...

Bruno s'arrêta si brusquement qu'il tomba, emporté par son propre élan. Cette idée l'avait approché lors de sa vision par les yeux de l'Ankou, mais il n'y avait alors pas prêté attention. Là c'était différent. La créature venait précisément de frapper une personne qui s'était portée volontaire pour accuser Bruno. Peu de temps auparavant, il aurait rejeté une telle hypothèse. L'Ankou cherchait-il à le protéger ? Pourquoi le faisait-il assister à ses sinistres expéditions ? Attendait-il un service de Bruno, ou alors n'était-ce qu'un stratagème pour le frapper prochainement ? Ces questions devaient trouver une réponse au plus vite, mais la priorité était toute autre. Il devait se remettre à courir, il n'était plus qu'à deux cents mètres de l'entrée, et on pourrait le repérer. Certains habitants étaient maintenant sortis afin de voir ce qu'il se passait, tandis que d'autres restaient cloîtrés chez eux. La voie était libre, et il apercevait désormais la fameuse faille. Cessant de respirer bruyamment, il s'accroupit à l'endroit de la brèche, scruta à l'intérieur pour voir si personne n'arrivait, et se glissa dans l'enceinte du village qui l'avait banni quelques heures auparavant. Se dirigeant vers l'est, il arriva vite à la rue du lavoir, se surprenant à glisser tel un chat de zone d'ombre en lieu sûr. Il se découvrait un don pour l'infiltration, et parvint à destination. La maison des Salaün lui faisait face, quand quelqu'un arriva. Bruno se cacha derrière un fiacre stationné non loin.

Le visiteur furtif ne reconnut pas la silhouette qui passa près de lui, et ne s'en soucia guère. Seul lui importait de ne pas se faire repérer. Cette halte forcée avait eu du bon, car il avait remarqué un tas de bois sous la fenêtre d'Anna, qui était éclairée d'une faible lueur. Traversant rapidement la rue en jetant un œil des deux côtés, Bruno sauta sur le tas de bois, puis de là se hissa sur la corniche surplombant l'entrée granitique de la maison des Salaün. Il vit alors Anna, couchée dans son lit et plongée dans la lecture de Jules Verne, ce qui le remplit de joie. Il avait cru la trouver en larmes. Il attendit d'être stable sur la corniche pour taper doucement au carreau. Ne souhaitant réveiller personne, il dût taper un peu plus fort avant qu'Anna ne regarde en sa direction. L'instituteur avait quitté rapidement son abri champêtre, mais avait aussi pensé à assurer ses arrières. Il sortit une feuille de papier épais portant le message *C'est Bruno !*, inscrit largement à l'encre noire du stylo offert par son oncle. Cela devait couper court à tout cri de frayeur de la part de sa belle. Il présenta donc le panneau improvisé et Anna eut un immense sourire lorsqu'elle put enfin déchiffrer la forme qui se découpait dans la nuit, à sa fenêtre. Se levant d'un bond, elle tourna la grande crémone sans faire de bruit, et serra le cou de son visiteur nocturne si fort qu'il dut la contenir pour ne pas avoir la nuque brisée. Anna avait compris que le silence était de mise, mais elle avait du mal à contenir sa joie. Elle l'embrassa avidement avant de l'inviter sur son lit, où ils s'allongèrent tous deux en s'enlaçant tendrement. Elle lui dit que son frère Tristan et toute sa famille dormaient à nouveau chez eux, et que toutes les chambres étaient donc occupées. Il ne fallait pas faire de bruit car sa présence pourrait leur apporter à tous de graves ennuis. Ils se turent alors, se contentant de se serrer dans les bras l'un de l'autre, heureux d'être à nouveau ensemble. Aucun d'eux ne parla des modalités de leurs retrouvailles futures ou des événements de la journée. L'heure n'était ni à parler du passé, ni à aborder le futur : le présent se suffisait à lui-même.

Soudain, des coups sourds se firent entendre à la porte, suivis de cris de femme. Bruno se cacha vite sous le lit, dans une scène rappelant les vaudevilles d'Eugène Labiche. C'était sa belle-soeur qui était à la porte. Elle ordonna à Anna de la suivre, puis claqua la porte sur ses pas. Bruno se retrouva alors seul dans la pièce. La nouvelle de la mort de Quéméner avait dû se répandre vite, mais les Salaün n'entretenaient pas de relation proche avec lui. Devant la nouvelle, Erwan Salaün et son frère Tristan avaient dû se rendre sur les lieux afin de constater le décès. A nouveau seul, Bruno aurait pu repenser à ses questions récurrentes sur l'Ankou, mais son esprit était accaparé par autre chose. Qu'est-ce qui pouvait avoir mis la famille Salaün dans un tel émoi ? La situation lui échappait complètement.

Il entendit les bruits de pas dans l'escalier : tout le monde se dirigeait vers la cour. Pourquoi sortaient-ils ainsi de la maison ? Anna était accompagnée de sa mère, sa belle-sœur, et des enfants Gilles et Marie. Et lui était cantonné à un endroit que tous fuyaient.

CHAPITRE 36

Bruno ne se demanda pas longtemps d'où venait cette agitation. Il tendit l'oreille près de la fenêtre restée entrouverte, et écouta ce qui se passait un étage plus bas.

— Mais... Nathalie, dis-moi ce qu'il se passe ?

— C'est horrible... C'est...

— Vas-tu enfin me dire ce qui ne va pas ? insista Anna.

— C'est Marie... elle... elle est sur le toit... elle veut sauter...

— Comment ? Où est-elle ? Je ne la vois pas... mon Dieu, c'est horrible, elle va... Marie ! hurla-t-elle en direction du toit. Écoute-moi ! Reste où tu es, on va venir te chercher ! Surtout, ne fais pas de bêtise ! J'espère qu'elle ne va pas...

— Seigneur, je l'espère aussi ! Qu'est-ce qu'on va faire ? paniqua Nathalie. Ta mère est partie avec Gilles pour prévenir Erwan et Tristan.

— Mais pourquoi ne va-t-on pas la chercher au lieu de rester là ? On pourrait...

— La trappe du grenier a dû être laissée ouverte, elle est passée par là puis l'a rabattue. C'est impossible de la rejoindre sur le toit car la trappe est trop lourde. Marie, ma chérie ! Au nom du Ciel, je te supplie de ne pas commettre l'irréparable ! cria-t-elle. Tu dois nous écouter et descendre de là !

— Alors pourquoi le Seigneur, justement, il m'a pris mon grand-père, et maintenant il nous enlève Bruno ? gémit Marie. Et ces problèmes de respiration qui m'empoisonnent la vie ! J'en ai marre de tout, je veux arrêter tout ça !

— Elle est vraiment déterminée, Anna! Que va-t-on faire ?

Marie était sur le toit, habillée de sa chemise de nuit, hurlant son désespoir à sa mère et sa tante. Erwan et Tristan ne reviendraient pas avant quelque temps. Une enfant de quinze ans est toujours imprévisible, mais personne n'aurait cru qu'elle en arriverait là. Anna et Nathalie étaient toutes deux pétrifiées dans la cour, les yeux rivés sur le toit. Le vent n'était pas trop fort, heureusement, mais Bruno avait appris depuis son arrivée que les vents bretons étaient très changeants. Si de violentes bourrasques venaient à se déclarer, elle serait balayée puis s'écraserait sur le pavé de la cour.

L'instituteur était toujours dans la chambre, ne sachant que faire. Que se passerait-il s'il était vu d'autres personnes ? On n'allait quand même pas lui reprocher d'avoir sauvé une jeune fille du village ? Il n'avait rien à perdre, d'autant que lui pourrait soulever la lourde trappe du grenier. C'était la première fois qu'il se trouvait à l'étage de la maison, et il dut chercher dans le noir et à tâtons cette fameuse trappe. Il la trouva finalement, se cassant presque un ongle au passage, tellement sa main était fébrile. Rétractant son doigt meurtri, il poussa vers le haut et sentit le bois protester avant de céder difficilement. Au moment de contenir le son de la charnière, il ne fit aucun bruit durant cette périlleuse manœuvre, et s'en félicita. L'escalier se déplia lui aussi silencieusement, et Bruno commença à y grimper. Il vit la petite fenêtre du grenier ouverte, et l'ombre de Marie, surplombant toujours la cour. Se hissant en grimaçant à cause de son doigt endolori, il fit bien attention à ne pas faire grincer les vieilles planches. Il se trouvait désormais si près que le moindre bruit aurait pu surprendre la jeune fille et déclencher un geste aussi brusque que fatal. De bruit, il y en avait un désormais: celui du vent qui commençait à se lever.

Bruno était en plein doute: devait-il parler à la jeune fille ou l'agripper afin de la saisir, au risque qu'elle se débatte ? Il ne peinait à se décider, d'autant qu'avec le vent, il n'entendait plus ce qui se disait en bas.

Anna et Nathalie n'y étaient plus seules: un attroupement s'était formé autour d'elles, attiré par les cris nocturnes. C'était une douzaine d'Elvinois qui les entourait maintenant, autant de têtes levées en direction du toit des Salaün. Maria Kervadec était présente, alors que son mari s'employait à calmer la désormais veuve Quéméner. Gaël Le Bihan, le forgeron qui avait défendu Bruno lors de son procès, figurait également parmi les curieux.

L'instituteur clandestin jeta un œil par la petite fenêtre, et constata qu'il était en fait séparé de Marie par la corniche du toit, longue d'environ trois mètres. L'ombre projetée n'était due qu'à la lune claire, alors qu'il la croyait à portée de bras. Il perçut vaguement d'autres voix en bas, inintelligibles à cause du vent mais n'appartenant ni à Anna ni à Nathalie. Il n'avait pas le choix, il allait devoir agir à découvert. Il commença à agiter sa petite pancarte *C'est Bruno !* afin de se faire voir de Marie sans geste brusque. En bas, Anna et Nathalie tremblaient d'angoisse, attendant que leurs proches les rejoignent, mais furent soulagées lorsque la silhouette de Bruno, facilement reconnaissable pour elles, apparut à quelques pas de la jeune inconsciente. Les autres ne purent le reconnaître de prime abord, et commencèrent à se questionner sur son identité.

— Marie ! C'est moi, Bruno ! Tu dois absolument redescendre avec moi, avant de faire une énorme bêtise, dit-il en détachant chaque syllabe pour bien se faire comprendre malgré le vent.

— Bruno ? répondit-elle dans un sourire nerveux. Mais je croyais que... Que fais-tu ici ? Je...

— Je suis venu pour te secourir. Je n'étais pas loin, et je ne pouvais te laisser faire une telle chose. Il faut que tu viennes avec moi, je t'en prie.

— Mais on ne pourra plus se revoir... Tout comme avec mon papy...

— C'est malheureusement dans la nature des choses, Marie, dit-il d'une voix douce. Il est parti et personne n'y peut rien. Si tu souffres de son départ, pense à ce que ressentirait ta famille si tu...

Anna et sa belle-sœur Nathalie avaient détourné leur regard du toit pour la première fois depuis qu'elles étaient sorties de la maison. C'était pour enlacer leur père et mari qui avaient accouru, prévenus par le petit Gilles et sa tante. Bruno jeta un œil en bas, et s'aperçut de leur présence. Celle-ci lui fit plaisir, tout en le rendant nerveux, mais pas autant que la quarantaine de personnes qui formaient maintenant un comité de curieux. Ceux qui étaient sur les lieux du décès de Tristan Quéméner arrivaient désormais. Encore quelques instants et ce serait le village entier qui serait témoin du retour de Bruno. Cela faisait de lui un hors-la-loi, et il n'avait plus qu'à accomplir un exploit pour tenter de se racheter. Il commença à tendre la main à Marie.

— Regarde, Marie ! Ton père et ton oncle sont en bas ! Tu dois revenir à la raison, et descendre avec moi! Allez, viens ! Prends ma main, je t'en prie !

— Mais… Ils ne me pardonneront jamais de leur avoir fait ça ! déclara-t-elle, la voix cassée et suppliante. Je m'en veux, j'ai honte ! Ils ne voudront plus…

— Je peux te promettre qu'en ce moment, tout ce qu'ils désirent, c'est te serrer dans leurs bras et rien d'autre ! Ils te pardonneront au moment où tu poseras un pied à terre, crois-moi! dit-il d'une voix suppliante. Ils ressentiront une joie immense, et toi aussi ! Allez, rejoins-moi, et prends ma main.

— Tu as raison, admit-elle. je m'en veux tellement…

CHAPITRE 37

Marie, commençant à sécher ses larmes, fit un pas en direction de Bruno, qui n'avança pas car il pouvait alors s'agripper solidement au cadre de la fenêtre du grenier. Bien lui en prit, car Marie glissa lors de son troisième pas, encore moins assuré que les précédents. Grâce à son appui sur la poutre de bois, Bruno réussit à attraper sa main et lui éviter une fin horrible, devant la majorité de ses concitoyens. Son hurlement fut très bref mais sonore, vrillant violemment les tympans de son sauveur. En bas, la famille Salaün passa par tous les stades en quelques secondes: la joie lorsque Marie accepta l'aide proposée, l'horreur lors de sa chute, enfin l'angoisse puis le soulagement lorsque Bruno l'attrapa au vol. L'attraction publique était passée de chez les Quéméner à la maison des Salaün en peu de temps. Une telle agitation était peu commune à Elven,. C'est pourquoi le maire Loussouarn arriva à son tour, hurlant qu'on lui expliquât ce qu'il se passait. La porte de la grande maison s'ouvrit alors, exposant à la vue de tous l'instituteur Bruno Pelletier, fraîchement banni du village, tenant dans ses bras la malheureuse Marie qui sanglotait sur son épaule. Cette vision fit virer le visage du maire au cramoisi, à tel point qu'il ne put trouver de mots, et se laissa ainsi prendre de vitesse par les acclamations de la foule en hommage au héros. Anna lui avait sauté au cou, bientôt rejointe par tous les autres membres de sa famille. Enseveli sous cette vague de gratitude, Bruno ne vit pas approcher le maire, bien déterminé à asseoir son autorité. Une fois les scènes de joie terminées, Yann Loussouarn se dressa devant l'instituteur d'un air menaçant.

— Bonsoir, monsieur Pelletier, dit-il d'un air dédaigneux. Je ne pensais pas vous revoir si tôt, ou était-ce la loi du village qui l'interdisait ?

—Je... bredouilla Bruno, à bout de souffle.

— Sachez qu'il s'agit d'une faute extrêmement grave, annonça le maire d'un ton inquisiteur. Vous êtes passé outre un avis du tribunal municipal, bafouant une seconde fois nos règles, et je crois que nous en sommes à deux fois de trop. Et que dire de cette mascarade que vous avez montée pour vous donner l'image d'un héros ?

Il y eut alors un formidable élan de sympathie pour le jeune homme, et les huées furent telles que Loussouarn resta hagard, surpris de voir autant de contestations chez ses administrés. Se faisant le porte-parole de tous, Erwan Salaün regarda Loussouarn droit dans les yeux avant de ponctuer sa défense de l'accusé.

— Cher maire, loin de moi l'idée de rejeter la décision du tribunal municipal, mais…

— Il n'y a donc pas de mais ! Cette décision est souveraine, et n'a surtout pas à être piétinée par des étrangers au village ! Je veux bien le laisser partir et en rester là, en guise de récompense pour sa bravoure ! Mais sachez que cela me coûte déjà beaucoup! Il n'est pas question de discuter!

Les protestations montèrent sérieusement en intensité à la suite de cette tirade, et Erwan Salaün peina à calmer l'auditoire, car il n'en avait pas terminé.

— Je porte à votre connaissance, cher maire, un article de notre charte municipale. Il est dit dans l'article quatorze que tout habitant d'Elven qui se distingue en sauvant la vie de l'un de ses semblables a droit aux honneurs spéciaux de la part de l'ensemble de la communauté. Il me semble que votre père en a bénéficié pour avoir sauvé un camarade de la noyade, et que c'est ainsi qu'il a obtenu l'affaire dont vous avez hérité, n'est-ce pas ? Vous devez donc avoir connaissance de cette règle. Je propose par conséquent un vote à main levée, qui représentera l'avis de l'ensemble de la communauté. Que ceux qui pensent que Bruno Pelletier doit revenir parmi nous lèvent la main !

Une forêt de mains se leva, laissant Loussouarn médusé, la

colère ne s'affichant même plus sur son visage. Le plaidoyer du docteur l'avait balayé. De mémoire d'Elvinois, personne ne se rappelait avoir vu Yann Loussouarn se faire clouer le bec de la sorte, lui qui se réservait systématiquement le dernier mot. Indigné et vexé, il quitta l'assistance sans dire un mot, tandis que Loïk Le Bihan accourait en portant les clés qu'il comptait rendre à Bruno, celles qu'il lui avait restituées plus tôt dans la journée. On avait rarement vu de comité plus joyeux dans la bourgade d'Elven. La petite Marie venait d'être sauvée, et un habitant du village était fraîchement réintégré parmi la communauté. Il s'agissait d'un douloureux camouflet pour le maire et ses suiveurs. Mais il faudrait maintenant attendre le jour pour évaluer les conséquences de tous ces événements nocturnes sur la communauté villageoise.

Invité fort logiquement chez les Salaün pour se restaurer, Bruno accepta avec une joie indicible, précisant qu'il devait d'abord aller chercher ses affaires laissées dans le bois du Hayo. Allant récupérer sa couverture et ses ustensiles, l'instituteur revint à pas rapides, même s'il ne put atteindre l'allure qu'il avait adoptée lors de son retour clandestin à Elven. Durant la marche du retour, les tours de Largoët se dressaient, toujours aussi menaçantes. Mais elles n'avaient plus l'aura malsaine et fantastique qui lui avait inspiré tant de crainte une bonne heure plus tôt. Toutefois, Loussouarn n'était pas homme à laisser sans suite une défaite de cette ampleur. Il ne manquerait pas l'occasion de faire figurer ce jeune instituteur arrogant à son tableau de chasse. D'ailleurs, l'ouverture de la saison était prévue pour le dimanche suivant. Erwan Salaün l'invita à une battue prévue le dimanche après-midi. Bien que peu enclin à la chasse en Bourgogne, Bruno accepta, curieux de voir les différences dans la pratique de ce loisir ancestral entre ses régions natale et d'adoption. Chaudement remercié par tous les membres du clan Salaün, Bruno retrouva l'ambiance chaleureuse et familiale qu'il avait tant appréciée dans cette maison de la rue du Lavoir. Il était de retour, et jubilait à l'idée d'avoir enfin battu Loussouarn. Bien sûr les représailles ne se feraient pas attendre, mais il se devait de savourer ce succès à sa juste valeur. Pourtant, une pointe d'amertume subsistait. Lui et Anna auraient vraiment voulu voir la tête de Noëlla devant un tel plébiscite. Ils n'en eurent pas l'occasion, car la fille du maire n'était pas du genre à se lever la nuit pour s'inquiéter du sort des autres.

Une fois le repas et le digestif terminés, Bruno rentra dans son petit appartement surplombant l'école, retrouvant la plupart de ses affaires dont il avait à peine commencé à faire le deuil. Il fut étonné de voir que Loussouarn ne tenta rien dans la semaine suivante. Même le neveu Le Goff ne fit aucune remarque désobligeante à ce sujet en cours. Les gens lui témoignaient pour la plupart leur sympathie, tandis que les autres se contentaient du silence. La plupart de ses élèves avaient des yeux admiratifs à son entrée en classe, comme s'ils assistaient à la venue d'un véritable héros. Bruno revivait, au point d'oublier l'Ankou et sa dernière victime.

CHAPITRE 38

L'instituteur devrait attendre un peu pour se familiariser avec les coutumes des hommes Elvinois face au gibier. En effet, le samedi après-midi était parfois consacré à des réunions municipales sur la place Saint-Alban, et un large placard en annonçait justement une. L'instituteur l'avait vu avec Anna, alors qu'ils se rendaient à la boucherie Le Guen. L'épicerie, quant à elle, était restée ouverte, les amis de la veuve Quéméner se relayant pour approvisionner Elven quand celle dont c'était la charge pleurait son époux.

Bruno se dit qu'une réunion sur cette place ne pourrait être plus sinistre pour lui que la précédente. Pourtant, le climat était oppressant. Les Elvinois, ou du moins la plupart d'entre eux, semblaient gagnés d'une fièvre inconnue. Les Salaün, qui encadraient Bruno pour ce rassemblement citoyen, paraissaient sereins, comme à l'accoutumée. Mais quelque chose n'allait pas. Demandant à Anna si elle aussi ressentait cette agitation latente, elle acquiesça, se contentant d'ajouter que Loussouarn fournirait des réponses, et que des bruits couraient. Loussouarn avait-il fabriqué des preuves à charge contre lui suite à sa bravade de la semaine précédente ? Au vu de la sérénité des Salaün, il devait s'agir d'autre chose.

Le maire ouvrit la séance.

— Mes chers administrés, je vous souhaite la bienvenue et vous remercie de votre présence et de votre attention. Cette réunion, comme vous le savez, a lieu mensuellement et a pour but de vous tenir informés des événements intérieurs et extérieurs. Tout d'abord, j'attire votre attention sur les récents drames qui nous ont frappés. L'Ankou cette année semble disposé à faire du zèle et nous prive de nombre de nos concitoyens. Le dernier d'entre eux, Tristan Quéméner, n'a reçu son dernier hommage qu'il y a trois jours. Ayons une pensée émue à sa mémoire, et n'oublions jamais quel ami fidèle et épicier accueillant il était. Ceci dit, j'en viens au fait. Un phénomène néfaste et pernicieux frappe Elven depuis quelques jours. Des rumeurs sont colportées et alimentées par certains, provoquant un sentiment de peur et de crainte. Si ces bruits persistants ont échappé à certains d'entre nous, je m'en vais relater les événements. Il se dit sous cape que Maître Henri Kerouac'h, notaire basé à Vannes, s'est corrompu dans des pratiques interdites. Selon certains, Maître Kerouac'h a pris le contrôle de l'Ankou, à l'aide de méthodes que notre Sainte Mère l'Eglise réprouve en tous points. Certains s'en vont dire que ce notaire efficace et irréprochable aurait vendu son âme au Malin pour avoir emprise sur l'Ankou, et ainsi se débarrasser de gens encombrants pour lui, afin de toucher sa commission dans le cadre des frais de succession pour les grosses fortunes locales. Je me range derrière notre Seigneur pour l'affirmer face à vous tous aujourd'hui : Henri Kerouac'h n'est ni un voleur, ni un sorcier, soyez-en sûrs. Il figure parmi mes connaissances, et sa fervente foi lui fait exécrer la magie noire. Personne n'a d'emprise sur l'Ankou, c'est de son propre chef que la créature accomplit sa funeste besogne.

Bruno se pencha vers Anna pour lui demander qui était ce Kerouac'h. Elle lui répondit qu'il s'agissait d'un personnage trouble, influent dans la région mais soupçonné d'avoir commis plusieurs escroqueries, sans qu'aucune preuve ne l'ait jamais accablé. L'instituteur lui rétorqua que ce ne pouvait être un personnage recommandable s'il figurait parmi les proches de Loussouarn. Gloussant tous les deux, ils se remirent à suivre le discours de l'édile, craignant d'être mal vus.

— Mes chers concitoyens et amis, les événements de ces derniers temps nous ont bousculés. Des personnes estimées ont été fauchées, et d'autres ont failli périr. Que l'on s'appelle Quéméner ou Salaün, les sentiments ne sont pas les mêmes aujourd'hui : peine et affliction pour les uns, soulagement et joie pour les autres. Cela montre que la vie est faite de tout cela à la fois, et que le Seigneur donne aussi bien qu'il reprend. Repentons-nous donc, mes frères, face à l'omniscience du Tout-Puissant. Les récentes pertes nous prouvent que, même dans la piété, nul n'est à l'abri. Il ne nous reste qu'à nous résigner face aux plans de Dieu et prier dans l'espérance du salut. Ne cédons pas à la panique, et remettons-nous-en à la justice divine, la seule apte à reconnaître ceux dont l'âme mérite le ciel. Laissons ces Républicains adeptes de laïcité et d'anticléricalisme avec leur conception du monde qui les conduit à diffamer d'honnêtes gens, et contentons-nous donc de vivre en bons chrétiens. Je vous invite, mes frères, à prier pour le repos des âmes qui nous ont quittés, et à œuvrer pour le salut de la vôtre. Ne prêtez aucune attention aux affabulations de quelques mauvaises langues, et restez dans le droit chemin, tandis que les mécréants se fourvoient, ignorant leur ignorance.

Le crâne dégarni du maire luisait sous les timides rayons de soleil baignant la place. Ses lunettes tombaient régulièrement de son nez, il les remontait aussitôt d'un geste instinctif. Bruno se demanda à quel point il devait se sentir attaqué dans le discours de Loussouarn. Il prit le parti de s'en moquer, préférant profiter de la balade qui s'annonçait l'après-midi avec les Salaün. Mais cette interrogation lui resta dans un coin de l'esprit durant la journée entière. Connaissant Loussouarn, les choses s'étaient trop bien passées pour en rester là. D'autant que Noëlla n'avait été vue de personne depuis le procès de Bruno. C'est lorsqu'on ne les voit plus qu'il faut le plus craindre les prédateurs.

CHAPITRE 39

L'instituteur Pelletier parut redevenir le timide bourguignon déraciné qu'il était en arrivant à Elven. Rougissant comme une pivoine, il fit éclater de rire Anna et Marie. L'intention le toucha beaucoup. Les Salaün l'avaient chaudement remercié d'avoir sauvé Marie, mais il avait insisté pour ne pas recevoir de cadeau de leur part, affirmant qu'il souhaitait simplement être toujours aussi bien reçu chez eux. Il devenait petit à petit un membre de la famille. Solange Pelletier devait se sentir un peu jalouse lorsque son fils lui racontait les repas chez les Salaün dans ses lettres. Elle l'aurait été davantage en voyant son fils qui venait d'ouvrir un paquet remis par Tristan Salaün, le père de Marie. Celui-ci contenait une magnifique redingote de cuir noir, accompagnée d'un complet brun. Très ému, Bruno se contenta de rappeler en balbutiant qu'il ne voulait pas de cadeaux. Dans un éclat de rire, Tristan lui affirma que c'était pour célébrer sa première chasse à Elven, et non en rapport avec son héroïsme auprès de Marie. Anna montra à Bruno la chambre de son frère pour qu'il aille se changer. En chemin, à l'étage, l'instituteur repassa sous la trappe du grenier, et remarqua qu'elle avait été changée, remplacée par une autre moins lourde d'aspect.

La tenue comprenait même une boîte renfermant une paire de bottes de daim noir. Bruno eut du mal à descendre l'escalier avec ces nouveaux souliers auxquels il n'était pas habitué. C'est donc d'un pas mal assuré qu'il se présenta au salon des Salaün, revêtu d'une superbe tenue foncée qui contrastait avec les murs clairs. Tout le monde admirait l'apprenti chasseur, mais ce furent les magnifiques yeux noirs emplis d'étoiles d'Anna qui accrochèrent son regard. L'embrassant pour lui dire au revoir, il partit, encadré de Tristan et Erwan, à la conquête des bois bretons.
Une fois réuni, le groupe de chasseurs comptait une petite tren-

taine de membres. Bruno y retrouva Fanch Kervadec ou encore Gaël Le Bihan, le forgeron qui avait pris sa défense au procès. Personne n'eut d'attitude déplacée sur ce sujet. Au contraire, on entendait fréquemment des plaisanteries sur Loussouarn que leurs auteurs gardaient auparavant pour eux. Le maire ne s'abaissait que très rarement à chasser avec ses administrés. Cette pratique était surtout pour lui l'occasion d'entretenir des relations fructueuses avec d'autres personnages, influents ceux-là.

Chacun prépara son matériel, et Bruno prit place sur le grand cheval d'Erwan, qu'il maîtrisait d'une main de fer malgré sa petite taille, enveloppé d'une veste de chasse d'un rouge éclatant. Après n'avoir vu que quelques oiseaux, le groupe de chasseurs leva un chevreuil. Celui-ci fut abattu de trois cartouches, et promettait un gigantesque repas. Les chiens ne paraissaient pas en avoir assez, et se remirent en quête de proies. La meute d'une douzaine de limiers était entraînée et très efficace. Les voir encercler savamment le chevreuil pour lui couper toute retraite avant l'arrivée des tireurs avait émerveillé Bruno. Lui n'était habitué qu'à la chasse avec son grand-père, et son rapport à la nature était individuel. Là, les méthodes étaient d'une autre envergure. La Bourgogne fourmillait également de chasseurs à meutes, mais Bruno n'avait jamais eu l'occasion de les voir à l'œuvre.

Une heure passa, et les traqueurs à quatre pattes ne trouvèrent rien. Tristan s'aperçut alors qu'ils allaient bientôt dépasser les limites de leur territoire de chasse. Erwan s'en amusa, et répondit qu'il souhaitait en longer justement la limite. Soudain, les chiens partirent à toute vitesse, pour une raison inconnue. A ce moment-là, Bruno pensait que, si les chiens n'avaient aucun problème pour pénétrer la forêt, alors les légendes sur les âmes errantes devaient être fausses. Leur départ précipité le tira de sa réflexion, d'autant qu'Erwan Salaün, visiblement étonné du comportement de la meute, ordonna à sa monture d'aller au grand galop, alors que le terrain était piégeux. De loin, on vit les chiens s'arrêter net près d'un arbre, et aboyer en chœur, tournés face au côté encore invisible du tronc. Le cheval s'arrêta à quelques mètres, Erwan préférant se montrer prudent. Mais ce qu'ils virent alors était inoffensif. Un homme était là, d'aspect jeune et vêtu de vêtements sales, presque des haillons. Il était pendu à une corde, immobile, à peine bercé par le vent. Erwan descendit immédiatement de cheval, et se rendit à proximité du cadavre pour l'examiner. Le scrutant de près, il ne remarqua apparemment rien d'extraordinaire. Fanch Kervadec le rejoignit.

— Je le reconnais ! s'exclama le gendarme. C'est Jézéquel ! Je crois que c'était Ronan son prénom, un garçon qui était venu à Elven avec sa jeune femme, il y a quelque temps.

— Je ne me souviens pas de lui, Fanch, répondit Erwan. Était-il resté longtemps ?

— Non, deux ou trois semaines, il était venu me voir pour chercher du travail. Mais je ne crois pas qu'il ait trouvé quoi que ce soit. Il avait un aspect étrange, c'était une sorte de vagabond, et personne ne l'a embauché.

— Il y a combien de temps que vous ne l'avez pas vu, Fanch ?

— Je dirais que c'était il y a à peu près un an... Oui, c'est cela. Plus personne n'a jamais reparlé de lui ensuite. J'ai une bonne mémoire des visages et des noms, c'est comme ça. D'autres ont un don pour la musique, moi c'est la mémoire !

— Cet homme est revenu ici, déclara le médecin d'un ton laconique. Il n'est mort que depuis quelques jours à peine. Personne ne l'a revu ces derniers temps ? Nous allons rentrer à Elven, afin de lui donner une sépulture décente et se renseigner si quelqu'un l'a aperçu. Il n'est quand même pas revenu ici uniquement pour se pendre.

Le robuste Fanch Kervadec décrocha le malheureux de son funeste perchoir, et l'enveloppa avant de l'attacher solidement à son cheval. Ce groupe d'hommes si gais et rieurs peu de temps auparavant était devenu un cortège funèbre au sein duquel plus personne n'osait parler. Chacun se demandait pourquoi ce jeune homme était revenu à Elven. Bruno éprouvait une sorte de malaise. Il avait déjà vu des gens morts auparavant, certains même très proches, mais celui-ci lui laissait une impression étrange. Même s'il ne pensait pas à Paul, il avait la sensation que ce Ronan était une perte à déplorer, bien qu'il ne l'ait jamais rencontré de son vivant. Le retour à Elven s'effectua donc dans un silence de procession, après quoi Fanch Kervadec emmena le défunt à son office. Il signalerait l'événement au maire Loussouarn, qui prendrait les dispositions nécessaires.

Bruno et Erwan rentrèrent sur le grand cheval gris du médecin, et l'instituteur ne put garder cela pour lui seul.

— Erwan ? demanda-t-il d'un air affligé. Que pensez-vous de cet homme qu'on a retrouvé ?

— Je ne sais qu'en dire… Des gens si jeunes commettant de tels actes… C'est horrible. Je te remercie encore que Marie n'ait pas fait la même chose.

— Ce n'est pas pour ça, c'est… J'ai une impression étrange par rapport à lui. Comme s'il m'était cher. Pourtant, je ne pense pas à mon frère à travers lui, même s'il a dû nous quitter à peu près au même âge… Je ne sais vraiment comment l'expliquer…

— Voir des morts n'est jamais agréable. Mais j'ai le sentiment que ces derniers temps c'est monnaie courante dans la région. Je n'en ai jamais vu autant en si peu de temps, alors si maintenant les gens extérieurs s'y mettent…

— C'est parce que les cadavres s'amoncellent que des rumeurs se propagent dans le village, dit Bruno qui avait retrouvé de l'assurance. Si la panique gagne, cela deviendra vite irrespirable ici. Mieux vaut ne pas ébruiter cette nouvelle.

— C'est exactement ce que j'ai dit à Fanch. J'ai fait jurer à tous que personne n'en parlerait à notre retour. Loussouarn sera le seul à savoir en plus de ceux qui étaient présents. Ainsi, si la nouvelle se répand, on saura que le maire œuvre à installer une peur collective. Cela peut être dans son intérêt, alors restons sur nos gardes. On dit que voir un pendu est de mauvais augure. Espérons que pour une fois nous soyons épargnés.

— Très bien, dit Bruno. Je saurai me taire également. Cela

vaut mieux pour tous.

La porte s'ouvrit alors, et Anna les accueillit avec de grandes bolées de cidre chaud. Il commençait à faire froid dehors, Noël arriverait dans un mois. Cela poserait un problème.Bruno adorait passer les Noëls avec ses parents, mais cette année, il disposait d'un autre foyer chaleureux où festoyer.

CHAPITRE 40

Bruno rentra chez lui sans avoir pu se départir de cette impression étrange. Depuis son arrivée à Elven, il s'était senti mal de nombreuses fois. Mais cette sensation était inédite. Il lui sembla qu'elle venait du plus profond de son être, d'un bas-fond encore inexploré. Il eut énormément de mal à trouver le sommeil. Depuis le meurtre de l'épicier, l'Ankou ne s'était pas manifesté. Les Elvinois commençaient à panser leurs plaies, pensant que cet Ankou si zélé avait accompli sa funeste besogne, et qu'il attendait de passer la main à son successeur. « Cette vision des choses était sans doute simpliste, tout comme le fait de croire en Dieu », dit Bruno à voix haute, comme s'il y avait eu quelqu'un pour l'entendre. L'instituteur eut alors une nouvelle impression désagréable: il était soudain convaincu que quelque chose se tramait dans son dos. Erwan avait dit que voir un pendu était de mauvais présage. Cette phrase hantait encore son subconscient lorsqu'il parvint enfin à s'endormir. Avant de sombrer dans un sommeil agité, il s'était promis qu'il retournerait le lendemain sur les lieux où ils avaient découvert Ronan Jézéquel. Il se sentait fasciné par cette découverte, fasciné d'une manière malsaine, mais sans vraiment lui déplaire. Il éprouvait une sorte d'excitation, comme lorsqu'il avait foncé sur le village dans le but de rendre visite à sa bien-aimée malgré l'interdiction de revenir à Elven. Ce souffle était si intense qu'il eut l'impression de courir dans son lit.

Le lendemain dimanche, Bruno n'alla pas à la messe, comme d'habitude. Il pensait que les Elvinois montreraient davantage leur désapprobation à son égard. Fidèle à son esprit cartésien, il n'accordait aucune importance aux racontars, rumeurs et autres bruits. Toutefois, ce créneau était précieux car il lui offrait une liberté quasi-complète. Il avait parfois l'impression d'être seul au monde l'espace de deux heures, lorsque tout le monde était à l'office. Il ne s'agissait point d'Elven mais plutôt de ses alentours, et plus particulièrement des bois du Hayo. Ne disposant pas de tenue de vagabond et ne souhaitant pas risquer d'abîmer sa belle panoplie de chasseur, il s'habilla de vieilles frusques trouvées au fond d'une malle, et encore jamais portées en Bretagne. Une fois vêtu, il se mit en route, aidé d'une carte de la région. Parvenu dans le bois, il s'aperçut qu'il pouvait progresser très rapidement en passant par les chemins vicinaux qu'elle indiquait. Ils avaient longuement tourné à cheval lors de la partie de chasse, et son itinéraire rectiligne l'emmena assez vite au but de son voyage. Bruno en fut rassuré, car il s'était attendu à un trajet plus long et que, l'automne avançant, la nuit tombait désormais tôt, même si cela se produisait plus tard qu'en Bourgogne. Parvenu à une petite clairière proche de la fameuse potence, il constata qu'elle ressemblait à celle de ses rêves, celle où l'Ankou le toisait de ses yeux terrifiants. S'approchant de l'arbre par le même chemin que la veille, il n'avait aucun souci à se faire quant au fait de laisser des traces. Trente personnes, dont lui, et des chevaux avaient piétiné cette terre grasse la veille, et ses pas se mêleraient aux leurs.

Sa curiosité, déjà très affûtée par cette affaire, avait été encore amplifiée lors de son passage sur la place St Alban, car il y avait vu un placard annonçant l'enterrement d'un vagabond prévu pour le lendemain. Une si grande hâte était surprenante car il fallait analyser le corps, ne serait-ce que pour connaître éventuellement les raisons de son retour à Elven. Après tout, et malgré l'implication du docteur Salaün, les gens d'Elven ne se caractérisaient pas vraiment par leur ouverture d'esprit, et étaient de fait réticents aux pratiques de la science, notamment lorsqu'elles se mettaient à défier les préceptes du christianisme. Arrivé au pied de l'arbre, il sentit une fine brise lui caresser la nuque, alors qu'il n'avait rien constaté de tel depuis son entrée dans les bois. Cela ne le fit guère sourciller, et il commença à tourner autour de l'arbre, cherchant un indice utile. Il s'agissait d'un vieux chêne, qui devait avoir au moins deux siècles, et dont le tronc avait déjà subi l'érosion du temps. Les marques et autres griffures y étaient légion, aussi il fallait compter sur autre chose pour dénicher une piste.

Concentrant alors ses recherches sur le sol, il se rendit vite compte que le piétinement de la veille avait dû anéantir ce qu'il cherchait. Levant les yeux, il aperçut une sorte d'inscription grossièrement gravée sur le tronc robuste, à un endroit qu'il n'avait pas encore scruté. Celle-ci paraissait avoir été faite par une main tremblante, comme si son propriétaire s'était alors apprêté à quitter ce monde. Il s'agissait d'une suite de chiffres et de lettres désordonnés. *TD9G8* Cela décontenança l'instituteur, qui s'était davantage attendu à lire un mot d'adieu. *TD9G8*. Bruno ne sut qu'en penser. Il s'assit sur une souche proche, afin d'y réfléchir plus sereinement. Soudain, il se rappela de ses cours d'instruction physique à l'école. Monsieur Challioux leur faisait faire des courses de repérage dans les bois, durant lesquelles il fallait chercher des inscriptions sur les troncs des arbres. *TD9G8*. Tout Droit 9 pas, Gauche 8 pas. Il s'agissait d'un code, digne d'une chasse au trésor. Cette idée fit sourire Bruno, sûrement plus par nervosité que par amusement. Partant de l'inscription, il fit neuf pas droit devant lui, puis huit sur sa gauche, pour tomber au pied d'un jeune frêne. Ouvrant le grand sac de toile qu'il avait amené avec lui, il en sortit une large pelle. Retroussant ses manches, il entama sa besogne au pied de l'arbrisseau. Ne sachant ce qu'il allait trouver, il amorçait chaque mouvement avec une pointe de nervosité. Celle-ci gagnait en intensité à chaque pelletée, pour atteindre un paroxysme qui parut traîner en longueur. S'ensuivit une sorte de lassitude, et bientôt du découragement. En sueur malgré le temps frais, il décida de faire une pause et vida la moitié de sa gourde d'eau. Posant à nouveau le regard sur le tronc meurtri et gravé, il eut un nouveau rappel des cours de monsieur Challioux. Lorsque l'on gravait un code sur un tronc, on le faisait à l'opposé du chemin à suivre, afin que celui qui déchiffre le code puisse visualiser l'endroit face à lui. Bruno était parti de l'endroit du tronc qui avait été gravé, alors qu'il fallait suivre la direction opposée. Il avait donc creusé pour rien, et prit soin de reboucher son trou avant d'en faire un autre. Bien sûr, il restait de la terre en trop, celle-ci fut disséminée partout autour, dans les fourrés.

Après avoir bien pris soin de rendre indécelable son trou creusé par erreur, Bruno revint à son point de départ, le grand arbre qui avait vu Ronan Jézéquel quitter ce monde. Son cœur se gonfla d'appréhension à mesure qu'il parcourait les neuf pas droit devant lui. Ronan Jézéquel était à peu près aussi grand que lui, aussi leurs foulées devaient être similaires. Une fois éloigné du grand chêne, il jeta un œil sur sa gauche et ne vit rien d'autre qu'une terre de sous-bois que l'on distinguait à peine sous un amas de feuilles victimes de l'automne. Il semblait évident que le jeune pendu avait tenté de dissimuler sa cachette secrète, le code pour la trouver ayant été volontairement indécelable d'un simple coup d'œil. En fait, cette inscription paraissait avoir été gravée dans un endroit peu accessible aux visiteurs sans pour autant résister à un examen approfondi. Ronan avait imaginé, et même souhaité, que quelqu'un chercherait des indices sur le lieu de son décès. Une fois les huit pas accomplis, Bruno gratta le sol feuillu de son soulier pour dessiner une sorte de croix. Allant chercher sa pelle, qu'il avait laissée, par étourderie ou empressement, contre le jeune frêne, il ne cessait de penser à ce qui l'attendait sous terre, juste à ses pieds. Revenu à l'emplacement indiqué, il éparpilla à l'aide de sa pelle les feuilles pourrissantes qui jonchaient le sol, et fut surpris de ne pas repérer de trou fraîchement rebouché. Même dans un sol humide, de la terre récemment retournée se distingue facilement, et ce ne fut pas le cas. Son cœur battait à percer sa poitrine, et ses mains tremblaient, lui rendant la tâche difficile. Après une douzaine de coups de pelle, ses mains cessèrent de s'agiter pour se crisper sur le manche de bois robuste. Le dernier coup avait rendu un son métallique. Bruno aperçut un coin de métal sombre qui se distinguait dans le mélange de terre et d'humus à ses pieds. S'accroupissant, il gratta de ses mains avides les bords de l'objet afin d'en retirer la terre. Après quelques minutes d'un nettoyage grossier, c'était un petit coffre métallique qu'il venait d'exhumer. Il eut alors la désagréable impression d'être observé.

CHAPITRE 41

A peine avait-il appréhendé la forme du trésor qu'il venait d'arracher au sous-bois que Bruno leva les yeux. Une silhouette semblait le dévisager à environ une vingtaine de mètres de lui. Fixant l'intrus durant de longues secondes, il reposa ensuite les yeux sur le coffret qu'il tenait dans les mains. Une demi-seconde plus tard, il constata que la forme avait disparu. L'arbre à côté duquel se tenait la silhouette était trop fin pour qu'un corps humain n'y soit trahi, et rien ne l'entourait à au moins huit mètres à la ronde. La silhouette était étonnamment rapide, ou alors elle avait littéralement disparu. Aucune de ces options n'enchanta Bruno, qui décida de reporter l'ouverture du coffret afin de regagner un lieu sûr. Faisant un tour complet autour de lui, il ne vit aucune forme suspecte. Empoignant sa pelle, il logea le coffret terreux, enveloppé dans de la toile grossière, sous son bras, puis courut en direction d'Elven.

Jetant un œil à sa montre, Bruno se rendit compte que son périple avait duré un peu plus d'une heure. Il avait donc encore le temps de regagner son logement sans être vu dans un tel état, et tenant sous son bras un curieux coffret sale. Se pressant néanmoins, il rentra chez lui et posa le fameux coffre de métal sur une couverture, dans son salon. L'observant longuement, il entreprit d'abord de se changer afin d'éviter tout soupçon en cas de visite impromptue. Certains, et notamment Maria Kervadec, profitaient parfois de la sortie de la messe pour passer lui dire bonjour, aussi cette précaution n'était-elle pas de trop. Armé d'une lame de couteau et de quelques outils, Bruno entreprit enfin de faire sauter l'ultime barrière entre lui et la résolution de son mystère. Les détails de la sinistre silhouette qui l'avait observé furtivement, sa disparition inexplicable, le contenu du coffre : toutes ces questions dansaient littéralement dans son crâne, comme si elles se bousculaient pour être débattues avant les autres. Se figeant sur place, il remarqua qu'il valait mieux avoir des réponses avant de forcer le coffret, et peut-être aussi son destin. Cherchant dans sa mémoire, il revint à l'instant précis où il avait déterré le coffret de la tourbe humide. Soudain, il parut être frappé à la tête. Il se rappela que la terre était compactée autour du coffret : il avait d'ailleurs dû la gratter pour en extirper la précieuse boîte de métal. Même s'il avait plu depuis trois jours, il était impossible que le coffret eût été enterré récemment. Il avait certainement fallu des mois à la terre pour s'agglutiner ainsi et enchâsser littéralement le coffret. Ronan avait donc dû l'enterrer bien avant de se donner la mort. Ainsi l'objet n'avait pas forcément causé la perte du jeune Jézéquel, celui-ci avait seulement voulu quitter ce monde près d'une babiole à forte valeur sentimentale. Le contenu du coffre parut perdre de l'intérêt après cette déduction.

Bruno repensa alors à cette fameuse silhouette. Durant la partie de chasse, il était arrivé à la conclusion que les légendes sur les âmes errantes dans la forêt étaient fausses, car les chiens n'avaient pas paru troublés lors de leur battue. Après ce nouvel épisode champêtre, l'heure était visiblement venue de reconsidérer cette théorie. Fermant les yeux, la silhouette lui apparut vite, toujours prostrée à côté de son arbrisseau. Il s'agissait d'une femme, plutôt âgée, assez petite et qui arborait de longs cheveux blonds ou blancs. Il chercha à détailler son visage, mais il n'en ressortit qu'une paire d'yeux bleus perçants. Il les avait sentis le fixer, et se rappela que c'était ce regard accusateur et malsain qui lui avait fait baisser le sien. Il s'était dégagé de ces yeux une sorte de magnétisme, une aura quasi-surnaturelle. Finalement, chercher des réponses n'apportait souvent que davantage de questions. Il se souvint enfin qu'elle était vêtue d'une blouse bleu clair, une couleur qui paraissait passée avec le temps. Son accoutrement était sale et en mauvais état. Cette femme paraissait avoir vécu longtemps dans les bois ou alors… cette femme était peut-être morte depuis longtemps. Il préféra écarter cette option.

Ne parvenant pas à faire totalement le vide dans sa tête, il ne pouvait empêcher ses mains de trembler. Empoignant un marteau et un petit burin, il mit du temps à coincer la lame entre les deux moitiés du coffret. Après trois dérapages face auxquels il réussit à garder son calme, il frappa le burin avec son petit marteau, et entendit un léger déclic. Un seul coup avait été suffisant, et c'en était presque décevant. Bruno s'était attendu à davantage de résistance, mais chassa cette idée aussi vite que les précédentes. Ouvrant délicatement le coffret, il découvrit un intérieur classique fait de tissu grossier rouge. En fait, ce tissu était une sorte d'étui, que Bruno défit bien vite, poussé par sa curiosité. Il révéla ainsi deux petits paquets grossièrement enveloppés de papier jauni. L'un était cubique, l'autre devait être une lettre. D'ailleurs, il s'agissait sans doute d'une lettre. Se décidant bien vite, Bruno entreprit de défaire la petite boîte cubique. Son contenu s'avéra être un médaillon ovale fait d'argent légèrement noirci. Il devait s'agir d'un bijou de famille, ce qui accréditait la thèse de la valeur sentimentale plutôt qu'un secret inavouable. L'instituteur ressentit à nouveau une légère déception, comme s'il avait surestimé le contenu de sa découverte. Il restait néanmoins la lettre, qu'il décacheta rapidement. La missive, tout comme son enveloppe, était jaunie et n'avait certainement pas été écrite récemment. Cela la rendait d'ailleurs très difficilement lisible, voire incompréhensible. Bruno avait déjà dû déchiffrer des documents anciens lors de ses études à l'école normale. Ses connaissances en épigraphie pourraient l'aider à comprendre la teneur de ce courrier, mais l'état du papier n'incitait guère à l'optimisme. À la première lecture, il ne put décrypter que quelques mots épars. L'heure était venue d'imiter le grand Jean-François Champollion, pionnier du déchiffrage des hiéroglyphes égyptiens en 1822.

Examinant méticuleusement les fragments de texte, Bruno découvrit tout d'abord que Ronan en était l'auteur, et non le destinataire. Il pourrait donc en apprendre davantage sur lui. Le ton était très mélancolique: on distinguait les mots *abattu de malheur, atrocité* ou encore *me l'ont enlevé*. Cherchant un fil conducteur entre ces indicateurs de tragédie, il ne put y parvenir. Qu'avait-il bien pu arriver à ce jeune homme pour qu'il en arrive à une telle folie ? Quelle était l'atrocité dont il parlait et qui ou quoi lui avait été enlevé ? Ces derniers temps, Bruno n'avait plus du tout la tête à ses préparations de cours, car il était obnubilé par l'Ankou. Ces nouveaux éléments n'allaient rien arranger. Une énorme source de frustration fut son incapacité à déterminer une date exacte, ce qui aurait permis de prouver sa théorie. Malheureusement, la date d'écriture de l'étrange missive ne put être établie. Étant située dans le coin supérieur droit de la lettre, elle avait été plus que le reste exposée à l'humidité.

Bruno eut soudain l'envie de montrer ses découvertes à Erwan Salaün. Finalement, il décida qu'il devait trouver d'autres choses avant de tout divulguer. Scrutant à nouveau la lettre, il s'évertua à donner un sens à un mot à demi effacé, mais cela conduisait à beaucoup trop de combinaisons possibles, et souvent éloignées les unes des autres. Il s'arrêta sur *innova, un nouveau* ou encore *Noëlla*. Il espérait que cette dernière option ne fut pas la bonne, car l'affaire était déjà bien assez compliquée. À défaut de déchiffrer ce mot, Bruno put clairement établir le lien avec l'expression *me l'ont enlevé*. Ce mot désignait donc la personne ou la chose que l'on avait enlevée à Ronan. Si le pendentif alimentait la thèse du coffret contenant de simples objets chargés de valeur sentimentale, la lettre paraissait bel et bien expliquer les raisons du geste de Ronan. A chaque avancée succédait un recul, mais cela ne découragea pas Bruno. Ne pouvant débloquer d'autres mystères parmi ceux que contenait la lettre, il résolut de rendre visie aux Salaün.

CHAPITRE 42

En chemin, Bruno entendit une voix hurler des insanités dans une rue attenante à la place Saint Alban, avant d'en voir sortir un petit homme chauve assez âgé, à l'expression malheureuse et qui ne le regarda même pas lorsqu'il le croisa. Celui-ci se contenta de bégayer quelques mots à l'adresse de l'individu qui venait de le chasser. Le petit homme paraissait fier malgré la volée de bois vert qu'il avait reçue. D'ailleurs, la voix qui l'avait ainsi chassé lui était familière, car c'était celle de Gregor Le Goff. Bruno nota que l'inconnu portait une veste militaire, avec le grade de caporal-chef, le même que Paul.

Ainsi Le Goff, personnage haineux qui ne paraissait apprécier personne, méprisait également ceux de son espèce. Laissant les querelles de soldats derrière lui, il parvint devant cette haie devenue si familière. Au moment où il allait dépasser cette rangée d'arbustes derrière laquelle Anna écoutait ses pas lorsqu'il la quittait, il entendit un cri soudain qui le fit tomber à la renverse. Jetant autour de lui un œil incrédule avant même de chercher à se relever, il ne vit rien mais entendit des rires qui contrastaient avec le ciel gris et brumeux surplombant Elven. Il s'agissait d'Anna et de Marie. Elles sortirent toutes deux de leur cachette afin de relever leur victime. Elles remarquèrent vite le petit coffret sale tombé à côté de Bruno. Celui-ci en reprit vite possession, coupant court à toute question. Les filles comprirent le message. Une fois relevé, Bruno dit bonjour à Marie, qui s'éclipsa afin de garantir un peu d'intimité au jeune couple.

S'embrassant longuement, ils se dirigèrent ensuite vers la porte cerclée de solides blocs de granit gris. Accueilli comme à l'accoutumée, Bruno ne put toutefois se départir de sa mine soucieuse. Erwan s'en aperçut bien vite. Bruno expliqua alors toute son enquête, du départ avec la pelle le matin même, jusqu'au lien entre ce que l'on avait enlevé à Ronan et le mot aux innombrables formes. Seule la silhouette dans les bois fut passée sous silence. Personne ne s'était manifesté lorsqu'il avait parlé, et pas plus après. Chacun faisait une moue dubitative, tentant vainement d'assembler les pièces d'un puzzle en apparence hermétique. Puis le pesant silence se brisa.

— Que penses-tu de tout cela, Bruno ? demanda Erwan.

— J'aimerais avant tout avoir votre point de vue, car certains éléments m'échappent. Vous qui êtes de la région...

— De quoi parles-tu ?

— Et bien, de ce mot... Cela pourrait être du patois local, ou un nom de lieu...

— Cela ne me dit rien... dit le médecin en plissant les yeux. Je vais contacter Fanch Kervadec. Il nous faut l'avis du sergent des villes car...

— Car... qu'y a-t-il ? répondit Bruno.

— Ta remarque à propos du coffret... Le père Rouxel, aujourd'hui à la messe... Il a annoncé durant l'office que l'enterrement de Ronan aurait lieu demain matin en fosse commune. J'ai trouvé qu'il y avait un certain empressement, et cela s'est confirmé lorsque je lui ai demandé quand je pourrais pratiquer une autopsie. Il m'a répondu que cela n'était pas nécessaire. Je ne souhaitais pas le disséquer, seulement voir s'il n'avait rien de dangereux pour nous, aucune maladie quelconque.

— Et selon vous, pour quelle raison ? rétorqua Bruno avec un air suspicieux.

— Je l'ignore... Peut-être a-t-il quelque chose à cacher...

— Y aurait-il un rapport avec Loussouarn ?

— Je n'en sais rien, il est encore trop tôt pour l'affirmer. Tu dois te méfier de lui : il a subi une humiliation, et il cherchera forcément à te la faire payer... Nous devons être extrêmement prudents car la moindre erreur risque de se payer cher. Attendons d'avoir des faits établis, les théories seules ne suffisent pas.

— Mais comment expliquer que l'on ne l'ait trouvé que maintenant s'il est mort depuis quelque temps? ajouta l'instituteur avec une pointe de déception dans la voix.

— L'endroit où on l'a trouvé est situé à la frontière entre notre territoire de chasse et celui de Vannes. L'entente n'est pas au beau fixe, surtout depuis les rumeurs de manipulation de l'Ankou par leur notaire. Ni eux ni nous n'y allons. Hier nous avions un vent de sud-ouest, c'est pourquoi les chiens ont flairé la piste, et pas avant.

— Ronan aurait-il pu choisir volontairement son endroit, afin de ne pas être découvert ?

— Cela me semble peu plausible, car il était resté assez peu de temps à Elven, seulement trois semaines, le temps de se rendre compte que le village n'avait aucun emploi à lui offrir. Puis il est reparti et on ne l'avait plus revu avant hier.

— Vous rappelez-vous de lui ? Avait-il un signe particulier qui vous aurait marqué ?

— Non, dit le médecin qui creusait dans ses souvenirs. Je ne l'avais vu qu'une fois. Marie est partie chercher Kervadec. Lui a une bonne mémoire, il saura nous en dire plus. Mais pourquoi es-tu aussi intrigué par toute cette histoire ?

— Je ne sais pas… Comme je vous avais dit, j'ai éprouvé une sensation étrange lorsqu'on l'a retrouvé… Je suis curieux de nature, et mes découvertes là-bas m'excitent au plus haut point. Je sens que quelque chose se cache derrière tout cela.

On frappa alors à la porte, aussitôt ouverte par Marie, suivie de l'imposante carrure de Fanch Kervadec. Il salua un à un les occupants de la maison, avant de venir prendre place auprès du docteur et de l'instituteur. Son visage n'était pas aussi jovial que d'habitude. Acceptant une bolée de cidre chaud, il commença à la déguster tout en demandant qu'on lui raconte les derniers événements. Ne sachant qu'en penser, il jeta un œil à la vieille lettre jaunie, quand son regard s'illumina.

— Le mot que vous cherchez, Bruno, est Ivona. Je m'en souviens très bien, c'était le nom de sa femme.

CHAPITRE 43

Le sergent des villes leur raconta tout ce dont il se rappelait de Ronan Jézéquel et d'Ivona. Ils n'étaient pas mariés, mais semblaient s'aimer passionnément. Lui était un homme robuste, musclé, aux yeux bleus et aux longs cheveux bruns. Un détail était resté gravé dans sa tête : Ronan avait une cicatrice, assez visible et effilée, sur la joue gauche. Ces petits détails ne lui échappaient jamais. Il alla même jusqu'à préciser que Ronan était venu proposer ses services au village en tant que palefrenier. Il avait dit que les chevaux étaient une passion pour lui, et qu'il souhaitait en vivre, et se marier avec Ivona. L'expression de bonheur béat qu'il avait arborée avait attendri l'officier bourru. Ivona, elle, avait de grands yeux verts, inversement proportionnels à sa petite taille. Elle était très jolie, et son visage enfantin paraissait sourire au monde entier. Deux jeunes amoureux qui avaient la vie devant eux, en somme. Aux dires de Kervadec, ils devaient avoir à peine vingt ans, sans doute moins pour Ivona. Ils n'étaient restés qu'environ deux semaines dans la région. Personne ne savait réellement où ils dormaient, ni s'ils connaissaient des Elvinois. Ils sont repartis comme ils étaient arrivés, dans l'indifférence générale, si bien que le sergent des villes n'aurait jamais cru entendre à nouveau parler d'eux.

L'éclairage de Kervadec était précis et confirmait l'idée de Bruno. Ronan s'était donc bel et bien donné la mort après qu'on lui avait arraché l'amour de sa vie, Ivona. L'explication semblait limpide, mais n'arrivait pas pour autant à le satisfaire. Du côté de Kervadec comme de celui d'Erwan, l'affaire semblait résolue, mais le docteur voyait bien que le jeune instituteur était encore préoccupé par cette histoire, sans chercher pour autant à le faire parler. La fin de l'après-midi se déroula comme toujours chez les Salaün, dans la joie et les rires. Bruno éprouvait presque une sorte de culpabilité à apprécier autant ces réunions familiales, car parfois lui venait l'étrange idée de tromper ses parents. D'ailleurs, il avait ces derniers temps répondu en retard aux lettres de sa mère, et restait assez évasif quant aux détails que ne cessait de lui demander Solange Pelletier au sujet de la mystérieuse Anna qu'il évoquait et dont elle voulait tout savoir. Afin de soulager sa conscience, la prochaine lettre qu'il lui écrirait, le lendemain, apporterait des réponses à ces préoccupations légitimes pour une mère. Bruno pensa un court instant que faire entrer pour de bon cette jolie brune dans sa famille résoudrait ses problèmes de tiraillements entre deux foyers. Mais il était bien trop tôt pour parler de cela à sa mère, car les questions pressantes vireraient alors à un harcèlement en règle. Souriant à cette idée, il croisa son regard, qui semblait le fixer depuis quelques instants. Le sourire énigmatique qu'elle lui renvoya lui donna l'impression qu'elle venait de lire dans ses pensées. Bruno se dit alors qu'il parvenait bien à combattre ses défauts.

Vint alors l'heure de prendre congé de la famille Salaün. Le dîner avait été pris tôt, mais la nuit s'était installée depuis longtemps lorsque Bruno quitta l'imposante demeure. Ces derniers temps, il avait moins d'appréhensions à marcher seul dans l'obscurité de la rue. En plus de l'Ankou, de Le Goff et de Loussouarn père et fille, la liste des dangers potentiels pour Bruno comptait désormais le fantôme de Ronan. Cette idée lui inspira un sourire nerveux plutôt que de la peur. Tâchant bien de ne pas faire de bruit, Bruno entra furtivement dans son appartement, et reçut alors un véritable choc. La cause en était une simple pelle, négligemment laissée contre un mur dans l'entrée. Dans le bois, là où on avait retrouvé Ronan, il avait laissé un trou béant. Trop impatient de découvrir le contenu du coffret, il avait oublié de le reboucher, et d'éviter ainsi les soupçons. Finalement, ses défauts menaient toujours les débats.

CHAPITRE 44

Bruno considéra rapidement les différentes options qui s'offraient à lui: laisser le trou et risquer d'être soupçonné, ou s'y rendre et risquer d'être soupçonné. Comme avait dit Erwan, il fallait jouer serré, ne pas prendre de risques. Se connaissant, il savait bien qu'il penserait sans cesse à ce trou laissé au vu de tous. Même s'il s'agissait d'un endroit très peu visité, les événements récents pouvaient attirer des curieux et le mettre en difficulté. Rien ne l'accusait à priori mais, en dépit du sauvetage de Marie, ceux qui souhaitaient son bannissement étaient encore nombreux. On pourrait ainsi facilement établir un lien entre la pendaison et lui, et Loussouarn tiendrait sa revanche, surtout si une pelle sale était retrouvée chez lui. Il n'avait donc pas le choix: il devait retourner le plus vite possible à l'endroit où Ronan s'était pendu, et effacer cette preuve compromettante. Par chance, la lune était pleine, et la nuit très claire. Ne pas avoir besoin de lampe l'aiderait à rester discret dans les bois. Il devrait parcourir environ deux kilomètres avant d'atteindre son but. Parvenu à la lisière du bois et tenant fermement son outil, il se mit à courir en suivant les repères du chemin de chasse, jusqu'à parvenir à la frontière avec celui de Vannes, balisé par une couleur différente. Par chance, les relations houleuses entre les deux domaines avaient conduit à installer cette barrière de fortune, composée de solides rubans colorés. Sachant que son objectif se trouvait à la jointure, Bruno n'avait qu'à se laisser guider jusqu'à reconnaître l'immense chêne qui avait servi de porte de sortie de ce monde à Ronan.

Courant à perdre haleine, l'instituteur finit par identifier un solide chêne, vieux d'au moins trois cents ans, et qui avait la particularité d'être coupé en deux, sans doute à cause de la foudre. Cet arbre singulier avait attiré l'attention de Bruno, qui ne se trouvait qu'à quelques foulées de son objectif. Il fallut peu de temps avant qu'il ne l'atteigne. Bruno se précipita vers les restes de son exhumation. Il constata alors que son trou avait été rebouché avec soin. Refusant de l'admettre, il écarta avec force les feuilles qui jonchaient le sol. Il dut pourtant se rendre à l'évidence. Il trouva la terre aussi fraîchement déplacée qu'il aurait aimé la voir lorsqu'il avait déterré le coffret. Bruno vérifia à plusieurs reprises qu'il s'agissait bien du même endroit: impossible de nier l'évidence. On avait rebouché le trou à sa place. Il ne put relever de traces sur le sol humide et sombre. Ne restait alors qu'à rentrer, hanté de nouveaux mystères. La silhouette aperçue le matin pouvait être l'auteur de ce tour inattendu, ou quelqu'un d'autre à qui elle aurait parlé du jeune instituteur qui déterre des coffres au pied des potences. Ne pas prendre de risques, avait dit Erwan...

Une lueur soudaine le tira de ses pensées. Il distingua droit devant lui, à plusieurs centaines de mètres, une lumière intense, sans doute un feu. Saisi d'effroi, il réalisa qu'il n'était peut-être pas seul dans cette forêt, et que les légendes qui la disaient hantée étaient finalement fondées. Bruno marcha droit devant lui, comme si une force mystérieuse s'était emparée de lui. Ses jambes semblaient le transporter contre sa volonté. Il se sentait aliéné, comme habité. Cette impression fut très désagréable, mais ne dura guère. Après avoir parcouru une centaine de mètres droit devant lui, il reprit le contrôle de ses mouvements. Cette expérience était inédite et troublante, même si elle était proche de certaines soirées opiacées. Mais autre chose monopolisa son attention : la flamme qu'il distinguait bien mieux, au point de voir d'où elle provenait. Ce feu sévissait dans le prieuré, l'endroit qui lui avait laissé une désagréable impression lors de sa visite avec Anna. Finalement, il agit exactement de la même manière que lorsqu'il s'était senti possédé: il continuait de marcher droit devant lui, sans dévier afin de ne pas perdre le chemin de la bordure colorée, son unique point de repère. Il put distinguer davantage d'éléments au fil de sa progression. Il ne s'agissait pas d'un incendie, mais d'un feu volontairement allumé dans ce qui avait été le cloître du prieuré, et qui n'était désormais plus qu'un amas de ruines. S'approchant à nouveau, il eut sous ses yeux une scène fantasmagorique: diverses ombres étaient projetées sur les vieilles colonnes croulantes du cloître, tandis que celles-ci étaient baignées d'une lueur orange vif, celle des flammes qui crépitaient sur une sorte d'autel.

Soudain, il vit quelque chose bouger à proximité de cet autel: une forme humaine paraissait s'affairer tout en lui tournant le dos. Sa curiosité avait pris le pas sur sa peur, et il continua à avancer vers ce lieu qui le pétrifiait pourtant. Petit à petit, Bruno se rendit compte que ce à quoi il assistait était une réunion nocturne, dont il ne pouvait distinguer les participants car ils étaient tous vêtus d'une sorte de robe blanche à capuche conique. Ils paraissaient être une douzaine autour de celui qui se déplaçait, et contemplaient l'autel embrasé, où dansait un feu rendu infernal par le décor grandiose. Bruno avançait d'un pas régulier, désirant savoir de quoi il s'agissait. Il commença à entendre des voix, mais sans pour autant qu'elles soient intelligibles, et décida de s'arrêter lorsqu'il pourrait comprendre ce qui se disait. Tâchant désormais de ne pas faire de bruit, il savait qu'être vu à cet endroit allait à l'encontre des conseils d'Erwan Salaün. Il entendit les voix réciter une prière en latin. Cela invalida la théorie que Bruno avait élaborée, selon laquelle il avait sous les yeux une réunion de druides païens, conformément à la légende celtique. Il ne s'agissait en fait que de chrétiens, ce qui rendait l'ensemble bien plus rationnel. Les cours de latin qu'il avait reçus à l'école normale allaient être mis en pratique, tout comme l'avait déjà été l'épigraphie.

S'installant afin de pouvoir voir sans être vu, Bruno contempla longuement l'agitation sous ses yeux. Douze personnes se tenaient debout, en rangs organisés, face à une treizième qui tenait désormais un livre et semblait vouloir faire une sorte de démonstration à son auditoire. Il commença alors à lire un passage de ce livre, sans doute une Bible, mais Bruno ne comprit que difficilement. Il prit le parti de se rapprocher, prenant bien garde à ne pas produire de son qui, à cette distance, aurait été bien malvenu. Se faufilant sans bruit, il gagna un abri plus rapproché mais également plus sûr, car situé au pied d'un immense tronc, entouré de nombreux fourrés. De là, il fut en mesure de voir pleinement la scène.

Les douze écoutaient scrupuleusement celui qui récitait des vers latins où il était question de la vertu des hommes envers Dieu-. Derrière eux étaient alignées les colonnes de l'ancien cloître, embrasées par la vive lueur du feu de l'autel et striées des ombres de certains arbres, ce qui donnait l'impression d'une mosaïque vivante et incandescente. L'homme qui prenait la parole s'était placé entre l'autel et une sorte de petit tabouret. Concentrant son attention sur l'orateur, Bruno fut frappé de stupeur. Cette voix qu'il n'avait pas entendue depuis quelque temps et qui ne lui avait absolument pas manqué, il se demanda comment il ne l'avait pas reconnue plus tôt. L'orateur était rompu aux prises de parole en public, car il s'agissait de Yann Loussouarn. On lui avait dit de ne pas prendre de risques vis-à-vis du maire, et il se trouvait à une vingtaine de mètres de lui, en pleine forêt, à trahir ses activités nocturnes. Observant les autres membres de l'assistance, il reconnut Gregor Le Goff, le père Rouxel et la veuve de l'épicier Quéméner, dernière victime en date de l'Ankou. Animé d'une curiosité fiévreuse, Bruno regretta de ne pas avoir sur lui son petit carnet de cuir noir, celui que lui avait offert Paul et dont il ne se séparait que rarement.

Si le père Rouxel était parmi les auditeurs, pourquoi était-ce Loussouarn qui prenait la parole à sa place ? Les derniers versets récités par celui-ci furent repris par ses fidèles, qui dirent enfin un *Amen*. Le maire récita à nouveau des vers latins, mais ceux-ci parlaient d'un certain Jean de Malestroit, et le maire y affirmait son souhait de poursuivre son œuvre. Cela intrigua Bruno, qui constata une soudaine agitation parmi l'auditoire. Le maire prononça alors une phrase latine signifiant « *amenez-le !* »

CHAPITRE 45

Les douze spectateurs se retournèrent dans un geste quasi-mécanique. Bruno vit alors un quatorzième membre de cette église secrète, habillé d'une sorte de bure blanche similaire à celles que portaient ses compagnons. Quelques mètres derrière lui suivait un autre homme, de petite taille et habillé de couleur sombre celui-là. Il sembla à Bruno qu'il était enchaîné à celui qui le précédait. Un mouvement sec du premier se répercuta chez le second, comme pour le prouver. Pourquoi ces quatorze personnes en avaient-elles enchaîné une quinzième ? Plus les pseudo-druides s'agitaient, plus Bruno se répétait qu'il ferait mieux de rentrer. Pourtant, il voulait percer les secrets de ces habitants d'Elven qui semblaient participer à des messes noires sous leur façade de bons croyants. Fronçant les sourcils afin de distinguer davantage de détails, Bruno eut un nouveau choc : l'homme en sombre portait une cape légère qui ne faisait qu'envelopper sa tenue. Il avait un grade de caporal-chef sur les épaules de sa veste. Ce n'était autre que le petit homme chétif qui s'était fait malmener par Gregor Le Goff. Il avait été bâillonné mais semblait émettre des geignements à intervalles réguliers, des petits cris étouffés qui traduisaient une intense terreur. Bruno sentit alors des frissons lui parcourir l'échine. Quoi qu'il se passe, il ne pourrait intervenir sous peine d'être immédiatement mis à mort. Loussouarn et surtout Le Goff ne seraient pas hommes à faire de sentiments s'ils étaient découverts lors de leurs célébrations impies. La scène qu'il avait sous les yeux ressemblait de plus en plus au prélude d'un sacrifice, mais Bruno refusait d'y croire. Sous quel motif pourraient-ils exécuter un citoyen sans autre forme de procès ?

On amena le pauvre caporal-chef à proximité de l'autel, et Bruno remarqua alors une sorte de grande vasque au pied de celui-ci.

Sa couleur se confondait avec l'ombre de l'autel, ce qui la rendait difficile à distinguer. Celui des quatorze hommes en blanc qui retenait le prisonnier le détacha. La liberté de celui-ci n'était pas pour autant acquise, car son cerbère le força d'un geste violent à s'agenouiller au pied de l'estrade où se trouvait Loussouarn. Le malheureux ne put que s'exécuter. Baissant la tête, il paraissait déjà résolu à prendre congé de ce monde. Loussouarn le toisait et commença à réciter de nouvelles phrases en latin, qui intriguèrent l'instituteur. Le maire haranguait sa victime en position de pénitent, et semblait faire son procès, vociférant des menaces et des intimidations. Le nom de Jean De Malestroit revint, et Bruno fut cette fois sûr que Loussouarn se l'était approprié. Il s'érigeait en accusateur du malheureux, le chargeant de diverses infamies, telles que le vagabondage, l'oisiveté et les offenses à Dieu. Le maire se comportait comme un inquisiteur face à un hérétique promis au bûcher. Ses yeux étaient révulsés tandis qu'il énumérait des chefs d'accusation ponctués des « *Culpa !* » scandés par les autres membres. Abattant son bras tel un chêne sous les coups du bûcheron, le maire déclara le caporal-chef coupable de l'ensemble des faits reprochés. Celui-ci avait écouté la sentence recroquevillé sur lui-même, le dos tassé comme sous l'effet d'une lourde croix. Aussitôt, Le Goff et un autre membre immobilisèrent le militaire avant même qu'il ne se relève, et lui plongèrent la tête dans la grande vasque au pied de l'autel.

Bruno réprima difficilement un cri lorsque les deux bourreaux entamèrent ce funeste baptême. Les jambes du caporal-chef se débattaient vivement entre ses deux tortionnaires, dans une position confinant au grotesque. Les débattements devinrent des spasmes, les spasmes de faibles convulsions, puis on attendit encore quelques instants après les derniers soubresauts pour sortir ce corps désormais désarticulé de son ultime bain. Durant cette minute qui parut des heures à Bruno, le maître de cérémonie Loussouarn n'avait cessé de réciter des versets de l'Apocalypse de Saint Jean. Les mots latins perçaient la nuit, régulièrement répétés par les autres membres en blanc dans un canon fanatique. Les dents de l'instituteur avaient entamé sa main sous l'effet de la crispation, et il ne l'avait même pas senti. Les deux fossoyeurs prirent chacun une épaule du cadavre pour le transporter comme on le ferait d'un blessé. Ils l'emmenèrent derrière Loussouarn, et Bruno ne vit qu'un tas de branchages près d'un arbre. Il ne s'agissait pas d'un arbre, mais d'une perche de bois que l'on avait disposée au sein du tas de bois mort. Les mains de Bruno se crispèrent à nouveau lorsqu'il devina de quoi il s'agissait : un bûcher.

Le Goff et son acolyte, sous les regards attentifs des autres membres et de leur chef, attachèrent le corps du malheureux à la perche puis s'écartèrent, car Loussouarn amenait déjà une torche issue de l'autel. Le bois mort craqua immédiatement, et Bruno crut entendre à nouveau des gémissements, comme si le caporal-chef n'était pas encore mort. Cette idée lui fit horreur, mais il ne sut s'il entendait de réels cris ou la plainte du bois que l'on brûlait. Bientôt, ce furent les prières martiales des quatorze fidèles de cette église sacrificielle qui retentirent, couvrant pour de bon le râle de la chair et du bois mêlés dans leur combustion.

CHAPITRE 46

Les assassins drapés de blanc regardaient désormais leur malheureux coupable flamber et renvoyer ses lueurs orange vif sur les colonnes du cloître. Celles-ci avaient sans doute été maintes fois éclairées par ces feux-follets particuliers, pour autant de victimes noyées puis immolées au nom de Jean de Malestroit.

Bruno, qui avait repris le contrôle de son corps, entreprit de quitter ce lieu macabre. Il aperçut Loussouarn s'affairer derrière le tronc d'un arbre situé à proximité de la vasque. Considérant qu'il en avait assez vu, il se redressa doucement et lentement, afin de ne pas être repéré. Tâchant de ne pas trop faire craquer de bois mort sous ses pieds, il avança à pas de loup dans la pénombre. En homme de la campagne, il avait remarqué que le vent allait d'Elven vers le prieuré ; il l'avait donc de face. Cela signifiait que les assassins drapés de blanc pouvaient plus facilement l'entendre, le vent soufflant dans leur direction. L'instituteur s'en tira néanmoins à merveille, hâtant le pas lorsqu'il eût parcouru une cinquantaine de mètres. Fonçant droit devant lui, il pria presque pour tomber sur un des rubans de couleur qui étaient sa planche de salut.

Courant maintenant tout en remerciant la nuit pour sa clarté salvatrice, il s'inquiéta de ne pas voir de rubans, et ralentit afin de ne pas les manquer. Le feu du prieuré était désormais difficilement visible de là où il se trouvait. Mais il fallait regarder droit devant, car la crainte d'avoir manqué la frontière des territoires de chasse montait lentement en lui. L'angoisse l'avait presque gagné lorsqu'il aperçut le fameux chêne coupé en deux par la foudre. Ses nerfs se détendirent une nouvelle fois, dans un énième mouvement de reflux. La barrière tant recherchée se trouvait maintenant devant lui, et il n'avait plus qu'à la suivre sur sa droite pour retrouver Elven. Il se hâta toutefois, pensant à toutes les notes qu'il prendrait en rentrant sur son petit carnet de cuir noir, celui reçu de Paul. Son frère le lui avait d'ailleurs offert afin de canaliser sa curiosité de tous les instants. Courant maintenant comme si sa vie en dépendait encore, Bruno parvint plus vite que prévu à la lisière du bois, s'apercevant seulement qu'il avait sa pelle à la main depuis l'épisode du trou déjà rebouché. Cette pensée lui fit l'effet d'une piqûre à la nuque: étaient-ce Loussouarn et ses sbires qui avaient rebouché ce fichu trou ?

Erwan Salaün avait bien prévenu de ne pas prendre de risques, et rien de ce qu'il avait vu ce soir ne pourrait être pris au sérieux par la majorité du village. Pour l'heure, il s'agissait seulement de rentrer, puis de tout consigner une fois en sécurité. Le lendemain était un lundi, et les cours de la semaine étaient préparés. Mais, une nouvelle fois, il ne dormirait pas beaucoup. Rentrant sans encombre mais non sans avoir surveillé toutes les directions à chaque déplacement, il prit à nouveau grand soin de ne pas être entendu. Fermant à double tour, Bruno commença par se débarrasser de ses habits sales et humides, puis entreprit de sortir discrètement avec un seau d'eau pour nettoyer sa pelle, ce qu'il réussit à faire sans le moindre bruit. Les assassins drapés de blanc rentreraient bientôt de leur expédition punitive. Ceci fait, il s'assit à son bureau, seulement éclairé d'une petite bougie, et entreprit de rassembler tous les détails de ce qu'il venait de vivre.

Bruno avait écrit frénétiquement tout ce qui lui venait en tête, et ses notes n'étaient pas toujours chronologiques. Il faudrait les retraiter à tête reposée pour qu'elles soient compréhensibles pour d'autres, même si l'idée principale restait évidente. Toutefois, les personnes qui auraient accès à ce document seraient triées sur le volet. Il en allait de sa propre sécurité. En de mauvaises mains, ce récit provoquerait assurément sa disparition inexplicable, et l'on ne retrouverait jamais son corps, calciné puis éparpillé dans les bois du Hayo. Les gens évoqueraient une noyade, et Loussouarn continuerait ses sombres activités. L'instituteur ne ferma pas l'œil de la nuit, obnubilé par le sacrifice dont il avait été témoin.

Après avoir noirci son carnet de cuir sombre, il éteignit la faible lumière afin de ne pas éveiller de soupçons. Assis sur son lit en tenue de nuit, il assista à un véritable défilé d'idées et de sentiments dans son crâne. Il décida de ne rien dire à Anna.

Bruno devait mettre au point une stratégie pour faire admettre une telle histoire aux gens d'Elven.. Il fallait tout d'abord en parler à Erwan, et à lui seul. Lui saurait par quel biais progresser sur ce terrain dangereux. Kervadec serait un allié précieux, mais il serait mis au courant ultérieurement. Le trou qui avait été rebouché pouvait indiquer que les disciples du maire devenaient méfiants. Mais cela pouvait également être quelqu'un d'autre. Là encore, il n'y avait rien de sûr. Il lui tardait de voir Erwan, afin de confier tout cela à quelqu'un de fiable. Bruno entreprit ensuite d'écrire à sa mère, afin de gagner du temps sur la journée du lendemain. Il essaya durant sa rédaction de ne pas montrer sa nervosité et son inquiétude, mais les mouvements de sa main allaient certainement le trahir. Même à plus de sept cents kilomètres de distance, Solange Pelletier saurait deviner si son fils n'allait pas bien. Il eut soudain une intense envie de la voir et de la serrer contre son cœur, ce qui était plus rare depuis qu'il avait l'affection d'Anna. Cette envie soudaine avait quelque chose de puéril, et il eut un sourire à cette idée. Le choc avait été tel qu'il se surprenait à ressentir ce qui ne l'avait plus effleuré depuis une bonne quinzaine d'années. Lorsque le jour commença à poindre, il était l'heure d'aller à l'étage inférieur afin de dispenser son savoir aux petits Elvinois. Saluant le directeur Le Bihan, il évoqua une rage de dents pour expliquer sa mine affreuse. Le directeur lui souhaita un prompt rétablissement, puis se rendit dans la classe de Maria Kervadec. Accueillant ses élèves avec un sourire nerveux et harassé, Maître Pelletier fit son possible pour ne pas laisser transparaître la fatigue et l'anxiété qui l'habitaient alors.

La journée fut interminable, et lorsqu'enfin arriva la fin des cours, Bruno s'assit de tout son long sur la robuste chaise de son bureau, et sentit ses paupières, d'une lourdeur inhabituelle, tomber. Se sentant sombrer, il réalisa soudain que s'endormir ainsi dans sa salle de classe était non seulement incorrect, mais en plus susceptible d'attirer les soupçons. Se redressant par une sorte d'éclair nerveux, il eut des douleurs dans les jambes, issues autant de ses courses nocturnes que de l'extrême tension qu'avaient connu ses nerfs à cette occasion. Cet élan nerveux lui avait permis de se ressaisir. Néanmoins, il serait éphémère, et ne pourrait s'atténuer qu'une fois chez les Salaün. Prenant congé du personnel de l'école qui lui conseilla vivement de se reposer, il rejoignit au plus vite la demeure des Salaün, rue du Lavoir. En quittant la place Saint Alban, il aperçut à l'opposé une jeune fille qui conversait avec la veuve Quéméner. Elle était vêtue d'une étoffe bleue et avait des cheveux roux. Bruno reconnut ce sourire carnassier, celui de Noëlla. Il ne l'avait pas vu depuis quelque temps, car Noëlla avait été absente d'Elven depuis environ deux semaines. Bruno chercha dans ses souvenirs de la nuit précédente si la furie rousse figurait parmi les assassins drapés de blanc, mais il ne put s'en assurer. Quoi qu'il en soit, le retour de Noëlla Loussouarn à Elven était tout sauf une bonne nouvelle. Il rajouta pour lui-même « un mauvais présage ». Pourtant, Bruno Pelletier n'était pas homme à porter du crédit aux superstitions de ce genre.

CHAPITRE 47

— Es-tu bien sûr de ce que tu avances ?

Erwan Salaün paraissait médusé après avoir entendu le récit de Bruno. Celui-ci avait été soulagé d'apprendre qu'Anna était partie à son cours de violon, au château de Largoët. Il aurait été embarrassé de refuser de lui raconter son histoire. De plus, il avait une mine de déterré, ce qui constituait une preuve plutôt convaincante pour Erwan. Celui-ci parut décontenancé comme jamais Bruno ne l'avait vu auparavant. Son air incrédule persista lorsqu'il demanda des éclaircissements, comme pour se représenter au mieux la scène dans sa tête. Une fois les réponses à ses questions obtenues, il resta sur son fauteuil, ne sachant que dire ni penser. Leur histoire prenait une nouvelle tournure. Contenant déjà des silhouettes champêtres et fugaces, dont Bruno avait enfin parlé, et des spectres chasseurs d'âmes, elle incluait maintenant une secte d'assassins. Revenant à lui, Erwan se rendit dans la pièce voisine, qui lui servait de cabinet, et revint avec un épais volume intitulé *Histoire de la Bretagne*. Auscultant la table des matières, il se rendit à un chapitre dont il lut un passage à voix haute, qui avait trait à un certain Gilles de Rais.

— La Bretagne est une région qui a toujours été marquée par la religion catholique, de ses débuts. Mais elle s'est parfois distinguée dans le domaine laïc également. C'est là qu'intervient le fameux Gilles de Rais. Il s'agit d'un seigneur breton qui avait décidé de prendre les armes pour combattre les Anglais lors de la guerre de Cent Ans, ce qui l'amena à rencontrer Jeanne d'Arc. Ils devinrent compagnons d'armes, et Gilles de Rais la protégea et assura ses arrières lors de leurs pérégrinations, notamment le fameux siège d'Orléans de 1429. Ses qualités militaires étaient reconnues de tous, sans doute étaient-elles issues de sa famille, car il était le petit-neveu du célèbre Du Guesclin. Il devint par ses prouesses un personnage

de haut rang ; c'est notamment à lui qu'on confia la noble tâche d'amener la Sainte Ampoule pour le sacre de Charles VII en la cathédrale de Reims. Décoré à seulement vingt-cinq ans, il devint le plus jeune Maréchal de France. Mais il connut ensuite des échecs lors de batailles près de Paris, qui l'obligèrent à se retirer dans son domaine de Vendée.

Il disposait alors d'immenses richesses, qu'il dilapida par un train de vie fastueux et dépravé. Puis, manquant de ressources, il se tourna vers l'alchimie puis la magie afin de reconstituer son extraordinaire butin. Ces pratiques l'amenèrent à invoquer le Diable et à se livrer à des sévices sur des enfants, dans le cadre de cérémonies impies. Ces horribles agissements conduisirent le duc de Bretagne Jean V à entamer une procédure d'Inquisition à son encontre. Il fut jugé à Nantes, puis exécuté le 26 octobre 1440. On ne saura jamais quel fut le nombre exact de ses victimes, mais certains parlent d'environ huit cents enfants assassinés. Il fut pendu puis brûlé pour ses crimes, auxquels l'Histoire rattacha davantage son nom qu'à ses victoires sur les Anglais. Il s'agit d'un des pires monstres de la longue histoire de notre pays.

— Mais quel serait alors le rapport avec ce Jean de Malestroit ? demanda Bruno.

— Jean de Malestroit était en 1440 l'évêque de Nantes, c'est donc lui qui a présidé au procès de Gilles de Rais, qui a prononcé et fait exécuter la sentence.

C'était désormais au tour de Bruno d'afficher une mine incrédule. Le regard perdu dans le vide, il essayait d'assembler les pièces du puzzle. Le malheureux caporal-chef avait subi à peu près le même sort que Gilles de Rais, l'eau ayant seulement remplacé la corde. Yann Loussouarn s'était proclamé inquisiteur, assassinant ceux qu'il décrétait contraires à sa foi. Relevant les yeux vers Erwan, Bruno ne sut que dire. Son livre *Splendeurs et mystères de la Bretagne* n'évoquait pas cet épisode atroce de l'Histoire de France. L'objectif du livre était d'introduire aux charmes de la Bretagne, pas à ses pires criminels.

— Mais pourquoi Loussouarn associerait son nom à celui

de Malestroit ? Pour se donner bonne conscience ?

— Ce nom est lourd de sens dans la région. Nous parlions des liens entre l'Histoire de la Bretagne et le catholicisme. La Bretagne a soutenu la Vendée lors de l'épisode des Chouans après la Révolution de 1789. Les Chouans étaient les défenseurs de la religion catholique que les idées nouvelles mettaient à mal. Leur chef, Jean Chouan, a invoqué le nom de Malestroit pour rallier les soldats, et provoquer d'immenses massacres. C'est un symbole de la foi catholique face aux dangers qui la menacent. Loussouarn semble avoir lancé sa propre croisade, et j'ignore quels sont ses critères pour choisir ses victimes.

— Ce caporal-chef m'était inconnu avant de le croiser sur la route du bois. En revanche, j'ai clairement reconnu la voix de Gregor Le Goff lui criant après, et lui faire des reproches sur sa morale. C'est une piste, d'autant que Le Goff était l'un des deux qui ont amené le malheureux à son échafaud.

— Ils travailleraient donc à « purifier » le village, selon leur point de vue, ajouta le médecin.

— Et la présence de l'Ankou fait que l'on lui attribue les disparus. Je me souviens quand Fanch Kervadec m'avait dit qu'à Elven, il n'y avait que des disparitions et pas de meurtres.

— Nous avons face à nous bien pire que ce que nous ne pensions…

— Comme si ce n'était déjà pas suffisant…

— Laissons Fanch en dehors de cela pour l'instant, il faut attendre d'avoir des preuves tangibles à lui présenter.

Les deux hommes restèrent dans leurs fauteuils tournés face-à-face, pensifs et soucieux. C'est alors qu'Anna entra dans la pièce sans pour autant les faire sourciller. Elle embrassa son père avant de sauter au cou de Bruno, et comprit vite que quelque chose les tracassait. Bruno ne sut que répondre, tandis qu'Erwan se leva, prétextant l'imminence du dîner. Anna essaya de revenir à la charge auprès de Bruno une fois installés dans le salon, mais celui-ci se contenta d'un « ce n'est rien… » bien peu convaincant.

Prenant congé des Salaün, Bruno embrassa tendrement Anna sur le pas de la porte, avant qu'elle ne le regarde disparaître derrière la haie, et qu'il n'entende ensuite la porte se refermer derrière elle. Peu après cet épisode devenu un de ces petits rituels de jeune couple, Bruno eut une pensée nettement moins attendrissante. Leur relation n'était plus un secret pour personne, et Loussouarn pourrait s'en prendre à Anna pour l'atteindre.

<h1 style="text-align:center"><u>CHAPITRE 48</u></h1>

Bruno dormit cette nuit-là, contrairement à la précédente. Il se coucha sur une pensée bien précise: le lendemain, il se rendrait au prieuré, de manière innocente et en journée, afin de chercher des indices sur ce qui s'y passait une fois le soleil parti de l'autre côté de l'Atlantique.

La journée passa très vite, tant Bruno avait hâte de rejoindre les bois pour y jouer au détective. Il attendit à la sortie de l'école afin que la moitié du village ne le voie pas se diriger vers le lieu le plus secret d'Elven. Une fois les parents et leur progéniture disparus, il sortit de l'école et se faufila jusqu'au vieux sentier menant aux bois du Hayo, celui qui longeait la route de Rennes. Le chemin lui parut bien plus court de jour.

Le prieuré fut donc vite atteint, non sans quelques frissons dans l'échine de Maître Pelletier. Faisant face à l'imposant cloître, décharné faute de colonnes complètes et éventré car il n'avait plus de toit, Bruno scruta longuement cet échafaud déguisé. Il eut l'idée de retourner dans son abri afin de prendre ses repères par rapport à la cérémonie des assassins drapés de blanc. Il repéra donc l'endroit où s'étaient trouvés l'autel et la vasque. L'un et l'autre devaient avoir été rangés à l'intérieur de la chapelle, dont seuls le maire Loussouarn et le père Rouxel avaient la clé. L'idée de forcer la serrure ne lui vint même pas à l'esprit. Il rejetait les principes du christianisme, mais n'aurait jamais été jusqu'à offenser un lieu sacré. Il constata qu'aucune trace n'avait été laissée. Loussouarn devait forcément assurer ses arrières quant à ses pratiques interdites.

Bruno avait lu la charte de la commune d'Elven, et elle obligeait le maire à une conduite irréprochable, sous peine de révocation immédiate. Il pourrait s'en servir le moment venu, mais encore faudrait-il apporter de solides preuves. S'il en existait, il ne pouvait en trouver qu'à cet endroit. Bruno inspecta scrupuleusement le sol de vieille pierre, mais l'exécution avait évidemment été conçue de manière à ne laisser aucune trace. C'était peut-être pour cela que les Malestroit noyaient leurs victimes plutôt que de les pendre. Avoir moins de matériel à déplacer permettait une plus grande discrétion. De discrétion, l'immolation n'était pas un modèle, mais elle avait le mérite de faire disparaître les corps. Tournant en rond sans rien trouver, Bruno se souvint avoir vu Loussouarn s'affairer derrière un grand arbre situé dans l'alignement de l'autel. Il en étudia plusieurs car il n'était pas sûr de son fait. Afin de s'en assurer, il retourna dans son abri nocturne, puis arrêta son choix de manière définitive sur un grand chêne. Bruno fixa l'arbre choisi sans le quitter des yeux durant tout le chemin qui le ramena à l'intérieur du cloître.

Ce ne fut qu'une fois face au fameux arbre qu'il se rendit compte de son imprudence, car il n'avait pas jeté de coup d'oeil autour de lui depuis son arrivée. Cela aurait pu être dangereux suivant l'identité des gens qui l'auraient aperçu. Tournant autour du large tronc, il l'ausculta soigneusement tout en le caressant afin de repérer d'éventuelles aspérités. Soudain, il sentit avec sa paume une sorte d'encoche faite sur le bois. Celle-ci était linéaire, assez longue et surtout trop régulière pour être naturelle. Soudain transi d'excitation, Bruno gratta le tronc pour laisser entrevoir une fine faille, qu'il pénétra doucement avec la lame de son couteau. Il tenta alors de faire levier, et eut le bonheur de sentir le bois se soulever. S'y reprenant à plusieurs fois, il réussit enfin à glisser un bâton dans l'entrebâillement obtenu. Il y avait là une sorte de trappe plutôt difficile à manœuvrer. Après maints efforts rendus difficiles par les frissons de la curiosité, la trappe se désolidarisa du reste du tronc, révélant une cavité creusée à même le bois.

Bruno ne put voir distinctement ce qui se trouvait dans la cachette du maire, car elle était située à contre-jour. C'était le toucher et non la vue qui avait découvert cette cachette, ce serait donc le toucher qui en révélerait le contenu. Il sentit une enveloppe de grosse toile de jute, qu'il réussit à saisir. Extirpant le sac du tronc, Bruno regarda bien autour de lui afin d'être sûr que personne ne le surprendrait. Il connaissait les risques encourus. La curiosité est un vilain défaut, dit le proverbe, mais il s'avère parfois utile, y aurait répondu Bruno. En effet, il sortit du sac un vieux protège-documents usé et délavé, qui avait dû être un jour de couleur rouge. S'affairant fiévreusement pour détacher le lien qui enserrait les précieuses feuilles dans leur enveloppe de cuir, Bruno dut s'appliquer afin de ne pas laisser de traces de son effraction. Y parvenant finalement, il mit à jour une liasse de feuilles de papier plus ou moins usé, et ce qu'il lit sur la première le glaça d'effroi. Y figurait un nom, François-Marie Ivinec, et une description sommaire, où l'on lisait caporal-chef de l'armée. C'était un rapport d'exécution. Bruno souhaitait des preuves, il en avait. Se rendant compte que sa position était des plus délicates, il referma la trappe du tronc, avant de regagner son abri de la veille, d'où il serait bien moins exposé aux regards. C'était un point de non-retour. Il compta au total quarante-quatre pages, chacune portant une date précise, ainsi que le nom d'un supplicié. Autant de malheureux dont Loussouarn avait décrété puis obtenu la mort. Il se voulait être le continuateur de l'œuvre de Jean de Malestroit, mais il avait basculé dans des abîmes de cruauté dignes de Gilles de Rais.

Bruno entama l'inventaire de chaque victime dans son carnet de cuir noir, associée à la date de sa mise à mort. Ce répertoire morbide faisait froid dans le dos, et l'instituteur espéra vivement qu'un jour prochain, les héritiers supposés de Malestroit auraient à répondre de toutes leurs atrocités. Il s'agissait bel et bien du nom de la société secrète qui se réunissait autour de Loussouarn, qui n'était donc pas le seul à revendiquer sa filiation à l'inquisiteur responsable de la déchéance de Gilles de Rais. Après de nombreux noms de suppliciés, le sang de Bruno ne fit qu'un tour, car il avait sous les yeux l'acte d'exécution d'une jeune femme d'à peine vingt ans. Elle s'appelait Ivona.

CHAPITRE 49

Bruno n'avait conservé sur lui qu'un seul acte d'exécution, celui d'Ivona. Il était rentré après avoir soigneusement rangé les documents dans leur écrin délavé, et replacé le dernier acte en date, celui d'Ivinec. De retour sur la place Saint-Alban, il s'efforça d'adopter l'air satisfait du promeneur qui a pris un bon bol d'air, son butin bien caché sous son pardessus. Rendant visite aux Salaün, il fut reçu par Marie. La petite lui était très reconnaissante, et avait changé totalement de comportement depuis cet épisode où elle avait frôlé la mort. Il conversa avec elle durant quelques minutes, avant qu'Erwan n'apparaisse à la porte de son cabinet. Le médecin avait l'air soucieux, et désireux de connaître les nouvelles qu'allait lui apporter Bruno. Anna était encore à sa leçon de violon, et ne serait pas de retour avant une petite heure. Ses cours de musique étaient une bénédiction, car il pouvait alors disserter avec son père, sans avoir à subir d'interrogatoire à son retour. Anna s'était d'ailleurs montrée assez discrète à ce sujet ; sans doute était-elle déjà satisfaite de voir ainsi se rapprocher l'homme qu'elle aimait et celui qui l'avait mise au monde. Erwan tendit la main pour saisir la feuille de papier jauni, quand elle lui fut littéralement retirée des mains par un geste soudain et nerveux de Bruno. Surpris, le médecin vit l'instituteur se lever d'un bond de sa chaise, puis s'exclamer par bribes de mots incompréhensibles.

    — Bruno, de quoi s'agit-il ? demanda-t-il d'un ton inquiet. Qu'est-ce qu'il t'arrive ?

    — Mais, c'est…. Pourquoi n'ai-je pas…

    — Qu'y a-t'il d'écrit sur ce papier pour te mettre dans un tel état ?

    — Regardez ! hurla presque Bruno.

Erwan Salaün examina le vieux document d'un air soucieux, les sourcils froncés. Il comprit vite de quoi il s'agissait, avec ce que lui avait dit Bruno la veille. Soudain, les petits yeux bleus du docteur s'écarquillèrent, et ils se posèrent sur Bruno, qui ne semblait plus tenir en place tant son corps était agité. L'instituteur, fixant le regard du médecin, parla lentement, comme s'il ne croyait même pas à ce qu'il avançait.

— L'exécution d'Ivona... Elle est datée du 30 décembre 1874...

— Kervadec nous a dit qu'elle et Ronan avaient quitté Elven à la période de la Noël... En fait, elle n'a jamais quitté le village...

— Et lui non plus, conclut Erwan.

— Vous pensez aussi que...

— Si la date de l'exécution d'Ivona est exacte, cela pourrait dire...

— ... qu'il est revenu à Elven, s'est rendu compte qu'ils l'avaient tuée et se serait alors donné la mort avant qu'on ne le retrouve, coupa Bruno, en pleine agitation.

— Ou alors qu'il s'est pendu juste après la mort d'Ivona.

— Mais vous avez-vous-même constaté qu'il n'était mort que depuis deux ou trois jours lorsqu'on l'a retrouvé !

— C'est vrai, mais il reste une éventualité, à laquelle je n'avais pas pensé, déclara le médecin. S'il s'est pendu après la mort d'Ivona. Cela veut dire que Ronan Jézéquel pourrait bien être le dernier mort de l'année dernière.

— Et qu'il est ensuite devenu l'Ankou ? se surprit à demander Bruno. Alors ce serait lui qui tuerait tous les notables du village pour venger la mort d'Ivona ?

— Je ne sais pas... Selon les légendes, l'Ankou est une entité immatérielle qui passe de corps en corps chaque année pour poursuivre sa sinistre besogne. La volonté de ses hôtes disparaît lorsqu'il investit un nouvel organisme. Il n'est pas un esprit que l'on contrôle.

— Mais s'il voulait venger Ivona, pourquoi n'a-t-il pas déjà tué Loussouarn ?

— Peut-être le garde-t-il pour la fin ? avança Erwan. Je

l'ignore.

— Mais alors comment se fait-il que sa mort paraissait si récente ?

— La légende dit que lorsque l'Ankou investit le corps d'un mort récent, son enveloppe charnelle ne subit pas les outrages du temps, que la décomposition ne démarre que lorsque l'âme de l'Ankou est partie trouver un nouveau réceptacle. Je n'ai jamais cru à ce genre de mythe, mais je dois avouer que... ça correspond.

— Je me souviens que ses habits étaient très usés lorsqu'on l'a trouvé, précisa l'instituteur. Eux ont subi l'usure naturelle durant les dix mois où il est resté pendu, à la frontière entre deux territoires de chasse, à un endroit où personne ne va jamais.

— Il a donc sciemment choisi cet endroit pour quitter ce monde, afin que personne ne retrouve son corps et ne dévoile son plan.

— Non, car il avait noté un indice sur le tronc qui m'a conduit au coffret contenant la lettre et un médaillon.

— Il voulait donc vraiment que ceux qui le trouveraient essaient de percer son mystère, et il avait construit un jeu de piste afin que son histoire ne soit accessible qu'à quelqu'un de perspicace. « *Ils me l'ont arrachée* », ce sont les Malestroit qui ont précipité ce malheureux dans la tombe en y envoyant sa douce Ivona. Ce 30 décembre, ce n'est pas une mais deux personnes qu'ils ont tuées. Je ne sais pas comment Ronan a découvert le décès de sa bien-aimée, mais il a dû le faire vite, et se donner la mort le 31 décembre, pour s'assurer de devenir l'Ankou.

— Nous allons devoir prévenir Kervadec, dit Bruno, au moins pour Ronan. Pour ce qui est des Malestroit, je vous laisse juger.

— Je pense que je vais tout lui raconter. Cela va faire beaucoup d'un coup, mais il doit savoir, et sera un allié fiable. Tu sais qu'il faut se méfier de Loussouarn, le calme apparent ces derniers temps ne me plaît guère.

Anna entra soudainement dans la salle, et les trouva dans une position presque similaire à celle de la veille. Son arrivée mit fin aux débats. En revanche, il était plus tôt et Anna proposa à Bruno une balade afin de se changer les idées. Pourtant, elle avait déjà bien marché, car elle prenait ses leçons de violon chez les propriétaires du château de Largoët, les Ivinec. S'installant à l'orée du bois du Hayo, ils s'assirent sur un tronc récemment scié, et observèrent les délicieuses couleurs de la campagne subissant les ravages de l'automne.

— J'aimerais partir, voir le monde avec toi, déclara-t-elle.

— Où aimerais-tu aller ?

— J'aimerais d'abord que tu me montres ta région. Je suis curieuse de voir d'où tu viens...

— Je te promets que je t'emmènerai bientôt... une fois que certaines choses ici seront terminées... j'adorerais te présenter à mes parents, ma mère serait folle de joie.

— Quelles sont ces choses dont tu parles ?

— Oh, je, bredouilla-t-il... Tu sais...

— Non, je ne sais pas ! s'emporta Anna. Jusqu'ici nous nous sommes toujours tout dit, et depuis quelque temps, j'ai l'impression que tu es plus proche de mon père que de moi !

— Ne le prends pas comme ça... C'est que...

— C'est que quoi ? Dis-moi ce qui ne va pas !

Bruno décida alors de tout lui raconter. Au préalable, il lui avait fait jurer de n'en parler à personne, même pas à son père, qui était la seule autre personne à être au courant de cette terrible histoire. Désormais, Anna était liée malgré elle à tous ces sombres événements, car elle pouvait devenir une cible pour Loussouarn.

Anna resta bouche bée. Sans doute ne savait-elle pas par où commencer. Bruno attendait ses questions, en sachant qu'il ne pourrait pas répondre à toutes.

CHAPITRE 50

Les Salaün furent surpris de voir Bruno refuser leur invitation pour le dîner. Il prétexta qu'il avait du travail en retard, ce qui n'était qu'à moitié vrai. La prochaine journée était préparée, sauf une activité de biologie qu'il pourrait improvise. Les deux derniers jours ayant été plutôt éprouvants et mouvementés, il avait ressenti le besoin de réfléchir posément à la meilleure manière d'appréhender les choses. Les enjeux avaient changé, le rôle de certains également. Le maire encombrant et autoritaire s'était mué en une bête assoiffée de sang au nom d'une société secrète émanant du Moyen-Âge. Le Goff était passé du statut de soldat potentiellement dangereux à celui de bourreau impitoyable, qui assistait le maire dans ses sinistres réunions nocturnes. La période de la Noël se profilait, et la ferveur religieuse y connaissait toujours un regain d'intérêt: c'était aussi vrai en Bretagne qu'en Bourgogne. Loussouarn avait scrupuleusement travaillé sa façade de bon croyant œuvrant pour les autres, et nul ne soupçonnait quoi que ce soit. Les Elvinois n'adhéreraient jamais à des théories compromettant à ce point leur édile bien-aimé. Attaquer Loussouarn de manière frontale revenait à signer lui-même son arrêt d'exécution frappé du sceau de Malestroit.

Bruno était perdu dans ses réflexions lorsqu'il entra dans le bâtiment scolaire. Il réalisa alors ces gestes qu'a chacun pour rentrer chez lui, si familiers qu'ils en deviennent inconscients. Tournant la clé dans sa serrure, il ouvrit la porte comme il le faisait toujours lorsqu'il rentrait en fin de journée : discrètement afin de ne déranger personne. Allumant sa grande lampe à pétrole afin d'illuminer son salon, Bruno posa son regard sur un petit carnet blanc qui gisait à terre, celui où il notait la signification de mots découverts lors de ses lectures. Immédiatement, la présence de ce petit livret sur le sol le contraria, car il était d'ordinaire soigneusement rangé dans le tiroir de son secrétaire. Il jeta alors un œil préoccupé sur l'ensemble de la pièce, et constata que certains objets paraissaient avoir changé de place. Maître Pelletier n'était pas d'une nature très maniaque, mais il mettait un point d'honneur à toujours ranger certaines choses d'une manière bien précise. Il remarqua ainsi que la couverture de son lit comportait quelques plis inhabituels. En effet, Bruno faisait son lit dès qu'il en était sorti, ce qui faisait parfois râler sa mère car elle prétendait que ce n'était pas très hygiénique. Et il le faisait toujours de façon impeccable, sans pli aucun. Il eut le même sentiment pour l'ordonnancement de son bureau: il ne pouvait arrêter d'y travailler sans effectuer une mise en ordre de tous ses documents. Plusieurs feuilles éparses et diverses jonchaient le plateau de son bureau, et il eut l'impression qu'un pieu traversait son cœur de part en part. Il était maintenant évident que quelqu'un lui avait rendu visite.

Sans hésiter, Bruno se rendit à la porte des Le Bihan, et frappa énergiquement. C'est le directeur qui ouvrit, et le petit homme regarda son instituteur d'un air surpris. Bruno se déplaçait rarement au domicile de Loïk Le Bihan, et encore moins à des heures proches du coucher. Il ne s'attarda pas en formalités, impatient qu'il était d'obtenir une réponse qu'il connaissait déjà.

— Bonsoir, monsieur le directeur, je vous présente mes excuses pour une visite si tardive.

— Bonsoir mon jeune ami, répondit le petit homme d'une voix joviale. Que souhaitez-vous ?

— J'aurais voulu vous poser une simple question. Quelqu'un est-il venu chez moi aujourd'hui ? Ou aurait demandé à me voir ?

— Non, pas à ma connaissance. Nous sommes restés en bas, à l'école, afin de procéder à quelque nettoyage, et nous ne sommes montés que depuis une petite heure à peine. Je n'ai constaté aucun mouvement particulier.Pourquoi une telle inquiétude ?

— Ce... Ce n'est sûrement rien... dit Bruno qui ne pouvait

cacher sa contrariété. J'ai seulement eu un... mauvais pressentiment, sans doute.

— Êtes-vous sûr que tout va bien? Vous ne paraissez pas dans votre état normal...

— Non, tout va bien, je... Cette rage de dents est revenue, et je dors mal ces derniers temps... dit-il, presque fier de son mensonge. Je vais aller me reposer, cela vaudra mieux.

— Eh bien, comme vous voudrez. Si vous avez besoin de quoi que ce soit, n'hésitez pas à venir nous en parler.

— Je vous en remercie beaucoup, et vous souhaite une bonne nuit. Pardonnez-moi encore pour cette sollicitation tardive.

— Ne vous en faites pas pour cela, vous avez bien fait. Bonne nuit à vous également. Prenez soin de vous.

L'instituteur regagna son logement sans être plus avancé. Il s'était attendu à ce que le directeur n'ait rien vu, et ce ne pouvait être ni lui ni sa femme qui étaient venus. Le fait qu'ils se trouvaient dans les salles de classe du bas laissait une opportunité pour qui aurait voulu s'introduire chez lui, à l'étage. Considérant l'ensemble de la pièce où il mangeait, dormait et travaillait, il remarqua bien vite que les signes d'agitation étaient plus nombreux auprès de son bureau. Forcément, c'est là que se trouvaient les objets qui auraient été le plus à même d'intéresser un visiteur mal attentionné. Fort heureusement, il avait laissé l'acte d'exécution d'Ivona dans un dossier du cabinet d'Erwan Salaün. Le médecin et lui avaient conjointement décidé qu'il y serait bien plus en sécurité, et cette intrusion leur donnait raison. Ils avaient fait de même pour la lettre de Ronan retrouvée dans le bois. Deux autres éléments auraient pu le faire soupçonner: son carnet de cuir noir contenant les noms de toutes les victimes des Malestroit, et le médaillon retrouvé avec la lettre de Ronan. Le premier ne quittait jamais sa serviette de professeur, là où il rangeait tous ses outils et documents de travail, et le second n'était pas sorti de la poche hermétique de son pardessus.

Quelle que soit la personne qui s'était introduite chez lui, elle n'avait à l'évidence pas trouvé ce qu'elle cherchait. Toutefois, l'examen approfondi de son bureau révéla un objet manquant. Sa petite boîte qui avait autrefois contenu de l'opium et qui avait ensuite accueilli le médaillon laissé par sa mère avait disparu. L'absence de ce petit objet de métal jaune et noir le préoccupa, mais beaucoup moins que la perte du médaillon de sa mère. Même s'il ne croyait pas à ce qu'il représentait, il se sentait démuni sans cette protection spirituelle. Il eut la sensation fugace et désagréable que sans cette amulette, il était devenu vulnérable.

CHAPITRE 51

Bruno ne cessait de ruminer ce vol. C'était directement à lui qu'on s'en était pris. On ne retourne pas l'intérieur de quelqu'un sans chercher quelque chose de précis. Il devait s'agir d'un geste de colère pour ne pas avoir trouvé de liste de victimes ni de lettre compromettante. Toutefois, si c'était effectivement ce qu'était venu chercher le malfaiteur, cela signifiait que les Malestroit enserraient désormais Bruno. Avait-il été vu lorsqu'il s'était trouvé par hasard à l'exécution du caporal-chef Ivinec ? Ou bien lorsqu'il y était retourné ?

Le lendemain, Bruno prit bien soin de faire son lit dès son lever, comme à son habitude. Mais ce jour n'était pas comme les autres. Il en passa une partie à observer certains de ses élèves, notamment le petit groupe soudé autour du jeune neveu de Le Goff, Ronan. Bruno voulait déceler un changement d'attitude chez l'un d'entre eux, afin de savoir si leurs parents avaient pu comploter contre lui. Ne souhaitant pas céder à la panique, il accomplit son travail de manière honorable, mettant en place son activité de biologie avec succès. Une fois celle-ci achevée, c'était la journée qui prenait également fin, et Maître Pelletier en profita pour se rendre chez Erwan Salaün.

C'était l'heure de la leçon de violon d'Anna, mais quelqu'un d'autre se trouvait chez le médecin: Fanch Kervadec. Le sergent des villes affichait une mine renfrognée, car Erwan lui avait raconté les derniers événements en date. Se saluant brièvement, les trois hommes entrèrent dans le vif du sujet.

— Erwan vient de tout me raconter, déclara le gendarme. J'en suis encore abasourdi: comment ai-je pu être aussi aveugle durant tout ce temps ?

— Il ne faut surtout pas culpabiliser, répondit Bruno, ils font tout pour duper leurs concitoyens, et ce n'est que par un grand hasard que je les ai découverts.

— Alors nous connaissons l'identité de l'Ankou ?

— Ce n'est pas une certitude absolue, mais il semblerait, répondit l'instituteur avec une pointe de fierté.

— Pourrais-je voir la liste des victimes, je te prie ?

— Oui, bien sûr, en espérant que votre mémoire nous aide à avancer.

— Je ne promets rien, mais voyons voir, ajouta Kervadec en mettant ses lunettes.

Le sergent des villes entama sa lecture en fronçant les sourcils, et il parut touché à maintes reprises, à mesure que ses yeux descendaient les colonnes griffonnées par Bruno sous un arbre.

— En effet, je retrouve bien des noms de personnes déclarées disparues. Mais une question me vient à l'esprit. Toutes les exécutions sont effectuées au plus tard en octobre de chaque année, sans doute pour éviter que l'une de leurs victimes ne devienne justement l'Ankou. Alors pourquoi assassiner Ivona un trente décembre ?

— Je l'ignore, mais c'est une très bonne question, rétorqua l'instituteur, presque jaloux de ne pas y avoir pensé. Peut-être ont-ils voulu la tuer absolument avant qu'elle ne parte ?

— Cela me semble léger. J'ai plutôt l'impression que cette exécution revêtait une importance particulière, qu'elle n'est pas dans la lignée des autres, avança Kervadec en fronçant ses épais sourcils.

— Qu'en pensez-vous alors ?

— Nous n'avons pas assez d'éléments pour en penser grand-chose. Comme je vous l'ai dit, je n'ai jamais enquêté sur des meurtres à Elven, et voilà que vous m'en découvrez quarante-quatre d'un coup !

Le docteur Salaün était resté silencieux durant leur entrevue, réfléchissant à diverses combinaisons possibles. Pouvait-on finalement contrôler l'Ankou pour que les Malestroit craignent autant d'exécuter des gens en fin d'année ? Il resta néanmoins dans l'impasse, mais la conversation allait vite être relancée. Bruno annonça qu'on avait fouillé son logement, et que les traces indiquaient qu'on avait recherché activement quelque chose, pour un butin en apparence ridicule. Ils avaient eu du flair de conserver les preuves chez Erwan, ce qui avait de plus permis de les montrer à Fanch. Celui-ci parut démuni face à une telle affaire, et sonda ses interlocuteurs sur l'attitude à avoir avec Loussouarn. Aucun ne put fournir de réponse concrète: il y avait de la frustration à détenir de telles preuves tout en ignorant comment les mettre à profit. Ce moment viendrait, il suffirait de ne pas faire d'erreur et de se montrer patient. Mais cette option pouvait provoquer un ou plusieurs nouveaux meurtres. Seules les exécutions d'Ivona et d'Ivinec avaient eu lieu après le mois d'octobre, une nouvelle exception n'était donc pas à exclure.

Les trois compères convinrent d'y réfléchir activement et de se retrouver deux jours plus tard, le samedi, afin de confronter leurs raisonnements.
Bruno alla chercher Anna sur la route du château de Largoët, afin de la raccompagner de son cours de violon.Quittant le bourg d'Elven en direction de l'Ouest, il ne pouvait se perdre en raison de l'immensité des deux tours qui lui faisaient face. La plus petite avait une structure ronde, à l'exception de son toit pointu. On aurait dit qu'une rafale de vent avait fait atterrir le sommet d'un clocher sur un vestige de château-fort. À l'inverse de l'église Saint Alban, ce vieux bâtiment n'était pas en pleine rénovation et paraissait fatigué. Mais il se dégageait un authentique charme de cette double bâtisse. La seconde tour, deux fois plus élevée que sa jumelle, était un des donjons les plus hauts de France, culminant à quarante-cinq mètres. Sa forme octogonale permettait aux archers qui y étaient postés de tirer dans toutes les directions. Témoins de multiples assauts, les meurtrières étaient bien plus nombreuses que les fenêtres. Le chemin de ronde du sommet comportait des créneaux saillants qui rappelaient les gargouilles de Notre-Dame. Le lierre qui s'y était installé soulignait le toit comme une moustache vert foncé. Sa couleur contrastait avec la

pierre, apparaissant presque blanche à la faveur du soleil automnal. En bas de l'édifice, le lierre partait à la conquête des épais murs de la forteresse. La plante grimpait tout en évitant les meurtrières, comme si elle avait craint les chutes d'huile bouillante. Bruno retrouva Anna peu après le portail du plus riche domaine d'Elven, ce qui indiquait qu'elle avait fini depuis peu. Son joli visage se fendit d'un large sourire lorsqu'elle l'aperçut, et il l'embrassa dès qu'il fut arrivé à sa hauteur, tout en se proposant de porter l'étui de son instrument. Ils retournèrent ensuite se balader, et Anna fut déçue d'apprendre que rien de neuf n'était apparu à propos de l'affaire qu'il lui avait confiée la veille. La violoniste comprit aisément le besoin qu'avait Bruno de se retrouver seul pour considérer avec attention toute cette histoire. Pourtant, la soirée ne fut pas vraiment propice à trouver des éléments de réponse, et l'instituteur s'endormit sans avoir progressé d'un pouce.

Le vendredi, Bruno eut la surprise de la visite de Fanch Kervadec, qui arborait une mine grave. Le faisant entrer, l'instituteur croyait à une stratégie brillante pour contrer Loussouarn. Pourtant, il déchanta vite à la vue d'un document officiel qui le concernait. L'avis était signé de la main du maire : il s'agissait d'une injonction. Bruno devait impérativement se présenter le lendemain, sur la place Saint Alban, afin d'être officiellement interrogé par le conseil de la commune. Bruno avait toutes les raisons de se méfier, d'autant qu'aucun motif n'était inscrit.

Loussouarn avait-il décidé de le condamner pour de bon à l'exil, ou voulait-il simplement l'humilier en public pour lui rendre la pareille ? Dans tous les cas, et même s'il détenait des preuves des agissements des Malestroit, Bruno ne pourrait y relier directement le maire. L'attaque frontale était inenvisageable. Toutefois, le délai était bien trop court pour élaborer un plan avec Erwan et Fanch. Il devrait subir les tourments que lui promettait le maire, avant d'attendre une occasion de riposter. La question lui semblait toujours insoluble lorsqu'il passa devant la haie des Salaün.

Anna accourut lorsqu'il frappa à la porte, et se jeta à son cou avec une expression peinée, qui indiquait que Fanch avait dévoilé cette nouvelle affaire à son père. Elle avait les traits marqués par l'appréhension et l'angoisse, ce qui la rendait moins jolie qu'à l'accoutumée. Ses grands yeux fixaient Bruno d'un air à la fois protecteur et désarmé.

Pénétrant dans le salon, il y vit Erwan et Fanch qui conversaient sur les fauteuils. Ils n'eurent pas du tout l'air surpris de le voir, et Anna s'éclipsa après lui avoir déposé un baiser sur la joue. C'est le sergent des villes qui prit la parole en premier.

— Bruno, cette convocation n'est pas de bon augure. J'ai essayé d'en découvrir le motif, mais je n'ai pu y avoir accès. Je n'ai donc aucune idée des causes et des conséquences éventuelles. On avance dans le noir.

— Mais… ce genre de convocation est courant ou non ?

— À ma connaissance, pas vraiment. S'il y a un jugement important, il est en général rendu le dimanche, mais nous entrons dans la période de l'année où les chrétiens sont le plus mobilisés ce jour-là. Cela peut expliquer la tenue un samedi après-midi, mais cela ne justifie en rien l'absence de motif, c'est ce qui m'inquiète le plus. Comme si…

— … comme si il ne souhaitait dévoiler ses griefs que face à l'ensemble de la communauté villageoise, déclara Bruno avec assurance. Il faut s'attendre à tout de sa part. Que va-t-il trouver pour me nuire ?

— Il est vrai que cela n'annonce rien de bon, intervint Erwan, mais je prendrai ta défense comme je l'ai fait lors de ton jugement. Fanch ne peut le faire, car il a un devoir de réserve en tant que représentant de l'autorité de l'État.

— Loussouarn ne va pas pousser le cynisme jusqu'à essayer à nouveau de me condamner au nom d'un État qu'il abhorre, et auquel il préfère les tribunaux du Moyen-Âge ! dit l'instituteur d'un ton amer.

On essaya de rassurer Bruno, qui ne souhaitait pas imaginer que ce pût être la dernière fois qu'il savourait la chaleur de ce foyer .

Il serait possible, en cas de décision grave, de contrer le maire car la constitution de la Troisième République spécifiait clairement que tout citoyen jugé devait connaître explicitement la raison de son passage en justice. En attendant le jour où Loussouarn serait enfin jugé pour tous ses crimes.

Les Salaün annoncèrent à Bruno qu'ils partiraient tous de chez eux le lendemain, afin de l'accompagner à sa convocation. L'intéressé rentra alors chez lui, dépité de ne pouvoir trouver un angle d'attaque face au maire. Plus tard, un terrifiant rêve le tira de son sommeil: il avait eu une vision. C'était la mystérieuse silhouette qui lui était fugacement apparue dans les bois. Elle s'était montrée de manière plus évidente cette fois-ci. Il s'agissait d'une femme aux longs cheveux blancs, vêtue d'une sorte de grande robe d'un bleu passé et de souliers rudimentaires. Son visage paraissait usé par les ans. Il était vide de toute expression, principalement à cause de ses yeux blancs.

CHAPITRE 52

Le départ de la maison des Salaün se fit dans l'ordre et le silence, à la manière d'une procession religieuse. Tout le monde avait revêtu ses habits du dimanche, comme lors des grandes fêtes communales, mais ce jour n'était pas à la liesse. Bruno se sentait comme les condamnés que l'on jetait en pâture aux lions dans le Colisée à l'époque romaine.

Le petit cortège arriva à la place Saint Alban. Nul ne savait si le saint patron était au courant des agissements de certaines âmes dont il avait la charge. Il semblait que les habitants du village entier avaient été rassemblés sur la place, bien rangés sur des bancs déployés pour l'occasion, dont beaucoup provenaient de l'église. L'assemblée était plus conséquente que lors du précédent jugement de l'instituteur, sans doute car la séance faisait suite au marché municipal, tradition immuable du samedi matin à Elven. Une grande affiche placardée devant l'église annonçait la convocation de l'instituteur, là encore sans motif aucun. Les regards de certains Elvinois étaient si lourds de sens que Bruno les sentait le piquer dans le dos. Certains étaient marqués par le ressentiment, d'autres par la sympathie, et les derniers par la curiosité de connaître le motif d'une telle manifestation. L'absence de justification faisait de cette réunion une sorte de pièce de théâtre malsaine, à tel point que certains habitants du village paraissaient presque avoir honte de se trouver là.

Prenant place avec Erwan sur ce qui ressemblait fort à un banc des accusés, Bruno jeta un regard confiant à Anna, autant pour la rassurer que se donner du courage. Le maire Loussouarn trônait sur l'estrade, assisté de Le Goff, la veuve Quéméner et quelques autres membres du conseil, sûrement des Malestroit eux aussi. L'instituteur rapprocha cet aréopage du tribunal fanatique qu'il avait vu à l'œuvre dans les bois. Le silence, seulement troublé par quelques chuchotements de curieux, était pesant et intimidant. De nombreuses fois Maître Pelletier avait souhaité en obtenir un similaire dans sa salle de classe, lorsque ses élèves se montraient turbulents. La plupart d'entre eux devait d'ailleurs être là, contrairement à la fois précédente. Bruno avait traversé la foule pour accéder à l'estrade, puis s'était assis en compagnie d'Erwan de manière à surplomber l'assistance, mais sans pour autant en détailler la composition. Il ne croisait que les regards tendus des Salaün, et enfin celui de Kervadec. Marie Salaün se mit à pleurer à chaudes larmes. C'est ce moment que choisit Loussouarn pour ouvrir la séance.

— Mes chers administrés, je nous ai réunis ici aujourd'hui pour une bonne raison. À vrai dire, un danger menace notre communauté. Pas une bête sauvage ou une tempête, je vous rassure. Non, ce danger est bien plus insidieux et sournois. Il œuvre à nous détruire de l'intérieur. Je m'en vais vous présenter ce dont il retourne.

Bruno et Erwan se regardèrent, interloqués, à l'écoute d'une telle entrée en matière. Les premières paroles de Loussouarn ne semblaient pas animées d'une sorte de satisfaction vengeresse, comme Bruno s'y était attendu. Mais cela devenait plus inquiétant, tant le maire semblait prendre son rôle à cœur. Il évita même de regarder Anna afin de ne pas l'affoler davantage, mais sentait son regard à elle peser sur lui.

— De quel danger s'agit-il, me direz-vous ? Eh bien je m'en vais vous le dire. L'ombre plane sur nos enfants, chers administrés, et cela par la faute d'un seul. Je veux parler de l'instituteur Pelletier, ici présent. C'est par lui que pourrait se propager le mal, mais il a fort heureusement été révélé à temps. Lors d'une balade quelconque, maître Pelletier a égaré ou oublié un petit sac près du bois du Hayo. Un témoin rapporte avoir vu l'instituteur s'installer à l'entrée du bois, au bord du sentier du père Kermorgant. Il est donc attesté que le petit sac retrouvé était celui de Maître Pelletier, d'autant que l'on y a trouvé ce cahier sur lequel sont griffonnées des notes liées à ses activités scolaires. Ce cahier vous appartient-il, maître Pelletier ?

— Oui, il est à moi, mais j'aimerais préciser que…

— Très bien, je vous remercie, maître Pelletier, le coupa-t-il brusquement, et vous donnerai ensuite l'occasion de vous exprimer.

Bruno se sentit soudain touché: il n'avait pu répondre et la demande de parole d'Erwan ne fut pas plus prise en compte. Il s'agissait bel et bien d'un nouveau procès, ou plutôt d'un simulacre de procès. Il était pris au piège, ne sachant de quoi il devrait bientôt répondre face à l'ensemble du village. Loussouarn allait-il lui attribuer certains des crimes fanatiques perpétrés par les Malestroit ?

— Notez donc bien pour la suite qu'il a avoué de lui-même qu'il s'agissait de ses propres affaires. Car ce cahier n'était pas le seul contenu de ce sac, il s'y trouvait autre chose, de bien plus intéressant et que je m'en vais afficher devant vous.

Bruno ressentit un choc à la vue de l'objet exhibé par ce comploteur de maire. Il s'agissait bien de sa petite boîte, celle qui contenait le médaillon de sa mère. Le petit récipient de laiton jaune et noir qui avait été dérobé chez lui.

— S'agit-il bien d'un objet qui vous appartient, Maître Pelletier ?

— C'est la boîte que l'on m'a dérobée chez moi il y a deux jours ! J'ai signalé cette effraction au directeur Le Bihan !

— Notez comme il essaie de se défaire de sa responsabilité sur notre cher directeur d'école ! Comme c'est triste…

— Monsieur le maire ! contesta Erwan en se levant, ulcéré. En tant que membre du conseil municipal, je vous prie de faire connaître à tous les raisons de cette mascarade !

— Cher docteur Salaün, je vous prie d'appliquer votre langage, ou vous serez sommé de nous quitter. Je porte d'ailleurs à votre connaissance que vous avez renoncé à vos attributions de membre du conseil municipal lorsque vous avez à nouveau fait le choix de défendre Maître Pelletier !

Décidément, Loussouarn tenait à merveille son rang de maire dévoué et soucieux de rendre une justice impartiale, même Erwan venait d'être estourbi par sa brillante répartie. La situation devenait dangereuse, car les Malestroit pouvaient fort bien se substituer à la justice civile. Sa mère ne recevrait plus jamais de lettre ou de nouvelle d'aucune sorte. Non, Loussouarn ne pouvait gagner ainsi.

— Cette boîte, chers administrés, nous a interloqués, aussi nous prîmes le parti de l'ouvrir. Sa façade aurait déjà dû nous avertir de son contenu, mais nous ne nous en rendîmes compte qu'après. Je vais devant vous noircir au fusain le dessus de la boîte et vous faire circuler l'inscription obtenue, afin que chacun se forge une opinion.

Le sang de Bruno ne fit qu'un tour. Loussouarn tendit le papier griffonné à Erwan Salaün, et Bruno n'eut pas besoin de le regarder. En revanche, on vit s'écarquiller les yeux d'Erwan lorsque celui-ci lut *Régie de l'Opium*. Refusant d'y croire, Erwan ne tenta pourtant rien pour cacher l'infamante inscription à l'assistance. Il tendit négligemment le feuillet, qui fut aussitôt happé par l'une des innombrables mains avides de curiosité de la foule. Erwan regarda fixement Bruno, d'un regard réprobateur, et se mit à chuchoter.

— Bruno, est-ce vrai ?

— Ça l'a été il y a quelque temps, c'était très rare… Mais c'est terminé depuis longtemps…

— Cette boîte m'a été volée il y a deux jours, et elle ne contenait rien d'autre qu'un médaillon de ma mère. C'est elle qui l'y a mis, il ne pouvait donc pas y avoir de drogue à l'intérieur.

— Tu es bien sûr de ce que tu racontes ? Tout cela risque d'ébranler bien plus que ma confiance en toi.

Les yeux d'Erwan étaient énigmatiques, mais il en ressortait assez nettement du ressentiment. Cela découragea Bruno, qui sentit son meilleur allié s'éloigner subitement de lui. Jetant un œil à Anna, il la vit tendre le papier à sa mère, tout en le cachant à Marie. Elle ne pouvait y croire. Ses doux yeux noirs laissèrent échapper des larmes, car elle savait que l'homme qu'elle aimait risquait cette fois-ci de lui être enlevé pour de bon.

CHAPITRE 53

Une clameur se faisait entendre, et enflait à mesure que le feuillet de Loussouarn passait de main en main. Bruno sentait sans les voir ces regards qui devenaient perçants de rancœur et de reproches. Le maire fit durer la prise de conscience, avant de reprendre la parole.

— Eh bien, chers administrés, vous avez devant vous la triste réalité. Je vous parlais de danger insidieux, et bien voilà de quoi il s'agit. Une partie des enfants de notre village est à la charge d'un vaurien, d'un homme dangereux qui se livre à la débauche par le biais de paradis artificiels.

— C'est faux! Ouvrez cette boîte, elle ne contient rien de tout cela !

Erwan venait de pousser une sorte de plainte, qui n'arrêta en rien l'exposé accusateur du maire. Celui-ci s'employa seulement à ouvrir la petite boîte de laiton.

—Voyez, mes chers ! Un homme de science qui cautionne et défend de telles pratiques! Après avoir nécrosé l'éducation de nos enfants, voilà que ce poison gagne notre médecine!

— Cessez cette comédie, Loussouarn ! Ouvrez cette boîte, que chacun constate qu'elle ne contient rien d'autre qu'un médaillon !

— Fort bien, docteur Salaün ! A vos ordres !
Relevant le fin couvercle, le maire exposa à la vue de tous trois petites boulettes d'un rouge brun, ainsi qu'un minuscule flacon contenant quelques centilitres d'un liquide de la même couleur. La clameur devint un cri d'étonnement, et des enfants, inconscients de la gravité des accusations, se mirent néanmoins à pleurer. Parmi ces pleurs, Bruno n'entendait que les sanglots d'Anna et ceux de Marie. La jeune fille qu'il avait sauvée d'elle-même avait dissimulé son visage dans ses mains pour étouffer

ses sanglots, tandis qu'Anna le regardait avec un mélange de peine et de colère. Il fallait contre-attaquer avant qu'il ne soit trop tard. Pourtant, il ne pouvait se résoudre à tout nier en bloc, car il y avait malgré tout une part de vrai dans l'accusation qui était portée contre lui. Il se tourna vers Erwan, entamant le dialogue à voix basse.

— Erwan, m'avez-vous déjà trouvé des symptômes de prise d'opium ? demanda-t-il en regardant le médecin dans les yeux. Je ne nie pas n'en avoir jamais pris, mais c'est terminé, je vous l'ai dit.

— Non, et j'en suis heureux.

— Il faut me croire. Il n'y a plus eu de drogue depuis longtemps dans cette boîte. Ils me l'ont volée et ont remplacé le médaillon de ma mère par ces produits. C'est un coup monté!

Erwan se leva alors, tentant de convaincre l'audience de ne pas se laisser berner.

— Ecoutez-moi, Elvinois et Elvinoises ! Je côtoie régulièrement l'instituteur Pelletier, comme chacun le sait. En tant que médecin, je peux certifier qu'il ne présente aucun des symptômes du consommateur d'opium.

— Docteur Salaün, dit le maire d'un ton arrogant, quelle tristesse de mettre en jeu vos compétences pour sauver un étranger qui a charmé votre fille ! C'en est touchant!

— Loussouarn, que cherchez-vous à faire en jouant ainsi à l'inquisiteur ? ajouta Erwan.

Cette question d'Erwan laissa Loussouarn bouche bée. Le père d'Anna avait réussi à fendre l'épaisse armure que le maire s'était forgée pour sa cérémonie d'expulsion de Bruno. L'instituteur remarqua d'ailleurs que Le Goff, le père Rouxel, la veuve Quéméner et tous les autres membres du conseil se trouvèrent subitement mal à l'aise. Comme il le pensait, ce n'était pas le conseil municipal d'Elven qui siégeait face à lui, mais la secte des Malestroit. Par chance, la justice qu'ils rendraient aujourd'hui était civilisée. Mais, à la nuit tombée, ces fanatiques abolissent d'eux-mêmes toute loi morale. Peut-être y aurait-il plusieurs noms à ajouter dans les registres des assassins drapés de blanc : le sien et celui de Salaün, en plusieurs exemplaires…

La foule était devenue survoltée, les cris se mêlant aux pleurs, et Loussouarn, pour la première fois, afficha sa joie d'être si près de prendre sa revanche sur celui qui avait osé braver son autorité devant de nombreux Elvinois. L'attaque d'Erwan l'avait ébranlé, mais il avait vite repris le dessus. Bien sûr, le sous-entendu avait échappé à la grande majorité de l'assemblée, mais cette phrase sonnait comme une déclaration de guerre. Les masques tombaient, et Fanch Kervadec peinait de plus en plus à conserver l'impartialité à laquelle l'obligeait sa fonction.

— Chers Elvinois ! Pensez-vous vraiment qu'un tel individu doive continuer à enseigner à nos enfants ses théories républicaines, voire anarchistes ? Comment une brebis égarée de notre Seigneur pourrait-elle guider leurs jeunes âmes ? Il en va du salut de nos fils, chers concitoyens ! Pour une seule qu'il aura sauvée, combien d'âmes emportera-t-il sur la voie du Malin, à se complaire dans la débauche ? C'est maintenant qu'il faut agir ! Cet homme représente une menace pour notre avenir! Renvoyons-le d'où il vient !

Les Elvinois en délire montraient désormais d'évidents signes d'agressivité à l'encontre de Bruno. Loussouarn contemplait son œuvre avec un plaisir non feint. Puis, tel un incendiaire pris de remords et souhaitant éteindre le feu qu'il vient de provoquer, il effectua de grands gestes afin de ramener tout le monde au calme.

Bruno vit Loussouarn le toiser du haut de son pupitre : on aurait dit un prédateur prêt à fondre sur sa proie. L'instituteur perdit alors son regard dans la foule, et y décela une chevelure rousse qui ne pouvait dissimuler deux petits yeux emplis d'excitation mauvaise : Noëlla était bien présente. Depuis qu'il l'avait aperçue au loin sur cette même place, Bruno avait compris qu'il serait en mauvaise posture la prochaine fois qu'il la verrait. Cette vision lui importa peu, tant la situation paraissait déjà désespérée. Mais le visage de Loussouarn perdit soudain son expression démente pour marquer la stupeur. Cela devait être contagieux, car le visage de Bruno adopta la même surprise, à la vue d'une personne qui se frayait un chemin parmi la foule. Il s'agissait d'une femme âgée, qui avait les cheveux blancs et était vêtue d'une robe bleu passé. Ses yeux étaient d'un bleu très clair, et ils avaient un air décidé. Bruno eut du mal à s'en convaincre, mais c'était indéniable: cette silhouette qui avançait vers lui à travers la foule, c'était celle qu'il avait aperçue dans les bois.

CHAPITRE 54

Bruno n'en revenait pas, il écarquillait les yeux pour fixer l'image de cette femme qui, telle Moïse face à la mer Rouge, fendait la foule afin de s'y faufiler. Il aurait voulu tourner la tête afin de voir celle de Loussouarn, qui pour une raison inconnue devait la connaître. Bruno était fasciné par la nouvelle venue ; il se demandait surtout comment cet être décati avait pu disparaître de sa vue si vite dans les bois. Après tout, disparaître était peut-être le mot juste, d'autant que cette personne dégageait une sorte de halo qui irradiait ceux qui l'approchaient. L'instituteur le ressentit, et tout le monde avec lui. Les réactions, qui auraient dû être le dégoût et le mépris au vu de l'apparence négligée et sale de l'intruse, étaient étrangement mesurées. Les gens s'écartaient respectueusement sur son chemin. Tous paraissaient attendre de voir ce qu'allait amener la venue de cette vieille vagabonde. Bruno tourna enfin la tête vers Loussouarn, et ce qu'il vit le frappa. Le maire, qui ne se serait d'ordinaire pas gêné d'exhorter l'étrangère à quitter la séance avec mépris, paraissait paniquer. Ses yeux emplis d'appréhension et d'une pointe de terreur avaient un aspect enfantin, comme s'il venait de faire une bêtise. Bruno se tourna vers Erwan, puis Anna, sa mère et sa nièce, et tous paraissaient figés sur place, observant la vieille dame avec inquiétude. L'instituteur ne fit alors pas attention à une personne dans l'assistance qui se cacha le visage entre les mains pour étouffer des sanglots.

La vieille dame, s'appuyant sur une canne sculptée dans un bois noueux et ancien, se hissa en contrebas de l'estrade, puis gravit avec peine les quatre marches qui y menaient. Surplombant maintenant l'assistance, elle se retourna vers elle sans jamais lui jeter le moindre regard.
Bruno, comme d'autres, s'étonnait de l'insolente facilité avec

laquelle cette dame avait fait irruption sur la place et s'affichait désormais face aux Elvinois, dont elle ne faisait à l'évidence pas partie. Le silence avait encore gagné en intensité: c'était l'attente qui prédominait. Soudain, sans même prendre la peine de s'éclaircir la voix, la vieille dame s'adressa à tous.

— Gens d'Elven ! Je me permets de m'immiscer parmi vous aujourd'hui pendant votre réunion et vous prie de pardonner une telle impudence. Aussi mon intervention sera-t-elle brève. Il est une chose que j'aimerais porter à la connaissance de tous aujourd'hui. Mon nom est connu de certains d'entre vous, je m'appelle Solen Le Balch. J'ai habité Elven il y a bien des années, et mon départ était le fruit des événements que je m'en vais relater. J'officiais tout d'abord en tant que nourrice, puis j'en vins à tenir le logis de Yann Loussouarn, votre maire, et de sa famille. Je gardais régulièrement la petite Noëlla et tout se passait à merveille. Jusqu'au jour où Yann Loussouarn trouva qu'une de mes soupes n'était pas à son goût, et interdit aux membres de sa famille d'en manger. Il prétendit alors que j'avais voulu les empoisonner, et que j'étais une sorcière. Ce fut sans me congédier, mais les accès de colère qu'il avait pu avoir jusque là se changèrent en insultes et intimidations, puis en violences. Il se mit à me battre régulièrement lorsqu'il était seul avec moi, puis inventait des prétextes erronés pour expliquer mes contusions, mentant ainsi à ses proches.

Loussouarn avait les yeux révulsés, tandis que tous les regards étaient désormais rivés sur lui. Bruno s'aperçut en regardant sa femme qu'elle pleurait depuis un moment déjà, sans doute depuis l'arrivée de cette Solen. Tous étaient attentifs et silencieux à l'écoute de la dernière venue, sans aucune protestation quant à la gravité des accusations. Sans doute pour ne pas risquer de perdre cette attention, la vieille dame vêtue de bleu continua son récit.

— Avant de poursuivre plus avant, j'aimerais vous montrer mon épaule.
Dévoilant son épaule gauche, elle montra une marque rouge,

comme imprimée au fer. Il s'agissait d'un symbole étrange, rappelant deux triangles imbriqués l'un dans l'autre. Elle se dirigea ensuite vers Loussouarn qui la regardait, se contentant d'être simple spectateur. Solen lui prit le bras et le tendit vers la foule, afin que chacun puisse voir sa bague.

— Voyez ! Dans un de ses accès de colère noire, votre bon maire m'a un jour imprimé la marque de sa bague enflammée sur l'épaule, tel du bétail ! Voilà une preuve tangible qui coupera court à tout doute, tout comme son attitude peu habituelle. Toutefois, m'humilier et me violenter ne lui suffisait plus. Il s'arrangeait pour me faire nettoyer sa chambre lorsque nous étions seuls. Et il a commencé… Il a commencé à me prendre de force, de plus en plus souvent. Cela a duré environ deux mois, jusqu'à ce que Madame Loussouarn nous surprenne un jour. Je m'en excuse encore aujourd'hui, Madame, mais vous savez que je n'ai jamais voulu cela. Pas plus que ce qui est arrivé ensuite. Je ne vous en veux pas, Madame, votre mari est le seul à blâmer.
Solen fit une pause, cherchant à reprendre son souffle tandis que personne n'osait rompre le pesant silence de la foule. Tous étaient suspendus à ses lèvres.

— Après cela, et elle ne pouvait agir autrement, madame Loussouarn exigea que je quitte la maison. Mais le mal était fait. Je ne me sentais déjà pas bien, puis la contrariété liée à cet épisode me le confirma : j'étais enceinte. Je retournai voir votre bon maire, et cela le mit dans une colère qu'il n'avait encore jamais atteinte jusque-là. Il me frappa, même lorsque je me retrouvai à terre. Il me menaça de mort, et m'ordonna de quitter Elven à tout jamais. N'ayant aucune ressource et pleine de honte, je décidai d'aller vivre dans les bois du Hayo, où je suis toujours depuis vingt ans. Je n'ai jamais voulu quitter cet endroit, sans doute attachée aux fragments de fierté qu'il me restait après tant de malheurs. Je dus accoucher seule, dans les bois, car il m'avait formellement interdit de consulter le docteur Salaün, qui officiait alors depuis peu. Quelques semaines après, Yann Loussouarn revint me voir dans les bois, où il m'avait retrouvée. Cette fois, il ne me frappa pas mais me fit bien plus mal encore : il m'arracha ma petite fille des bras, en me promettant qu'il allait lui trouver une famille. Je ne l'ai plus jamais revue.

CHAPITRE 55

Un tel récit avait frappé de stupeur l'ensemble des Elvinois. La simplicité avec laquelle Solen avait raconté son destin tragique paraissait provenir du plus profond de son être. Aussi personne ne crut bon de contester le moindre détail, pas même les fidèles du maire. Ceux qui portaient leur regard sur Loussouarn, soit l'ensemble de l'assistance, voyaient le vieil homme tyrannique pleurer doucement, le visage toujours figé. Cette vision avait quelque chose d'effrayant, car les larmes qui glissaient le long de ses joues creusées étaient le seul signe de vie tangible d'un homme en apparence déserté de toute âme. Bruno pensa alors à ces statues de la Vierge censées saigner spontanément, aliment-ant les miracles si chers au Vatican. Le silence fut brisé par une personne peu accoutumée à se mettre en avant. Morgane Louss-ouarn se leva et se hissa sur l'estrade. Les yeux gonflés par des larmes trop longtemps contenues, elle se mit à hurler sur son mari.

— Les voilà enfin au courant de ta véritable nature ! Tu cherches en permanence à malmener ce pauvre instituteur pour détourner l'attention de ce que tu es ! As-tu déjà imaginé toutes les souffrances que tu as fait endurer à cette pauvre femme ? Tu l'as séparée de sa fille, ta fille, toute sa vie durant ! Sans compter la honte que j'ai ressentie d'être ainsi trahie ! Tu n'es qu'un monstre d'orgueil, tu as fait souffrir tous ceux qui auraient dû compter pour toi !

— Maman ! Tais-toi ! Comment peux-tu apporter du crédit à l'histoire de cette vagabonde ?

Noëlla tenta de prendre le parti de son père, mais se ravisa bien vite. Elle se heurta aux regards courroucés de Solen et de sa mère, tandis que celui de son père était toujours désespérément vide. La rage affichée par sa mère et la quiétude presque effrayante de

Solen furent bien suffisantes pour la convaincre de regagner la place qu'elle n'aurait pas dû quitter. Cet épisode n'eut strictement aucune conséquence, car le silence s'installa, traduisant l'incrédulité générale. Solen se fit à nouveau entendre.

— Je vous prie de croire en la sincérité de mes dires. Je savais que je pourrais un jour confier tout cela, afin que Yann Loussouarn vous apparaisse tel qu'il est vraiment. Comme promis, je vais désormais prendre congé, en vous laissant prendre les décisions qui s'imposent. Je vous prierai de ne pas chercher à me rendre visite, je sens que l'Ankou viendra bientôt me chercher. Mon âme est désormais en paix, et j'attendrai maintenant ce jour avec sérénité. Allez en paix, gens d'Elven, que Dieu vous garde.

La vieille dame partit comme elle était venue, sous des regards ébahis et pétrifiés. Bruno éprouva une forme d'admiration pour cette femme qui venait de retourner la situation en sa faveur de manière inespérée. Fanch Kervadec se dirigea vers Loussouarn d'un pas solennel.

— Yann Loussouarn, vous n'êtes pas sans ignorer la charte de notre commune. Elle stipule explicitement que le maire d'Elven se doit d'adopter une conduite irréprochable, et ne se rendre coupable d'aucun acte d'infamie quel qu'il soit. Vous avez manifestement transgressé cette loi. Par conséquent, et en tant que sergent des villes représentant l'État et la République, je vous relève de vos fonctions, que j'occuperai de manière transitoire jusqu'à ce que de nouvelles élections soient organisées. Veuillez me suivre, je vous prie.

Loussouarn resta coincé dans son mutisme, et emboîta le pas de Kervadec sans donner l'impression de comprendre les enjeux de cette reddition. Le maire d'Elven venait de connaître la déchéance, d'une manière que Bruno n'aurait pu imaginer. Il était tiré d'affaire, car nul ne douterait désormais du coup monté contre lui. Bruno n'eut pas vraiment le temps de savourer ce succès, car il se sentit soudain attiré vers l'entrée du village par une sorte d'aura irrépressible et bienveillante. Il avait déjà eu cette sensation, c'était dans les bois, lorsqu'il avait voulu reboucher son trou non loin de la potence de Ronan, et qu'il avait pris la direction du prieuré, révélant ainsi les sinistres agissements des Malestroit. Ne prêtant même plus attention à Anna, Erwan ou qui que ce soit d'autre, Bruno descendit rapidement de l'estrade, et contourna la foule afin de ne pas avoir à s'y frayer un chemin. Son départ précipité fut à peine remarqué. Erwan fit signe à sa fille de ne pas chercher à le retenir. Le médecin avait compris que ce geste de Bruno était légitime, et surtout nécessaire.

L'instituteur aperçut la silhouette de Solen qui se dirigeait doucement vers le bois du Hayo. Il la rattrapa bientôt.

— Madame Solen Le Balch, dit-il d'un ton solennel, je me permets de vous aborder avant de respecter votre souhait de retourner aux bois.

— Fort bien, jeune homme !, répondit-elle d'une voix fatiguée. Que puis-je pour toi ?

— Je voulais simplement vous remercier car vous m'avez tiré d'un bien mauvais pas. Sans votre intervention, je ne sais ce qui aurait pu m'arriver.

— Tu sais, jeune homme, je l'ai avant tout fait pour moi, afin que mon âme trouve la paix. Mais je suis heureuse que cela t'ait servi, ajouta-t-elle dans un sourire édenté.

— Je ne peux m'empêcher de penser que cela n'est pas une coïncidence…

— Je peux te parler franchement, car je sens au fond de toi, que tu n'es pas de ceux qui croient en un Dieu.

— Mais comment ?… bredouilla Bruno, surpris.

— N'aie crainte, ce n'est aucunement un problème. Loussouarn avait au moins raison sur un point: j'ai toujours pratiqué la magie depuis que ma mère me l'a enseignée. Sans cela, je n'aurais jamais survécu à l'accouchement dans les bois. Je suis une sorcière, et c'est ce qui m'a valu d'être rejetée de mon village d'origine, avant de venir à Elven.

— Une sorcière ? Mais savez-vous ce qu'ils font à…

— Je connais l'existence des Malestroit, coupa-t-elle. Je sais également ce qu'ils font… C'est pourquoi je me suis tenue à l'écart de la communauté villageoise. J'ai d'ailleurs pris soin de ne rien en dire face aux gens d'Elven. Toutefois, je me suis légèrement facilité la tâche en diffusant une de mes décoctions. Une sorte de philtre anesthésiant leur a permis de m'écouter attentivement, sans quoi mon intervention n'aurait pas aussi bien fonctionné. Maintenant, je dois t'avouer qu'il y a un autre point sur lequel j'ai masqué la vérité.

— De quoi voulez-vous parler ? demanda Bruno avec empressement.

— J'ai dit que jamais je n'avais revu ma petite fille. C'est faux, car elle m'a rendu visite il y a environ un an. Elle est venue me voir car elle avait connu à son tour un destin proche du mien. Étant la fille d'une sorcière, elle a vite manifesté des aptitudes qu'elle a réussi à cacher à sa famille d'adoption. C'est d'ailleurs grâce à ce don que je lui ai transmis qu'elle a pu me retrouver. J'ai constaté qu'elle avait fort bien maîtrisé cet art pour une autodidacte. Domestique dans une riche famille de Vannes, elle était tombée amoureuse d'un jeune palefrenier. Elle s'est retrouvée enceinte, et fut chassée car elle n'était pas mariée. Elle aussi a vu son destin anéanti par le fanatisme de certains envers leur Dieu. Elle était revenue à Elven, mais ces sauvages l'ont exécutée. Elle prononça le dernier mot dans un souffle, péniblement.

— Qui ça ? Les Malestroit ?

— Il me l'a enlevée une seconde fois. Yann Loussouarn aura souvent pris plaisir à saccager mon existence…

— Son nom… Ne s'appelait-elle pas Ivona ?

— Si… dit-elle en baissant la tête. C'est pour cela que j'ai guidé tes pas vers le prieuré, le soir où tu es venu pour reboucher le trou vers l'arbre de Ronan, ce dont je me suis personnellement chargée… Comme je t'ai guidé jusqu'ici pour m'entretenir avec toi.

— Alors cette sensation étrange de ne plus être maître de mes mouvements…

— Je ne pouvais m'attaquer de front à Loussouarn. Il

m'aurait fait exécuter par sa secte. Je n'avais jamais vu Ronan, mais j'ai senti son déchirement lorsqu'ils l'ont assassinée. Je n'ai pas pu l'empêcher de se donner la mort, toutefois j'ai remarqué qu'il avait laissé une inscription sur le tronc... Il fallait que quelqu'un d'autre la trouve. Et ce quelqu'un devait connaître toute l'histoire, afin de faire le lien avec cette horde de dégénérés. Ces héritiers de Gilles de Rais ont supprimé bien des âmes dans cette forêt. J'ai à chaque fois ressenti leur douleur et recueilli leurs esprits tourmentés. Heureusement, Ronan œuvre maintenant à les faucher à leur tour.

— Alors pourquoi pas Loussouarn ? demanda Bruno, les lèvres retroussées. Pourquoi l'Ankou ne l'a-t-il pas chassé de ce monde ? Et Le Goff ?

— Il est certaines forces qui peuvent préserver ceux qui en usent contre les dangers de l'autre monde...

CHAPITRE 56

— Ma pauvre Ivona… Elle était si malheureuse lorsqu'elle est venue me voir… Elle et Ronan s'aimaient d'un amour pur, comme j'aurais aimé en connaître un jour… Et ces meurtriers les ont précipités dans la mort si jeunes… Je ne l'aurai revue finalement que deux heures, elle qui n'avait pas vingt ans, et à qui a toujours cru qu'elle avait été adoptée après le décès de ses véritables parents. Sa mère adoptive lui avait appris mon existence lorsqu'elle la chassa pour avoir pratiqué la sorcellerie. Elle avait voulu me voir seule pour nos retrouvailles, avant de me présenter Ronan. Je l'ai sentie approcher… Je l'ai reconnue immédiatement au fond de moi… C'était ma petite fille…
Solen fondit en larmes, laissant Bruno les bras ballants, ne sachant que faire.

— Je suis vraiment désolé pour tout cela, croyez-le…

— Tu n'y peux rien, pas plus que moi ! protesta-t-elle. Ces larmes sont également teintées de joie, car les mémoires de ma petite fille et de son bien-aimé sont à présent apaisées. La révélation des crimes des Malestroit arrivera bientôt grâce à toi. Ronan t'a indiqué la route à suivre, tu sauras parvenir à destination. Je vais te laisser, jeune Pelletier. Je te remercie pour tout ce que tu as fait. Tu as toi aussi quelqu'un à chérir, alors ne tarde pas à la rejoindre. Et méfie-toi de Noëlla Loussouarn. Si j'ai transmis mes dons de sorcellerie à Ivona, cette peste rousse a hérité de la noirceur de son père !

— J'y veillerai, Solen Le Balch, répondit Bruno d'une voix forte. Je vous remercie de l'aide que vous m'avez apportée. Je ne vous oublierai jamais.

— Moi non plus, jeune homme. Va et vis une bonne vie ! conclut-elle sur un ton énigmatique.

La vieille dame s'éloigna sans se retourner, déterminée à regagner son abri champêtre. Loussouarn et ses Malestroit avaient brisé bien plus de vies que les quarante-quatre répertoriées dans leurs registres. Revenant sur la place Saint-Alban, Bruno s'aperçut que le charme de Solen avait cessé d'agir. Les villageois réalisaient ce qui venait de se passer sous leurs yeux. Les conversations allaient bon train, pendant que le jeune instituteur revenait vers l'estrade où le sort du village venait de se jouer. Anna se jeta dans ses bras et Erwan l'accueillit avec un large sourire, partagé par tous les siens. Le médecin annonça que Kervadec avait assigné Loussouarn à résidence en attente d'un conseil municipal qui déciderait de son sort. L'épouse et surtout la fille de Loussouarn avaient quitté l'assemblée. Bruno et les Salaün prirent ensuite le chemin de la rue du lavoir afin de fêter dignement cette victoire inespérée. Le temps d'arriver à l'imposante bâtisse ornée de granit et d'ardoise, Bruno avait rédigé dans sa tête la prochaine lettre qu'il enverrait à sa mère. Celle-ci aurait un caractère romanesque inédit.

Bruno pensa à la rancune que devait ruminer Noëlla. Puis, chassant cette harpie de sa tête, il entra chez les Salaün où régnait une liesse que l'on n'avait plus connue depuis longtemps. La douce odeur des jarretons cuisant lentement à la broche avait envahi la maisonnée. C'était un grand repas qui s'annonçait, et il serait à la hauteur de l'événement. Bruno, Erwan et Tristan s'installèrent confortablement pour boire de l'hydromel afin de fêter la disgrâce de Loussouarn. Ni le père d'Anna, ni son oncle ne se souvenaient avoir vu Solen Le Balch à Elven. Son intervention inattendue avait eu un effet fracassant sur la communauté du village, à la hauteur de son insondable peine.
Bruno avait senti que quelque chose s'était cassé chez Loussouarn à l'instant où il avait reconnu Solen tandis qu'elle s'avançait doucement vers l'estrade. Ses vieux démons longtemps scellés avaient dû causer des dégâts irrémédiables dans l'esprit perverti du maire. Ses yeux s'étaient soudain vidés, et il était resté hagard lorsque Solen puis Fanch Kervadec avaient saisi son bras. Il n'avait pas esquissé le moindre geste à l'annonce de sa

déchéance, semblant ignorer les cris de la foule et les hurlements déments de sa fille.

Yann Loussouarn hors course, nul ne savait de quoi Noëlla serait capable pour venger l'honneur de son tortionnaire de père. L'excellent repas fut l'occasion d'un relâchement après tant d'épreuves traversées. L'heure était à l'épicurisme. Bruno contemplait le visage d'Anna, dont le teint blanc contrastait si bien avec la noirceur de ses yeux et de ses cheveux. En fin de repas, elle descendit même son violon afin d'en jouer quelques notes, chose qu'elle ne faisait que rarement tant elle avait de l'appréhension à jouer devant quelqu'un d'autre que Madame Ivinec. Cela aurait pu être sous l'effet de l'alcool, mais la jolie brune n'avait bu que modérément, et c'était l'enthousiasme seul qui l'avait conduite à improviser un récital. Les Salaün chantèrent une chanson bretonne dont Bruno ne comprit pas la moindre parole, mais la mélodie imprimée par sa bien-aimée lui suffisait amplement. La question des prises d'opium passées ne fut plus soulevée.

CHAPITRE 57

Maître Pelletier repensait à sa conversation avec Solen, qui l'avait définitivement convaincu que des forces impalpables régissaient le monde. L'attirance qu'il avait ressentie dans les bois et qui l'avait conduit au prieuré avait finalement été le déclencheur d'un mécanisme qui venait d'aboutir sur la place Saint Alban. Et ce n'était pas le fruit du hasard, mais de la volonté de Solen. Qu'avait-elle voulu dire lorsqu'elle avait parlé des forces qui protègent certains de l'autre monde ? Loussouarn devait avoir eu recours à des pratiques inavouables pour se prémunir d'une attaque de l'Ankou. S'il avait fait usage de magie, cela voulait dire que Noëlla devait également en avoir la capacité. Après un spectre faucheur d'âmes et une foule en colère, aurait-il maintenant à affronter une sorcière rousse ? Il essaya de chasser ces idées de son esprit afin de savourer au mieux cette soirée mémorable. Se penchant vers Anna, il lui glissa quelques mots qui semblèrent la ravir au plus haut point.

Se levant afin de prendre la parole, il obtint vite le silence.

— Je voudrais lever mon verre afin de célébrer cette journée heureuse pour nous tous, alors qu'elle s'annonçait bien sinistre. Mais j'ai une autre raison qui me pousse à prendre la parole devant vous. Tout d'abord, je remercie chacun de vous pour votre accueil depuis mon arrivée et la gentillesse dont vous avez fait preuve envers moi. L'hospitalité qui a été la vôtre m'a beaucoup touché, aussi c'est à mon tour d'en faire preuve. Anna m'a souvent avoué son envie de découvrir la Bourgogne, et c'est à ce titre que je vous demande solennellement la permission de l'emmener fêter la Noël chez moi, en compagnie de mes parents. Non pas que je ne souhaite la passer avec vous tous, mais mes parents me manquent et sont impatients de la rencontrer. Une réponse favorable de votre part me conduirait à écrire la lettre qui, assurément, les remplirait de joie et leur ferait un peu oublier les malheurs qu'ils ont pu vivre ces derniers temps.

Les membres de la famille Salaün se regardèrent tous d'un air incrédule, avant de se suspendre aux lèvres d'Erwan qui était le seul habilité à se prononcer sur la question.

— Bruno, nous t'avons toujours accueilli comme notre fils, et sommes très heureux de votre idylle. Aussi personne ici ne s'opposera à votre décision, même si l'absence de notre chère Anna sera remarquée lors de la veillée de la Nativité. Allez en paix tous les deux, et que la joie guide vos pas, dit-il avec un large sourire.

— Oh, merci, Papa ! Cela me fera bizarre à moi aussi de ne pas vous avoir près de moi en ce jour si important, mais je suis si impatiente à l'idée de rencontrer les parents de Bruno et découvrir sa région…

L'instituteur n'avait rien rétorqué à cet avis favorable, mais son regard plein d'admiration et de reconnaissance pour Erwan était éloquent. Il considérait ce petit homme blond aux yeux bleus comme un second père désormais, et ils pouvaient à ce titre se comprendre aisément sans même ouvrir la bouche. Marie fondit en larmes, et Anna la prit dans ses bras, faisant signe à son bien-aimé pour qu'il les rejoigne. Ce fut finalement tous les présents à table qui participèrent à cette étreinte. Bruno pouvait se dire que tout irait désormais pour le mieux, s'il n'y avait eu cette désagréable épine fichée dans son esprit. Noël arriverait dans deux semaines, et d'ici là les Loussouarn avaient bien assez de temps pour fomenter une vengeance. La soirée s'acheva tranquillement, et lorsque la fatigue gagna tout le monde, on prit le parti de ne débarrasser la table que le lendemain. Erwan, Tristan et Bruno burent alors un dernier verre d'eau-de-vie. Après cela, Bruno salua tour à tour chaque membre de la famille Salaün, gardant évidemment son baiser à Anna pour la fin. Celui-ci eut lieu sur le perron de l'entrée, comme à l'accoutumée. Après s'être échangé quelques mots doux, chacun ponctué d'un langoureux baiser, ils prirent congé l'un de l'autre. Bruno, adressant un dernier signe de la main, disparut derrière la haute haie des Salaün. Entendant la porte se refermer, il entama le trajet qui devait le conduire à son logement, le cœur transporté d'allégresse. Le lendemain, il verrait Anna dès sa sortie de classe, car elle n'aurait pas de cours de violon durant une semaine, les Ivinec ayant quitté Elven pour rendre visite à leur famille habitant à Rennes. C'était une heureuse coïncidence, car cela intervenait au moment où lui et Erwan n'avaient plus à se réunir pour s'entretenir d'événements fâcheux.

La marche dans les rues, le visage fouetté par le vent frais et humide de l'hiver naissant, ramena Bruno sur terre. Il commença alors à réfléchir à ce qui se passerait bientôt à Elven, maintenant que le poste de maire était vacant. À ses yeux, Erwan aurait fait un maire parfait, mais tous les Elvinois n'adhéreraient pas forcément à cette idée. Soudain, une autre pensée sembla entrer en collision avec son esprit. Le médaillon que Loussouarn lui avait subtilisé, celui de sa mère, qu'était-il devenu ? Il avait désormais celui de Ronan, trouvé dans le petit coffret déterré au pied du fameux chêne. Celui de Solange Pelletier avait bien sûr une valeur de loin supérieure, sans compter le fait que, si Loussouarn possédait vraiment des dons de magie, il pourrait s'en servir pour l'atteindre, lui ou même sa mère. Le maire n'avait pas complètement quitté la partie, car il lui restait encore un atout. Le cerveau de l'instituteur fonctionnait à cent à l'heure, et arriva à une question simple: que ferait-il s'il était Loussouarn ? La réponse ne tarda pas : « j'irais brûler les preuves au prieuré ». Les yeux écarquillés, il se crispa sur place, comme foudroyé. Fanch Kervadec l'avait assigné à résidence, mais n'avait toutefois pas jugé bon de le surveiller toute la nuit durant. Le maire était devenu une bête blessée, un adversaire très dangereux car n'ayant plus rien à perdre. Bruno se résolut à se rendre au plus vite au prieuré, dans le but de récupérer les archives des Malestroit, avant qu'elles ne soient consumées. Prenant la direction des bois, il retrouva cette fois-ci sans mal la ligne de rubans colorés qui

délimitait les territoires de chasse, et qui constituait l'entrée secrète du repaire d'une secte fanatique.

<u>CHAPITRE 58</u>

S'enfonçant dans le bois, Bruno courut droit devant lui, porté par l'urgence, mais une branche acérée lui entama profondément le mollet. La douleur lui rappela le triste sort que François-Marie Ivinec avait connu en ces lieux. Il déchira sa manche de veste pour en faire un pansement de fortune. Ces bois étaient peuplés d'animaux sauvages, mieux valait éviter les traces de sang.

Au même moment, Anna Salaün se réveilla en haletant. Elle prit soin de ne pas réveiller Marie qui dormait dans le lit voisin. La jeune fille avait goûté au chouchen et dormait profondément. Heureusement, car Anna s'agitait nerveusement dans son lit: elle avait eu une vision durant son court sommeil. Bruno, à terre, semblait se protéger d'un danger qu'elle ne pouvait distinguer dans la nuit, tandis que du sang coulait sous lui. Son bien-aimé paraissait agiter les bras sous l'effet de la peur, et elle parvint enfin à discerner la raison d'un tel effroi. Il était difficile à voir car sa cape noire se fondait dans la nuit. Ce personnage, elle l'avait vu de loin la veille de la mort de sa grand-mère Mathilde: il s'agissait de l'Ankou. Ce cauchemar lui sembla prémonitoire, mais elle se refusa à réveiller son père ou son oncle. Eux aussi devaient dormir paisiblement sous l'effet des nombreuses boissons qui avaient rythmé leur nuit. Anna chercha ses habits dans le noir puis les enfila une fois dans le salon, encore parsemé de vestiges du festin. Des verres vides jonchaient la table, entourés de tâches de sauce et de miettes de pain. Les chaises éparpillées étaient autant d'obstacles dans la pénombre. Une fois chaudement vêtue, elle quitta la maison afin de s'assurer que Bruno était bien en sécurité chez lui. La vision ayant pour cadre la forêt, elle n'aurait alors plus de raison de s'inquiéter.

Après une dizaine de minutes d'une marche nerveuse, Anna ne constata aucune lumière dans le logement de Bruno, lui qui veillait souvent tard le soir avec sa lampe de bureau près de lui. Elle savait qu'il avait le sommeil léger. Elle ramassa donc une poignée de petits cailloux qu'elle commença à lancer sur la vitre de l'instituteur. Après une douzaine de projectiles, elle entreprit d'en jeter plusieurs à la fois mais cela n'eût pas plus d'effet. Elle s'en amusait, et se déplaçait pour trouver l'angle de tir idéal. À court de munitions, elle s'aperçut qu'elle avait tourné autour de la fenêtre, jusqu'au côté sombre de la façade de l'école. Elle fixa alors la nuit, fraîche et brumeuse. Le brouillard tombait, enveloppant Elven d'une teinte irréelle. Se baissant pour ramasser de nouveaux projectiles, Anna eut un sursaut nerveux qui la déséquilibra puis la fit chuter. Elle se releva instantanément, pour mieux se repencher sur ce qu'elle venait de voir sur le sol. Se redressant, elle dut se rendre à l'évidence : c'étaient bien des traces de charrette, qui se dirigeaient vers chez elle, et qu'elle n'avait pas remarquées.

La jeune fille s'y connaissait un peu pour avoir participé à maintes expéditions dans les bois avec son père et son oncle, excellents pisteurs. Elle pouvait donc affirmer sans erreur possible que cette charrette était venue du bois, s'était arrêtée chez Bruno et était repartie en direction de la rue du lavoir, mais aussi du domaine Ivinec, autrement dit les tours de Largoët. Instinctivement et sans penser aux conséquences, Anna se hâta dans cette direction.

Bruno n'avait pu s'empêcher de courir dans les bois obscurs et brumeux, ce qui lui avait valu une vilaine blessure. Son impétuosité lui avait déjà posé des problèmes auparavant, mais c'était plus fort que lui. L'enjeu, là encore, était de taille. Solen n'avait pas abordé le sujet des Malestroit face aux habitants d'Elven, car cela aurait fait beaucoup trop d'un coup. Elle lui avait en quelque sorte ouvert la voie avec son drame personnel, et c'était à lui qu'incombait la tâche de révéler la véritable nature des méfaits du maire. Sans le registre des Malestroit, signé de son écriture, cela devenait impossible. Il fallait mettre ces inestimables documents en lieu sûr pour qu'enfin Loussouarn prenne place sur le banc des accusés de la place Saint Alban. Après une longue et douloureuse marche dans les bois, il se retrouva à hauteur du chêne fendu en deux par la foudre. Il était sa planche de salut, car il n'y avait heureusement aucun feu au prieuré. Mais cela rendait le monument bien plus difficile à déceler. Il n'avait plus qu'à se diriger sur sa gauche, quitter la démarcation entre domaines de chasse, pour pénétrer dans celui des assassins drapés de blanc. Il devrait avancer avec précaution, car une réunion pouvait avoir lieu. Si c'était le cas, l'ordre du jour semblait évident. On discuterait du sort à réserver à ce jeune instituteur si arrogant. Progressant à pas de loup, Bruno arriva en vue du prieuré, et n'y nota aucune présence.

Anna marchait vivement en suivant les traces du funeste véhicule. Celles-ci la conduisirent près du château de Largoët, avant de se perdre dans le petit bois attenant à l'immense bâtisse. Pour la première fois depuis qu'elle était sortie de sa maison, l'hésitation la tenaillait. Elle était restée déterminée tant qu'elle avait eu une piste à suivre, mais se retrouvait démunie. Soudain, elle entendit des crissements en direction du château. Saisie d'effroi, elle décida de se cacher dans l'obscurité des bois afin de ne pas croiser la route de l'Ankou.

Des coups nerveux se firent entendre à la porte, faisant sursauter Fanch Kervadec. Même son épouse, qui avait le sommeil lourd, fut réveillée par cette succession de bruits sourds et anonymes. Qui pouvait bien frapper à deux heures du matin ? Enfilant à la hâte un vêtement sombre, le sergent des villes prit également soin de se munir de son fusil. Les coups reprirent alors qu'il descendait l'escalier, toujours aussi agités. Parvenant à la porte, il questionna son visiteur.

 — Qui est-ce ? Avez-vous vu l'heure ?

 — J'en suis profondément désolée, sergent des villes Kervadec, dit une voix angoissée, mais vous devez savoir.

 — De quoi parlez-vous donc, à la fin ? Et qui êtes-vous ?

 — Je suis l'épouse de Yann Loussouarn. Il fallait absolument que je vous prévienne, car mon mari est parti. Vous lui avez interdit de quitter la maison, et pourtant je me suis réveillée et il n'était plus là. Noëlla et moi l'avons cherché partout, sans succès. Je ne sais de quoi il est capable, mais vous devez le retrouver avant… avant qu'il ne fasse à nouveau du mal à quelqu'un.

CHAPITRE 59

Bruno approchait silencieusement du prieuré, théâtre de tant de sacrifices impies, et son appréhension grimpait à mesure qu'il avançait. L'ancien monastère était bien moins effrayant lorsqu'il n'était pas illuminé par les flammes infernales du feu de l'autel. Seule la lune, pas encore pleine mais déjà éclatante, posait des reflets sur les colonnes médiévales en ruines. Parvenu à proximité, Bruno scruta autour de lui afin de s'assurer qu'il était bel et bien seul dans cet endroit maudit. Loussouarn se montrerait impitoyable s'il le trouvait sur son chemin. Ayant repéré l'arbre dont le tronc contenait les précieux documents, l'instituteur s'avança dans sa direction, jetant régulièrement des regards anxieux tout en essayant de ne pas se mutiler à nouveau. Sa jambe lui faisait très mal, et il devrait se hâter de rentrer avant que ça ne devienne insoutenable. Il était maintenant au milieu du cloître, et touchait au but, quand il trébucha sur une pierre et tomba lourdement, essayant dans un réflexe instinctif de protéger de la chute sa jambe meurtrie. Se retournant promptement malgré la douleur qui lui vrillait la jambe droite, il s'aperçut qu'il n'avait pas trébuché sur une pierre, mais sur un pied. Le pied du maire Yann Loussouarn, qui se tenait fièrement face à lui, le toisant de ses yeux habités d'une lueur mauvaise.

Fanch Kervadec était sorti sans même enfiler une veste pour affronter les rigueurs du froid humide qui avait investi le village. Il avait l'esprit trop occupé pour s'apercevoir qu'il allait bousculer la femme de Loussouarn en sortant de chez lui. Celle-ci eut toutefois un réflexe étonnant lui permettant d'éviter la lourde carcasse qui se ruait droit sur elle. Il avait foncé tête baissée car il savait de quoi le fugitif était capable.

Le sergent des villes s'arrêta près de la place Saint-Alban, à hauteur du chemin de Kermorant. Cet endroit était ouvert aux vents, les bâtiments étant éloignés, et cela pourrait lui permettre d'entendre un bruit qui deviendrait une piste. Cela ne tarda pas, car il entendit un cri de femme en provenance du château de Largoët. Se lançant d'un pas vif, il se rua vers les immenses tours, espérant y retrouver le dangereux évadé. Possédant lui aussi des qualités de pisteur, le gendarme pénétra dans une épaisse brume.

Anna était sortie du bois, car les bruits ne s'étaient pas répétés. Peut-être n'était-ce que le fruit de son imagination. Elle marcha alors en direction de la forteresse, quand il lui sembla voir dans le brouillard une ombre bouger entre deux bosquets. Cela lui arracha un cri, et elle se mit à courir en direction du château. Les Ivinec étaient absents, mais elle le connaissait pour y être venue de nombreuses fois. Petite, elle avait souvent joué avec la fille des châtelains, et y suivait depuis des années ses leçons de violon. Si ce qu'elle avait cru voir était vrai, elle serait plus en sécurité là-bas.

Les yeux de Loussouarn avaient quelque chose d'effrayant, les reflets de la lune s'y faisaient blafards et inquiétants. Bruno avait peine à croire que c'était le même homme qui se tenait face à lui, tant on eût dit un pantin désarticulé quelques heures plus tôt. Il semblait avoir recouvré ses esprits, ainsi que la mémoire qu'il avait perdue face à Solen. Il portait un sac de toile de jute, apparemment très sale. Le maire contemplait Bruno avec un air à la fois satisfait et méprisant, un rictus démoniaque greffé au visage. L'instituteur, à terre, sentit un intense frisson lui parcourir l'échine, qui devint une horrible douleur lorsqu'il se propagea dans sa jambe droite. Il avait les bras repliés au-dessus de lui, dans une position d'implorant.

     — Alors comme ça, tu croyais avoir gagné, n'est-ce pas ? dit le maire d'une voix grinçante. Je dois avouer que les choses ont été bien plus loin que je ne l'aurais imaginé, mais c'est terminé. Puis-je savoir ce que tu es venu chercher ici ?
     — Rien du tout, bredouilla Bruno, je…

— Ah ! Rien du tout ! lança-t-il avec une voix de fausset. Maître Pelletier se ballade seul, en pleine nuit dans les bois, et quand on lui en demande la raison, il vous répond « rien du tout !»

— C'est…

— Ne te donne pas cette peine, mon jeune ami, cela ne sert plus à rien ! Je t'ai dit que c'était terminé ! Ce soir, il va venir pour toi ! Et aussi pour elle ! hurla le maire. Je suis bon prince, je ne vous séparerai pas ! Vous serez ensemble pour l'éternité, après cette nuit !

— Comment ça, pour elle ? Et de qui parlez-vous ?

— De l'Ankou, bien entendu ! Il va venir vous faucher, toi et ton étrangère ! Et sais-tu pourquoi ? Parce que c'est moi qui le contrôle !

— Ce n'est pas vous qui contrôlez l'Ankou ! Pourquoi fauche-t-il en majorité vos amis alors ?

— Disons qu'il est plutôt du genre impétueux, et que parfois il n'en fait qu'à sa tête !

— C'est faux ! insista Bruno.

— Oh que non, et je vais bientôt t'en donner la preuve ! Tes alliés les Salaün ne sont pas là pour t'aider ! Tu sais, l'Ankou m'a souvent servi ! Il m'a d'abord débarrassé de certains concurrents de mon commerce, ce qui m'a aidé à amasser une petite fortune. Cela ne me suffisait plus, et j'ai décidé de devenir maire. Bizarrement, mon rival s'est fait faucher un mois avant l'élection, et j'ai pu fêter confortablement ma victoire, puis les suivantes. Parfois, un ou deux créanciers un peu trop revendicatifs ont servi à aiguiser la lame de sa faux… Ils l'avaient bien cherché !

— Vous êtes… un monstre ! Vous vous servez de lui pour accomplir vos basses œuvres et vos succès ne sont que des meurtres !

— Oh, tu sais, je ne fais pas que me servir de lui ! répondit Loussouarn avec un rire dément.

Le fugitif porta alors la main au sac qu'il avait posé à ses pieds. Défaisant les liens, il sortit son contenu à la vue de Bruno, pris d'un haut-le-cœur. Ce qu'il avait pris pour de la saleté maculant le sac était du sang. Le maire venait d'en sortir une tête tranchée. C'était celle de Solen, les yeux plus vides que jamais.

CHAPITRE 60

Anna courait à perdre haleine vers le château, et elle commençait à regretter d'être sortie de chez elle. Après tout, Bruno avait pu dormir pendant tout ce temps, ne se réveillant pas à cause des nombreux verres qu'il avait bus durant la soirée. Elle savait qu'une clé du portail était toujours rangée sous une pierre creuse bordant l'allée de l'entrée. S'arrêtant à peine, elle souleva le caillou pour en extraire le trousseau puis se remit à courir jusqu'à la grille de fer forgé. Tournant fébrilement la clé dans la serrure, elle tremblait en faisant glisser l'épais panneau de métal. S'engouffrant vite dans la brèche ainsi formée, Anna referma la grille derrière elle. Se retournant pour ôter la clé de la serrure, elle vit cette fois distinctement une forme sombre se faufiler entre les haies qu'elle avait longées quelques secondes auparavant. Contenant un nouveau cri, elle préféra garder le souffle qui lui restait pour atteindre au plus vite le seuil de la porte de l'aile principale, celui de la tour ouest, la plus haute. Elle entendit alors derrière elle la grille de fer s'ouvrir puis se refermer quasi-instantanément, mais devait s'arrêter avant que ses tempes n'explosent. L'étang bordant l'immense édifice donnait un reflet splendide à la lune, et permettait surtout de bien voir au pied de la tour. Anna décida alors de se cacher derrière un arbre pour observer son poursuivant. Cette fois-ci, le doute n'était plus permis : la silhouette qui s'agitait à une cinquantaine de mètres portait une longue cape noire, ainsi qu'une faux à la lame inversée. C'était l'incarnation de la Mort qu'Anna avait à ses trousses.

Fanch Kervadec courait toujours vers les tours de Largoët, mais son ventre proéminent et son âge commençaient à ralentir sa course. Il entendit un bruit de métal grinçant qui l'encouragea sur sa piste. Son fusil lui semblait peser plus du triple de son poids normal. Il approchait du château, mais suait à grosses gouttes, et avait le souffle court. C'était le réveil le plus brutal qu'il ait jamais connu.

Les yeux quittés par la vie de Solen effrayèrent Bruno. Elle semblait le fixer encore de son regard translucide. Celui de Loussouarn, à l'inverse, était toujours aussi malsain.

— Je suis sûr que tu souhaites savoir comment l'on contrôle l'Ankou, déclara-t-il avec délectation. Il faut de solides bases de magie noire, c'est impératif.

— Malestroit n'était-il pas de ceux qui luttaient contre de telles pratiques ?

— Qu'as-tu dit ? Qui t'a permis de faire ainsi référence à cet illustre personnage ?

— Si lui est illustre alors vous êtes détestable ! Vous vous êtes fait le successeur de Gilles de Rais en son nom !

— Qui es-tu pour juger ainsi ? rétorqua-t-il, ulcéré.

— En tout cas, je sais qui vous vous permettez de juger. Vous êtes le chef d'une secte d'assassins !

— Je vois que Maître Pelletier est très documenté ! reprit-il de sa voix goguenarde. Bravo, mais malheureusement je crains que tu ne sortes pas d'ici vivant ! L'Ankou aura tôt fait de venir te faucher !

— Savez-vous que vous l'avez créé ? Que tous ces meurtres sont de votre faute ?

— C'est moi qui ai coupé la tête de cette sorcière, pas l'Ankou. Je tenais à me charger d'elle moi-même, afin de la châtier.

— Savez-vous que l'Ankou de cette année a vu sa fiancée périr de vos mains, et qu'il se venge depuis sur les membres de votre ramassis d'assassins insensés ?

— Oui, bien sûr ! Celle-ci était, disons, spéciale, mais ce n'est que le lendemain que l'on m'a dit qu'un jeune homme l'accompagnait. On ne l'a jamais revu.

— C'est faux ! objecta Bruno. Il s'est pendu le lendemain, dernier jour de l'année, afin de s'assurer d'être l'ultime mort, et de devenir l'Ankou pour vous le faire payer.

— Quoi qu'il fasse, il ne peut m'attaquer, car il agit sous mon emprise. Mes visites au château de Gilles de Rais, à La Suze sur Sarthe, m'ont permis d'accéder aux ouvrages qui l'ont inspiré, ainsi qu'à certaines décoctions restées intactes. L'une d'elle était décrite comme étant un produit garantissant une protection totale contre les forces obscures. Gilles de Rais s'en servait lorsqu'il fréquentait le Malin. Il était hérétique mais très prudent, aussi a-t-il toujours pris soin de ne jamais vendre son âme au Diable.

— Contrairement à vous ! Votre âme est aussi noire que l'Enfer ! Il est même des tragédies dont vous n'avez pas connaissance ! Solen m'a dit qu'Ivona, que vous avez assassinée le trente décembre dernier, était votre propre fille !

— En effet, j'ai eu vent de son retour à Elven. Elle est allée voir sa mère, je ne pouvais les laisser ensemble comploter pour attenter à mon patrimoine. Les rois n'éliminaient-ils pas leurs enfants bâtards afin de garantir l'unité du royaume ?

— Vous avez perdu l'esprit ? Vous avez assassiné Ivona en sachant sciemment qu'elle était votre propre fille ?

— Elle était illégitime et sorcière. Cela fait deux bonnes raisons.

— Vous êtes encore pire que je n'aurais pu l'imaginer ! cracha Bruno d'une voix chargée de haine.

Maître Pelletier se rua alors sur Loussouarn, oubliant pour un instant sa jambe qui le faisait affreusement souffrir. Il plaqua son adversaire au sol et le frappa au visage. Le maire avait une bonne cinquantaine d'années, mais était toujours véloce et puissant. Son délire semblait même le rendre insensible à la douleur. Bruno ne put en venir à bout, et il hurla lorsque Loussouarn le frappa sur sa blessure à la jambe. Lâchant prise, il évita de peu un autre coup de poing décoché en direction de son visage. Ce réflexe fut salutaire, car il ne se serait sûrement pas relevé s'il avait encaissé un tel coup. Au lieu de cela, Bruno aperçut à côté de lui le sac de jute qui avait contenu la tête de Solen, et l'agrippa avant d'en recouvrir le visage écarlate du maire. Commençant à l'étouffer dans un geste désespéré, Bruno entendit alors résonner une voix rauque et menaçante.

— Lève tes mains ! J'ai mon vieux compagnon avec moi ! Un fusil comme celui-là va te faire un trou à la place de la poitrine ! Bruno reconnut cette voix : c'était celle de Gregor Le Goff.

<u>CHAPITRE 61</u>

Tapie dans les branchages, Anna observait son poursuivant tout en tentant de reprendre son souffle par petites inspirations silencieuses. Les déplacements de l'Ankou semblaient irréels dans le brouillard luisant. Soudain, la créature poussa un cri anormalement aigu. Anna fronça les yeux pour mieux voir, et aperçut une mèche de cheveux roux. Elle se jeta sans réfléchir sur la silhouette sombre. Elle tomba alors au sol, comme drapée dans l'ample robe noire qui enveloppait le porteur de faux. Le visage de Noëlla Loussouarn apparut sous l'ample capuchon, arborant une expression démente. Ses yeux paraissaient lancer des éclairs bleutés, et elle explosa.

— J'ai juré à mon père que je m'occuperais de toi, et je compte bien honorer cette promesse !

Pour la faire taire ou simplement pour se soulager, Anna lui décocha un grand coup de pied au visage. La fille d'Erwan Salaün se surprit elle-même de sa réaction si violente, mais que sa victime avait méritée. Se relevant d'un bond, elle vit sa poursuivante sortir de son fourreau un large couteau de chasse, et ses yeux brûlants affichaient la volonté d'en faire usage. Anna se dirigea spontanément vers la porte du château, tentant d'échapper à la furie qui la poursuivait.

Kervadec reprenait son souffle, car son cœur battait à tout rompre. Il était appuyé contre une grille de métal, et un faux mouvement faillit le faire tomber, lui révélant que la grille était ouverte. Il savait que les Ivinec étaient absents. Il se dit que Loussouarn pouvait donc fort bien avoir trouvé refuge ici.

Bruno dut lâcher son opposant, dont le visage était maintenant enduit du sang de sa victime, sous la menace de l'arme du vieux soldat. Lui aussi devait bénéficier de la protection de Loussouarn contre l'Ankou, sans quoi il aurait pris place au cimetière d'Elven depuis longtemps. Le Goff avait été scandalisé de l'intervention de Solen, mais avait été contenu par la volonté de la vieille dame dont la tête seule leur faisait désormais face. Le vétéran de la guerre Franco-Prussienne avait lui aussi attendu ce moment depuis longtemps. Cet instituteur républicain et arrogant était désormais à portée de fusil, dans un endroit où il avait l'habitude de commettre des meurtres. Bruno était perdu. Il ferma les yeux en pensant à Anna et à ses parents. Tout comme son frère, il allait tomber sous la mitraille ennemie. Loussouarn s'adressa alors à son vieil ami.

— Gregor ! Pas comme ça ! dit-il d'un ton autoritaire. Il faut que ça ait l'air d'un accident. C'est lui qui va venir le prendre !

— Laisse-moi le tuer maintenant ! Ça me soulagera ! Ce petit salaud nous a tenu tête trop longtemps. Il n'est pas et ne sera jamais des nôtres !

— Je sais tout cela et je partage ton point de vue. Laissons l'Ankou s'en charger pour nous. Mon écervelée d'épouse s'apercevra bientôt de mon absence et va encore me créer des problèmes ! Cela paraîtrait bien trop évident après les événements d'aujourd'hui ! Pose ce fusil ! Il est en route, et sera là très vite.

— Bon, très bien… Je pense que je regretterai durant tout ce qu'il me reste de vie de ne pas m'en être chargé !
Bruno n'arriva pas à se sentir soulagé de ne pas se faire tirer dessus. Si l'Ankou était effectivement en chemin pour lui, il regretterait presque la mitraille.

Prise de panique, Anna hésita pour trouver la clé de la porte, parmi la demi-douzaine que comportait le trousseau qu'elle avait trouvé sous la pierre. Elle connaissait celle de la grille d'entrée, et cela l'avait sauvée d'un coup de faux dans le dos. Il fallait désormais se hâter, car les pas de Noëlla se faisaient entendre. Soudain, la furie rousse, à visage découvert car son costume était devenu inutile, apparut derrière un pommier, se précipitant sur sa proie. La troisième clé fut la bonne, et Anna fit tourner l'épaisse porte de bois. Elle ne put la refermer, car Noëlla était sur ses talons au moment où elle était entrée. N'ayant pas le temps de se mettre en sécurité, elle eut son deuxième accès de violence de la soirée, car elle referma brusquement la porte sur sa poursuivante. Celle-ci tomba à la renverse, poussant un cri de rage mêlée de folie qui glaça le sang d'Anna. Elle fut alors agitée de tremblements qui lui firent tomber les clés des mains. La bien-aimée de Bruno chercha un endroit où se cacher tandis que Noëlla se relevait. La fille du maire était dans une fureur telle qu'elle semblait insensible à la douleur. Anna entendit le bruit de la lame frottant le sol de pierre lorsque sa propriétaire la ramassa.

Ouvrant la porte, Noëlla repéra immédiatement sa cible, car Anna ne s'était pas rendu compte du bruit de ses souliers claquant contre les marches de granit. Elle n'entendait plus que les cris de sa poursuivante tant le sang battait à ses tempes, mais sa lucidité était toujours là. Elle se rappela de cette sortie d'école à Séné, près de Vannes, au bord de la mer. Des escaliers menaient à la falaise, que beaucoup d'enfants étaient pressés de voir. Tous, sauf une, la petite Noëlla, fille d'un commerçant qui s'était déjà taillé une solide réputation à Elven. Devant son insistance, l'un des instituteurs resta avec elle pendant que les autres encadraient la visite du point de vue. Ce n'était pas qu'un caprice, car Noëlla avait peur de la hauteur. Toute élevée qu'était son opinion d'elle-même, le courage l'abandonnait lorsqu'il fallait quitter le sol.

Fanch Kervadec s'approchait du château de Largoët, parvenant à peine à porter son fusil. Il était à bout de souffle, et les courses n'étaient décidément plus de son âge. C'est alors qu'il entendit un cri horrible, mélange de celui d'une femme et d'une bête enragée. Ce hurlement lui redonna des forces, car ce pouvait être celui d'une victime du maire. Il devait absolument retrouver le fugitif avant qu'il ne soit trop tard, si ce n'était pas déjà le cas. Il arriva alors en vue de la porte du château, et s'aperçut que celle-ci était entrouverte. Que pouvait bien préparer Loussouarn ?

Anna espérait que Noëlla n'oserait pas la suivre dans les escaliers, car ses cent soixante-dix-sept marches conduisaient au sommet d'un des plus grands donjons de France, haut de quarante-cinq mètres. Pourtant, Noëlla hésita à peine au pied de l'immense suite de marches, et se relança de plus belle à la poursuite de sa cible.

Bruno, lui, était transi de peur, toujours mis en joue par Le Goff. Loussouarn le toisa de son regard avide, en hurlant « le voilà, il vient pour toi ! » Au même moment se firent entendre les crissements stridents de roues de charrette mal graissées.

CHAPITRE 62

L'Ankou apparut, et Bruno ressentit une frayeur plus intense encore que la fois où il l'avait vu abattre l'épicier Quéméner. Cette fois, c'était lui la cible. Ronan Jézéquel, celui dont il avait essayé d'honorer la mémoire, allait faucher sa vie selon la volonté de ce maire despotique. Celui-ci s'en sortirait, mais peut-être pas totalement. Bruno se garda bien de mentionner qu'Erwan Salaün et Fanch Kervadec étaient également au courant des agissements nocturnes des Malestroit. Si lui devait être arraché à ce monde par une lame surnaturelle, ce serait en couvrant ses alliés. Le Goff s'approcha prudemment de Bruno, sans détourner le regard de la créature spectrale qui observait l'instituteur de ses yeux jaunes et perçants. Le corps de Bruno fut parcouru de spasmes, tandis que Loussouarn se penchait sur lui, lui proférant des menaces qu'il n'entendait même plus.

— Allez, Ankou ! Sa vie n'a que trop duré ! Accomplis ton office !

Ce fut la dernière phrase que prononça le maire dans sa litanie de paroles fanatiques. Ce fut également la seule que Bruno put saisir. Son regard se fondit alors dans celui du spectre, et il vit l'ultime vision des victimes de l'Ankou. Ses yeux d'or semblaient contenir un univers entier. Bruno y distingua un paysage sombre, puis une allée bordées de grands cyprès et conduisant à une lourde porte sculptée dans le marbre. Le clair de lune lui permettait de distinguer les détails de la pierre, et notamment l'inscription en latin du fronton *Vous qui entrez ici, abandonnez tout espoir*. Cette phrase résonna comme une sirène lancinante jusqu'au plus profond de son âme, au point de le sortir de sa torpeur. Reprenant ses esprits, il avait au-dessus de lui l'Ankou qui commençait à brandir sa faux à la lame inversée. Il n'avait même plus la force d'implorer la créature, tant la douleur causée par sa jambe avait gagné tout son être. Bruno laissa glisser sa main sur

sa poitrine, dans un geste de renoncement à la vie, quand il sentit quelque chose dans la poche de sa veste déchirée à la manche. Ses yeux s'écarquillèrent, et il ne sut par quel moyen, mais il extirpa en un éclair de sa poche le médaillon trouvé avec la lettre de Ronan, dans le petit coffret que le jeune homme avait enterré au pied de sa potence. Bruno tendit le bras afin que le petit bijou soit visible et scintille au clair de lune. Soudain, les yeux jaunes du démon semblèrent se troubler, et il se pencha sur le corps endolori et ensanglanté de l'enseignant. L'aura sépulcrale de la créature sembla toucher Bruno, et elle était froide comme la glace. Il tressaillit comme sous l'effet de convulsions. Le visage fantomatique de l'Ankou se rapprocha de plus en plus du sien. Il peinait à garder les yeux ouverts, tant l'aura méphitique du spectre et ses exhalaisons de terre et de moisissure troublaient ses sens.
Loussouarn se trouvait juste derrière l'Ankou, y voyant la meilleure place pour assister à la mise à mort. Le Goff, lui, tenait toujours son fusil en tremblant fiévreusement, mais il avait conservé une petite dizaine de mètres de distance. Le vieux soldat n'était à l'évidence pas tranquille à proximité de l'esprit faucheur d'âmes.

Kervadec s'appuya sur un petit meuble du couloir qui reliait la porte est du château à l'escalier qui menait aux sept étages de la tour. Il réussit ensuite à se traîner jusqu'au pied de l'escalier. Il avait gravi celui-ci maintes et maintes fois lorsqu'il était enfant, et qu'il passait ses après-midi à jouer avec Gweltaz Ivinec, l'oncle du propriétaire actuel. Pourtant, aujourd'hui, cet escalier médiéval provoquerait sa mort s'il venait à le monter à nouveau. La poursuite était finie pour lui, il avait déjà tout donné. Là-haut, des cris stridents et furieux, visiblement féminins, se faisaient entendre. Son cœur menaçait d'exploser, et il devait se reposer avant toute chose. Jetant un œil aussi haut qu'il put, il vit deux silhouettes impossibles à identifier qui couraient dans les marches du donjon. Cette fois-ci, les cris sourds ne purent lui octroyer un supplément d'énergie.
Plus haut, Anna conservait son avance sur la furie rousse qui

la prenait en chasse. Noëlla se prit même les pieds dans son ample manteau sombre, et trébucha, se cognant la tête contre la rambarde de l'escalier. Anna regretta qu'elle ne fût pas tombée. La fille du maire avait eu beaucoup de chance, car les rambardes d'escalier n'étaient disposées que tous les deux ou trois mètres. Elle aurait pu chuter d'une trentaine de mètres, et se rompre le cou aux pieds de Fanch Kervadec. Anna en profita pour accentuer son avance. La question était maintenant de savoir ce qu'elle allait faire, car le sommet s'approchait et que les portes de chaque étage, très lourdes, ne s'ouvraient qu'avec les clés du trousseau qu'elle avait laissé dans l'entrée. Anna s'était vite relevée de sa chute, et avait repris sa poursuite, toujours guidée par sa folie furieuse.

Les yeux de l'Ankou étaient toujours posés sur Bruno, mais avaient changé d'expression. L'instituteur réunit ses dernières forces pour susurrer quelques mots au spectre.

— Je sais qui tu es, c'est moi qui ai suivi le message du tronc, qui m'a conduit à ce médaillon. Tu sais que c'est lui qui t'a arraché ton Ivona, pas moi. Je n'ai fait qu'essayer de te venger. Tu as supprimé la plupart de leurs semblables, alors pourquoi me tuer moi maintenant que tu as à ta portée les deux hommes qui t'ont fait du mal ? Venge-toi maintenant, Ronan Jézéquel, ou jamais !

Loussouarn manifesta son impatience.

— Alors ! Que fais-tu ? vociféra-t-il. Finissons-en, cela aurait même dû être fait bien avant ! Cet imbécile de Kervadec doit déjà être au courant de ma fuite ! Faut-il que je le fasse à ta place ?

L'instituteur, à terre, se demandait s'il ne rêvait pas. Les traits squelettiques de l'Ankou s'estompèrent pour se muer peu à peu en un visage plus humain, quoique très pâle. Bruno reconnut alors Ronan Jézéquel, l'homme qu'il avait trouvé, se balançant doucement au bout de la corde par laquelle il s'était soustrait à ce monde. Même sa petite cicatrice à la joue gauche avait été reproduite sur la face osseuse du spectre. Le visage de Ronan esquissa une amorce de sourire, du moins ce qui s'en approchait pour un

visage que la mort a privé de ses muscles et de ses nerfs. L'instituteur entendit alors une voix sépulcrale résonner dans sa cage
thoracique, comme si on s'adressait à lui de l'autre monde. La
voix lui déclara simplement « Je te remercie pour tout », avec une
bienveillance teintée de noirceur.

Loussouarn, qui avait alors perdu le sens des réalités, voulut
saisir le manche de la faux du spectre, afin de se charger lui-
même de l'instituteur. L'Ankou se retourna alors en un éclair, à
tel point que Bruno ne se rendit compte que le spectre ne lui
faisait plus face qu'à l'instant où son visage reçut une éclabous-
sure de liquide chaud et épais. Le spectre avait trouvé la force
de s'affranchir du joug de Loussouarn, et venait de le couper en
deux d'un coup de faux dont la trajectoire reliait le haut de son
épaule gauche à sa hanche droite. Le visage de Yann Loussouarn
resterait à jamais figé dans une expression de haine, le coup
étant parti bien trop vite pour que son cerveau ne commande
à ses muscles d'afficher la moindre surprise. Le maire tomba à
genoux, et la moitié supérieure de son corps commença à glisser
lentement sur l'autre, produisant un son gras et écœurant.
Gregor Le Goff resta lui aussi figé dans la stupeur devant cette
mise à mort aussi fulgurante qu'efficace.

CHAPITRE 63

En haut de l'escalier, Anna commença à voir poindre le clair de lune troublé par l'épais brouillard. Le sommet était proche, et elle eut alors l'impression de laisser ses jambes courir seules, sans pour autant s'effondrer. Elle sortit enfin de cette interminable suite de marches, oubliant de préparer une embûche à destination de sa poursuivante. Elle se contenta de s'écarter de la porte par précaution. Noëlla apparut à son tour, les yeux révulsés par la haine et la rage. Son manteau était ample, mais la lame de son couteau luisait grâce au clair de lune, tel le couperet d'une guillotine de poche. Elle se jeta littéralement sur Anna, qui réussit à l'éviter. La lame se planta dans le mur de vieille pierre, se tordant sur elle-même avant d'être projetée à l'intérieur de l'escalier. Le poignet de la tornade rousse s'était vrillé sous la torsion du métal, et elle hurlait de douleur. Fanch Kervadec, toujours essoufflé, n'entendit pas ce nouveau cri, mais perçut le son métallique d'un objet tombant sur le sol de la tour. Consentant enfin à quitter son appui, il se rendit compte que l'objet était un grand couteau acéré, mais dont la lame était heureusement immaculée. S'inquiétant toutefois, il hésita à entreprendre la montée de toutes ces marches, car il ferait une chute mortelle s'il venait à défaillir. Ce malaise avait été proche plusieurs fois depuis son réveil brutal. Il décida de prendre le risque, Dieu savait ce qu'il se passait là-haut.

Anna venait de frapper violemment Noëlla dans le flanc, et peut-être ce coup de pied avait-il brisé quelques côtes. Pas assez visiblement pour envoyer la fille du maire *ad patres*. Celle-ci se rua sur son adversaire, et lui empoigna la chevelure avant de lui décocher un coup de poing sur la joue gauche. Anna fut presque sonnée, et manqua seulement de s'évanouir en raison du choc de sa tête heurtant le sol. Noëlla essaya de lui remettre un coup au visage, avec le pied cette fois-ci, mais la fille du médecin roula sur elle-même, évitant ainsi une mort quasi-assurée. Se relevant, elle fonça la tête la première dans le ventre de son assaillante, la plaquant sauvagement contre la vieille pierre. Le crâne de Noëlla heurta durement le mur, tandis que celui d'Anna comprimait ses côtes cassées. Anna, désormais dans un état de fureur proche de celui de son opposante, se redressa face à celle-ci, qui avait le visage et le flanc en sang, et paraissait à deux doigts de s'évanouir. Tentant une ultime riposte, Noëlla se projeta de tout son long pour faire tomber Anna. L'une comme l'autre n'étaient plus qu'à moitié conscientes après d'aussi lourds traumatismes au crâne. Anna s'écroula en arrière avant même que la harpie rousse ne la percute, et tendit soudainement ses bras ainsi que ses jambes afin de frapper son assaillante. Elle exerça une formidable poussée sur ses jambes qui consuma ses dernières forces.

Son réflexe eut pour effet de projeter Noëlla à un mètre de hauteur, et celle-ci alla terminer sa course sur le parapet entre deux créneaux. Elle avait les jambes dans le vide, et ne se raccrochait qu'aux lézardes entre les pierres du mur médiéval. Elle n'aurait pas tenu longtemps avant d'être aspirée par le vide dans une telle posture, et ce même si elle avait disposé de l'ensemble de ses moyens, ce qui était loin d'être le cas. Couverte de sang, Noëlla Loussouarn ne paraissait même pas se rendre compte qu'elle était sur le point de faire une chute d'une cinquantaine de mètres. La haine luisait toujours dans ses yeux, quand elle parut revenir à elle-même, et surtout à sa peur ancestrale. Elle se mit alors à pousser des geignements déments et déchirants.

— Je vais tomber ! Ne me laissez pas ! Anna, s'il te plaît, ne…

La main de Noëlla glissa. Elle descendit lentement le long du mur, jusqu'à ce que son bassin soit lui aussi suspendu dans le vide. Sa poitrine était compressée contre la vieille pierre, et sa voix devint faible et haletante.

— Pourquoi l'Étrangère t'aiderait-elle maintenant ? lui lança Anna avec un air de défi.

— Je t'en prie… Je…

— Tu n'en serais pas là si tu n'avais pas essayé de me tuer !

— J'avais... J'avais promis à mon père... dit-elle, suppliante.

— Eh bien il te retrouvera demain aussi épaisse que les crêpes que fait sa pauvre femme, qu'il a trompée et humiliée. Mais elle a toutefois eu un bien meilleur sort que Solen...

— Mon père est un homme bon... Il... Je t'en prie...

— Donne-moi juste une bonne raison de le faire !

— Tu...

La phrase de Noëlla ne serait jamais ponctuée, hormis par le hurlement hystérique qu'elle poussa lors de sa chute. Quelques secondes plus tard, Fanch Kervadec, qui avait à peine entamé l'ascension des escaliers, entendit un bruit sourd, comme un coup de canon. Ces secondes parurent des heures à Noëlla, dont le cri ne se coupa que lorsque la loi de la gravité eût achevé son œuvre.

Bruno resta comme pétrifié devant le corps du maire qui s'affaissait sur lui-même, avant que la moitié supérieure ne s'écroule sur la seconde. Il eut un cri de dégoût, et tenta de s'éloigner des moitiés de cadavre sanguinolent, mais sa jambe lui interdisait maintenant de bouger. A quelques mètres de là, Le Goff revint enfin à lui.

— Créature de l'Enfer ! hurla-t-il. De quel droit as-tu tué notre maire ? Comment se fait-il que tu te ranges au côté d'un étranger ? Tu fais honte à la Bretagne ! Pourquoi ne le fauches-tu pas lui aussi ? Il va donc falloir que je m'en charge !

En soldat expérimenté, Gregor Le Goff ajusta son tir droit vers sa cible. Bruno ne vit rien arriver, se contentant de subir le coup de feu. Il ferma les yeux, et entendit la détonation immédiatement suivie d'une suite de sons sourds et métalliques. Ouvrant les yeux, il réalisa que l'Ankou l'avait protégé à l'aide de sa lame de faux. L'immense arc de métal lui avait servi de bouclier contre la multitude de plombs projetés par l'arme de le Goff. Celui-ci avait été frappé de stupeur mais avait prouvé son sens du combat en se reprenant aussitôt pour recharger en poudre. S'affairant aussi vite que possible, Le Goff reculait à mesure qu'avançait le spectre, sans pour autant trébucher. Son visage se fendit d'un sourire désespéré lorsqu'il eût enfin rechargé son arme, ce qu'il réalisa sans mal. Il tira une seconde salve, cette fois-ci en direction de l'Ankou, mais c'était un paradoxe qui se posait à lui. Comment donner la mort à la Mort ? Avant de n'y avoir pu réfléchir, Le Goff sentit l'air se fendre devant lui, avant de ressentir une douleur indicible au cœur. Ni lui ni Bruno n'avaient pu en suivre la trajectoire, mais la faux de l'Ankou venait de ficher sa pointe en plein dans le cœur du vieux militaire. Celui-ci, incrédule, tomba à genoux dans une position grotesque, et expira dans des crachats de sang. Il pensa alors à tous ses camarades de front qui avaient connu cela avant lui, et qu'il rejoindrait bientôt.

Le Goff s'effondra pour de bon dans un ultime râle, serrant sur son cœur ce que le clair de lune indiqua à Bruno comme étant une médaille militaire. Il était mort comme il avait toujours vécu : en soldat. L'Ankou venait de poser dans sa carriole la tête de celle qui avait été sa belle-mère. Il se dirigea ensuite vers Le Goff avant d'y charger sans mal sa carcasse pourtant imposante. Jetant de petits cailloux à terre, ceux-ci devinrent presque aussitôt de petits tas, ceux que l'on avait retrouvés à chacune de ces interventions. La charrette se souleva comme sous l'action de chevaux invisibles, et fit demi-tour, indiquant l'heure du départ. Seul restait le fusil de Le Goff, qui baignait dans une mare de sang. L'Ankou se retourna alors, et laissa apparaître une dernière fois le visage de Ronan Jézéquel, son hôte humain qu'il quitterait bientôt pour trouver un nouveau réceptacle. Ronan paraissait apaisé et affichait un sourire serein malgré ses traits osseux d'une pâleur effrayante. Il fit alors un signe de sa main décharnée, semblable à celui qu'il avait adressé à Bruno lors de sa première vision sous opium. Puis il envoya un nouveau message directement à l'âme de Bruno.

    — Merci encore. On ne me rendra jamais les années que j'aurais dû vivre avec Ivona, mais mon âme est désormais en paix. Je vais la rejoindre, nous avons une éternité qui nous attend. Tu m'as aidé à surmonter l'emprise de Loussouarn, et c'est grâce à toi que justice a été faite. Je m'occuperai des autres Malestroit d'ici à passer la main, afin de mettre fin à ces crimes horribles. Seul l'Ankou a le pouvoir de désigner ceux dont l'heure est venue. Certains l'attribuent également à Dieu, je les respecte. En revanche, ceux dont l'arrogance les conduit à briguer ce pouvoir ne seront que les cendres des feux éternels de l'Enfer. Ton tour n'est pas pour bientôt, Bruno Pelletier, alors vis une bonne vie. Celle qu'on ne m'a pas laissé vivre.

Bruno sentit une larme rouler sur sa joue, et remercia à son tour l'Ankou avant de lui dire adieu. Il ne pouvait plus bouger, et avait toujours face à lui les deux moitiés de cadavre de Loussouarn, imbriquées dans une sorte de sculpture grotesque et morbide. A une dizaine de mètres sur sa gauche, on pouvait trouver une mare de sang dans laquelle baignait un fusil. L'Ankou n'avait pas emporté Loussouarn, sans doute car il ne le trouvait pas digne d'une telle considération. On trouverait l'instituteur à côté du cadavre du maire, car il n'avait plus aucune force. Sans doute devrait-il passer la nuit à cet endroit, mais le sang risquait d'attirer des animaux affamés. Il était une proie facile car incapable de se déplacer.

Anna non plus ne comptait pas passer la nuit ailleurs que là où elle se trouvait. Sa tête avait été sévèrement touchée, et elle avait mal partout. Ses forces l'avaient abandonnée après cette détente exceptionnelle, qui l'avait étonnée elle-même. Elle n'avait pas vraiment de remords vis-à-vis de Noëlla, car elle était clairement résolue à la tuer. Cette expérience l'avait traumatisée, mais elle s'en était sortie, et c'était tout ce qui comptait.

Tout en bas, Kervadec venait de découvrir le corps disloqué et ensanglanté de Noëlla Loussouarn, à la suite d'une chute du haut de la tour. Constatant qu'il s'agissait bel et bien d'elle, il entendit soudain du bruit dans les fourrés. Braquant son fusil, il eut la surprise de voir Gaël Le Bihan, accompagné de deux autres jeunes gens du village. Ceux-ci avaient été alertés par la femme du maire, qui leur avait également demandé de retrouver sa fille et son mari. Kervadec leur expliqua qu'il venait d'entendre Noëlla tomber de la tour, les jeunes garçons répondirent qu'eux aussi. Gaël Le Bihan suivit l'ordre de Kervadec de gravir les escaliers afin de voir si quelqu'un s'y trouvait, tandis que ses deux compagnons lui emboîtaient le pas. Le sergent des villes recouvrait peu à peu ses esprits, et réfléchit en attendant le retour des trois jeunes hommes.

Après une vingtaine de minutes, Kervadec eut la surprise de voir Anna Salaün portée par Gaël Le Bihan, dans un état alarmant. Elle était couverte de sang et de contusions, tuméfiée à divers endroits, et ne semblait qu'à moitié consciente. Kervadec ordonna aux deux jeunes forgerons de transporter Anna chez son père, et demanda à Gaël de le suivre. Il savait que les activités des Malestroit se pratiquaient au prieuré, et que Loussouarn avait de bonnes raisons d'y retourner. Il pesta contre lui-même de ne pas avoir eu l'idée avant, puis se ravisa, car sans cela Anna aurait peut-être péri en haut de la tour, loin de tous.

CHAPITRE 65

Bruno était trop fatigué pour rester éveillé, et avait bien trop mal pour pouvoir dormir. Cet état s'approchait de la torture, et il n'y pouvait rien. Sans doute ne passerait-il pas la nuit. Si seulement il avait eu un moyen de prévenir Erwan Salaün... Mais ce n'était pas pour rien que les crimes des Malestroit étaient ignorés de tous. Il ne pourrait jamais alerter qui que ce soit, et Anna ne deviendrait jamais sa femme. Cette pensée lui arracha un rictus. Il était incapable de dire depuis combien de temps l'Ankou était parti, cela lui semblait des heures. En tout cas, suffisamment de temps pour avoir des visions. Il aperçut Fanch Kervadec qui se précipitait sur lui en lui demandant ce qui s'était passé. Se contentant d'esquisser une nouvelle ébauche de sourire, il sombra.

Bruno se réveilla au milieu d'une chambre claire, richement décorée et accueillante. Une personne dormait dans un lit voisin, entièrement ensevelie sous les draps. Tentant un mouvement de sa jambe, il fut rappelé à l'ordre par une horrible douleur. Se faisant mal pour soulever le drap, il s'aperçut qu'on lui avait confectionné un épais bandage pour panser sa plaie. Il entendit alors des pas dans le couloir, et eut la surprise de recevoir la visite d'Erwan Salaün. Le petit médecin le salua et s'assit sur la chaise à côté du lit de Bruno. Son visage radieux faisait plaisir à voir.

    — Alors, bien dormi ? dit-il d'une voix douce. On peut dire que tu as fait une sacrée sieste ! Tu as dormi pendant plus de quinze heures ! Heureusement qu'un certain Kervadec a eu l'idée d'aller te chercher au prieuré, si tu étais resté trop longtemps comme ça, je n'aurais pas donné cher de ta jambe !

    — Où est Anna ? demanda Bruno, alarmé.

    — Elle passera te voir après, elle aussi a besoin de repos. Elle est sortie après ton départ, car elle a eu un mauvais pressentiment à ton sujet. Elle voulait aller voir si tout allait bien, et a croisé la route de Noëlla Loussouarn, qui a essayé de la tuer.

— Est-ce qu'elle va bien ?

— Elles se sont battues et elle a de nombreuses contusions, mais rien de très grave. Cela s'est terminé en haut des tours de Largoët, et Noëlla est tombée dans le vide. Fanch était sur les lieux, tout en bas. Par chance, Anna a été secourue elle aussi à temps.

— Mais… Pour Loussouarn et Le Goff ?

— Le corps de Le Goff a été emporté par l'Ankou, mais vu l'état de celui de Loussouarn et du tien quand on vous a trouvés, tu peux être tranquille, personne ne t'accusera. Le tout fera l'objet d'une réunion du conseil demain sur la place Saint Alban. Te sens-tu prêt à y aller ? Je peux t'emmener sur un fauteuil, si tu le souhaites.

— Pourquoi pas ? déclara Bruno, amusé. Ça me fera du bien d'assister à une de ces réunions en étant ailleurs que sur le banc des accusés !

Les deux hommes partirent d'un rire chaleureux, au point de faire bouger le patient qui s'était enseveli sous les draps, à côté de Bruno. Le son de la voix qui émana du lit voisin lui tira un franc sourire. C'était Anna qui se trouvait alitée à côté de lui, et la jeune femme sortit de sous les draps pour afficher une mine réjouie, bien que tuméfiée. Son père et son bien-aimé se trouvaient là, alors qu'elle avait bien cru ne jamais les revoir lorsque Noëlla l'avait poursuivie dans les escaliers de la tour. Elle aussi avait visiblement souffert de cette folle nuit : elle avait un épais bandage sur la tête, qui lui enveloppait le crâne du sommet jusqu'à ses yeux. Les pansements étaient nombreux sur ses joues, ses épaules, et aussi ses bras. Ils étaient tous deux très amoindris, mais avaient débarrassé, directement ou indirectement, le village de la menace qui pesait sur lui. La mort de Yann Loussouarn et de sa fille était le gage de nombreuses vies préservées. En effet, Noëlla aurait forcément repris le flambeau de la secte de son père. Bruno avait le sentiment du devoir accompli, et pouvait se reposer tranquille car il était entre les mains du docteur Salaün qui saurait le remettre vite sur pieds. Erwan avait annoncé au conseil municipal que Bruno et Anna seraient excusés pour la réunion, en raison de leur convalescence. Le médecin demanda à ses patients de tout leur raconter en détail, afin de nourrir l'exposé qu'il présenterait le lendemain à la communauté villageoise. Les deux blessés avaient vécu des destins croisés durant leurs pérégrinations nocturnes, et ce fut l'occasion d'apprendre précisément les dangers que l'autre avait dû braver avant de se retrouver dans cette chambre.

Après leur long récit commun, Erwan disposait de suffisamment d'éléments pour faire son rapport aux Elvinois. Bruno avait envoyé Kervadec chercher les sinistres comptes-rendus des Malestroit dans le tronc creusé, non loin de l'endroit où il avait échoué face à l'Ankou, puis où il avait cohabité avec la dépouille coupée en deux du despote. Tout était donc réuni pour que chacun des habitants d'Elven sache ce qui se déroulait au prieuré. Les Malestroit avaient toujours choisi des nuits de vent contraire, afin de disperser les cendres de leurs victimes sans répandre d'odeur désagréable. C'est de cette façon qu'ils avaient garanti la confidentialité de leurs sombres cérémonies. Anna demanda seulement à son père de rapprocher leurs lits, afin qu'ils puissent au moins se donner la main. Le médecin accepta dans un large sourire, avant de se rendre à la place Saint Alban, où l'attendait Fanch Kervadec pour la préparation de la réunion.

Après s'être confié la peur qu'ils avaient eue de ne plus jamais se revoir, Bruno et Anna s'endormirent l'un et l'autre avec leurs mains jointes. Dans son sommeil, l'instituteur se demanda si leur état leur permettrait de se rendre en Bourgogne, afin d'y passer Noël en compagnie de ses parents.

CHAPITRE 66

Lorsqu'Erwan fut de retour, Bruno était éveillé, et essayait tant bien que mal d'écrire une lettre à sa mère. Il y parlait surtout d'Anna, car relater les récents événements aurait pu l'angoisser au plus haut point, et ce récit serait bien plus palpitant de vive voix. Anna, elle, pouvait se déplacer, et s'était assise sur le lit de Bruno, attentive à son écriture. Il posa alors la question à Erwan.

— Docteur Salaün, pensez-vous que nous serons remis pour aller fêter Noël dans l'Yonne ?

— Disons qu'il faut vous reposer durant quelques jours, et qu'une fois une semaine passée, environ, vous devriez pouvoir supporter le voyage. Vous souhaitez donc toujours y aller ?

— Euh… Oui. On dirait que cela vous préoccupe.

— Non, pas du tout, sourit le médecin. Vous allez nous manquer, c'est vrai, mais c'est votre choix, et cela ravira tes parents. Je ne compte donc pas m'y opposer.

— Alors, dites-nous comment les Elvinois ont réagi à vos déclarations ?

— Pour ce qui est des Malestroit, j'ai été sidéré de voir à quel point tant de meurtres ont pu être commis sans qu'aucun d'entre nous n'ait soupçonné quoi que ce soit. Mais les gens y ont cru, car les preuves étaient là, et qu'ils n'avaient déjà plus la même vision de Loussouarn. J'ai présenté leur registre ainsi que leurs rapports d'exécution, tout comme les grandes robes blanches qu'on a retrouvées chez certains membres, dont Le Goff et Loussouarn, ainsi que Quéméner. Les gens ont vite fait le lien avec les victimes de l'Ankou.

— Tout a donc été pris au sérieux ? s'inquiéta Bruno.

— Certains avaient vraiment du mal à y croire, et je les comprends. Mais Fanch Kervadec a appuyé ma version, et les preuves étaient irréfutables.

— C'est tant mieux, et qu'en est-il de la succession de

Loussouarn ? Vous a-t-on désigné maire ?

    — Bien sûr que non ! Pourquoi auraient-ils fait cela ? Je
ne souhaite pas devenir maire, mon travail me prend déjà bien
assez de temps. Soigner les Elvinois est une tâche ardue, je ne
compte pas en plus les administrer !

Bruno fut surpris, car la nomination d'Erwan lui paraissait
évidente. Sans doute l'avait-il idéalisé comme il avait pu le faire
avec son frère Paul lorsqu'ils étaient ensemble. Le docteur Salaün
était très apprécié par les habitants du village, mais ne souhaitait pas outrepasser ses compétences. Cela le caractérisait bien :
rester dans l'ombre à œuvrer pour les autres au lieu de poursuivre de quelconques objectifs personnels.

Bruno put enfin quitter son lit au bout de deux jours, avec
une béquille de bois pour soutenir sa jambe meurtrie, qui commençait toutefois à cicatriser. Par chance, la nécrose n'avait pas
gagné la zone entourant la plaie, et la septicémie avait été évitée.
L'instituteur s'en était sorti, selon Erwan, par son désir brûlant
de vivre, qui lui avait permis de trouver les forces de résister au
mal. Il n'avait même plus de médaillon protecteur, car l'Ankou
avait emporté celui qui avait appartenu à Ronan, en souvenir
de sa vie passée. Quant à celui que lui avait glissé sa mère dans
la petite boîte qui avait failli causer sa perte, il ne le retrouverait sans doute jamais. Les funérailles des deux Loussouarn et
de Gregor Le Goff avaient déjà eu lieu, et les Elvinois n'avaient
pu s'empêcher d'y assister, comme pour faire le deuil de cette
façade généreuse et proche des autres que s'était bâtie au fil du
temps Yann Loussouarn. Les Elvinois préféraient garder le souvenir du bon maire, plutôt que celui dont le succès n'était dû qu'à
des meurtres commandés à l'Ankou. Pourtant, cet homme avait
férocement abrégé tant de vies, sur des critères proches d'un inquisiteur dégénéré qui aurait vendu son âme au Diable.

Bruno eut une impression étrange, car il ne pouvait encore sortir pour prendre l'air. Les discussions sur cette histoire tragique
allaient bon train, mais lui avait le sentiment que celle-ci n'avait

été qu'un mauvais rêve. Il peinait encore à croire qu'il avait été à la merci de l'Ankou lui-même, avant d'affranchir le spectre de l'emprise malfaisante du maire. Dehors, les gens colportaient faits avérés et rumeurs sordides, comme leurs ancêtres l'avaient déjà fait quatre siècles auparavant avec l'horrible histoire de Gilles de Rais. Bruno se sentait préservé de tout cela, la chambre chez les Salaün constituant une sorte de havre de paix dans lequel lui et Anna étaient enfin à l'abri des menaces, quelle que soit la dimension ou la nature.

Le jour du départ était donc enfin arrivé. Bruno, qui se déplaçait de mieux en mieux, s'était rendu chez lui afin de réunir les affaires qu'il souhaitait emporter pour ce long voyage en compagnie de sa bien-aimée. La veille au soir, les Salaün avaient organisé un grand repas, durant lequel tout le monde avait mangé, bu, ri et chanté. Bruno effectuait d'ailleurs des progrès, car il avait commencé à apprendre les paroles des chants bretons entonnés par ses hôtes. Fort heureusement, les heures suivant le repas furent bien moins agitées que lors de la veillée précédente, et chacun alla se coucher repu et heureux. Bruno dormit d'ailleurs au même endroit que les dernières nuits, dans la chambre d'amis du rez-de-chaussée qui avait servi de chambre d'hôpital improvisée.

Ses affaires rassemblées, il monta dans le fiacre qui l'attendait dans la rue, et dont le cocher l'aida à charger son paquetage, puis à se hisser sur la confortable banquette. Le véhicule prit la direction de la rue du lavoir afin de faire monter celle qui partagerait cette voiture durant les longues heures de route qui les séparaient de ses parents. Ceux-ci étaient prévenus du moment de leur arrivée, et se présenteraient tous deux, comme ils l'avaient fait les fois précédentes. Lors des embrassades larmoyantes occupant le moment compris entre le chargement des affaires d'Anna dans la grande malle du fiacre et le départ de celui-ci, Erwan Salaün décela que quelque chose préoccupait le jeune Pelletier. Celui-ci n'avait pourtant plus à s'en faire, et prit

congé de sa famille d'accueil en retenant ses larmes, contrairement à la jolie brune.

Lorsque le fiacre se mit en route, faisant rapetisser le clan Salaün
comme il l'avait fait aux parents Pelletier, Anna était pleine d'excitation à l'idée de découvrir enfin tout ce dont Bruno avait pu lui
parler : ses parents, les maisons sans ardoises, les repas modestes
et chaleureux de sa maisonnée, l'humble gentillesse des Icaun-
ais… Elle avait ses yeux de jeune fille, ceux qui pétillaient devant
les devantures des magasins lorsque ses parents l'emmenaient
avec eux préparer la période de la Noël dans la grande ville de
Rennes, ornée de majestueuses lumières.
Bruno, lui, parvenait à paraître aussi enjoué, mais ce n'était pas
vraiment le cas. Tout au fond de lui, quelque chose le tracassait,
de manière imperceptible, mais qui allait gagner en intensité à
mesure que la fièvre provoquée par le voyage avec Anna s'estom-
perait. L'instituteur était sorti prendre l'air un moment lors du
dernier repas chez les Salaün, et il avait alors aperçu une forme
sombre qui s'était découpée à l'orée des bois du Hayo, à une trentaine de mètres de la maison. C'était l'Ankou, qui n'était apparu
à lui qu'un instant, pour lui faire un signe énigmatique de la
main. Ce n'était pas le même que lors de sa vision sous opium ou
lorsqu'il avait quitté le prieuré après avoir foudroyé Loussouarn,
puis Le Goff. C'était ce geste qui lui causait de l'inquiétude, car
il ne pouvait en expliquer le sens. N'était-ce qu'un au-revoir de
Ronan ou la vision traditionnelle de l'Ankou, mauvais augure car
annonciatrice du décès d'une personne proche ?

Il ne pouvait y répondre, mais cette épine dans son esprit resterait longtemps plantée. Il préféra se concentrer sur ce que lui
avait dit le porteur de mort : « vis une bonne vie ».

Avant d'aller butiner un autre livre,
n'hésitez pas à me contacter:

- sur Facebook: Jerem Ferrei-mar
- sur Amazon:
- par mail: ferreiramartinslpvauban@gmail.com

Ce sera un plaisir d'échanger avec vous.

BOOKS BY THIS AUTHOR

Rédemption

Le monde est injuste vu d'un lit d'hôpital quand on a une vingtaine d'années et un cancer. Pourtant, j'ai toujours conservé mon optimisme, aussi vrai que je m'appelle Alban Meurisse.
Un soir, j'ai reçu dans ma chambre la visite de Franck, un spectre qui m'a proposé de rendre service aux autres. Pas facile d'être altruiste quand vous sentez la maladie se propager en vous.
Au fil de ses venues, j'ai vu en lui un moyen de me guérir.

Mais lui, quel chemin compte-t-il prendre pour obtenir sa rédemption ?

Trajectoires Croisées

1917 : un soldat passe au peloton d'exécution pour appel à la mutinerie.
1943 : un employé de la Kommandantur choisit de rejoindre la Résistance.

Les crimes qu'on pensait oubliés, les amours perdues et les rancœurs anciennes trouvent parfois un écho à travers les âges. Quatre personnages pris dans la tourmente des Guerres Mondiales et des conflits intimes se brisent et se reconstruisent dans une fresque s'étalant sur un siècle. Entre héroïsme et lâchetés, ils sont les jouets du destin sur plusieurs générations.

« À force de creuser le passé, c'est soi-même qu'on enterre. »

Avant d'aller butiner un autre livre,
n'hésitez pas à me contacter:

- sur Facebook: Jerem Ferrei-mar
- sur Amazon:
- par mail: ferreiramartinslpvaubangmail.com

Ce sera un plaisir d'échanger avec vous.